SPRING
野

更具体地生长

All This Wild Hope

三十年来，我每天都在思念莉莉亚娜，
每一天的每一小时。每一小时的每一分钟。
每一秒。

无论是爱的教条、名誉的教条，
还是金钱的教条，
都无法摧毁某种更坚定、更纯真的东西，
那就是愚蠢的、胆怯的、迫切的对生活的渴望。

©Juan Rodrigo Llaguno

Cristina Rivera Garza
1964—

El invencible verano de Liliana

Cristina Rivera Garza

莉莉亚娜不可战胜的夏天

[墨西哥] 克里斯蒂娜·里韦拉·加尔萨——著

姚云青——译

GUANGXI NORMAL UNIVERSITY PRESS
广西师范大学出版社
·桂林·

图书在版编目（CIP）数据

莉莉亚娜不可战胜的夏天 / (墨西哥) 克里斯蒂娜·里韦拉·加尔萨著；姚云青译. -- 桂林：广西师范大学出版社，2024. 11（2025.9重印）. -- ISBN 978-7-5598-7291-3

I. I731.55

中国国家版本馆CIP数据核字第2024AU1157号

著作权合同登记号桂图登字：20-2024-069 号

LILIYANA BUKE ZHANSHENG DE XIATIAN
莉莉亚娜不可战胜的夏天

作　　者：（墨西哥）克里斯蒂娜·里韦拉·加尔萨
责任编辑：彭　琳
特约编辑：苏　骏　赵　晴
装帧设计：汐　和　at compus studio
内文制作：陆　靓

广西师范大学出版社出版发行
广西桂林市五里店路 9 号　邮政编码：541004
网址：www.bbtpress.com
出版人：黄轩庄
全国新华书店经销
发行热线：010-64284815
北京启航东方印刷有限公司印刷
开本：889mm × 1194mm　1/32
印张：11.5　　字数：206千
2024年11月第1版　　2025年9月第5次印刷
定价：68.00元

在隆冬，我终于发现，我体内有个不可战胜的夏天。

阿尔贝·加缪

目 录
ÍNDICE

第一章

阿斯卡波察尔科

AZCAPOTZALCO

时间能治愈一切，除了伤口。

克里斯·马克[1]，《日月无光》（*Sans Soleil*）

1 克里斯·马克（Chris Marker，1921—2012），法国纪录片导演、作家、影评人、摄影师、多媒体艺术家，代表作有《堤》《美好的五月》等。——若非特殊说明，本书注释均为译者注。另，书中格式据原文调整，并非讹误。

[在这里，在这树枝下，你能谈论爱]

我们坐在一棵树下，只能隐约听闻树上鸟语叽喳。起初，我以为这肯定是棵榆树——树干粗壮，形单影只，一丛丛树枝迎头指向天空——正是我从小熟悉的榆树的模样。然而不久，就在几天后，我便意识到这其实是棵杨树。城里的这个区域原生植被贫乏，这批杨树是在很久之前被人工移植到这儿来的。我们就坐在它的树冠下，紧挨着黄色的人行道边缘。此刻已是黄昏时分。在沉重的铁栅栏另一侧，可以看到工厂灰色的塔楼林立，沉甸甸的电缆下垂，极少与地面平行。拖车、出租车、私家车，还有自行车，一辆辆飞驰而过。在这午后的喧嚣中，鸟鸣声的出现最让人始料未及。简直不可思议。我甚至觉得，一旦我们走出树冠下的这团环形阴影，鸟鸣声便会立刻消失。*在这里，在这树枝下，你能谈论爱。一旦跨出，外面就是法律、必要性的世界，是强权的轨道，是恐怖的保护区，是惩罚的领地。不能越雷池一步。*但在这里，我们能听见鸟语啁啾，以一种荒谬的，甚至有些愚蠢的方式，重复着它们的独唱，没完没了，毫不间断。鸟鸣声平和、嘹亮，时而懊丧，时而炽热，时而全情投入，时而轻佻浪荡，令人心情平静的同时，总不免心怀疑虑。

“你觉得她会来吗？”我问索赖斯。

她点燃一支烟。“那个律师？”她问。

“没错，那个律师。”

我不知该怎么形容这种双唇的运动——明明没有张开，却向脸部的一侧撇着，让整张脸变得扭曲而不对称。

“我们已经如此接近目标了。”她一边说着，一边吐出一缕烟丝。

其实，等半个小时对我们来说不算什么。我之所以这么问，是因为我不想直接求她陪我再等等。“乞求”是我要用的动词。我不想乞求。我不想乞求你留在这里，和我一起，再多等一会儿。因为我不知道自己是否能做到，索赖斯。因为我不知道，自己会从内心深处释放出一头怎样的野兽。从中午开始，我们已经在这件事上足足耗费了六个小时二十分钟，现在回想起来，这段经历仿佛发生在另一座城市，另一个纪元，甚至另一颗星球。

[二十九年，三个月，两天]

白色的栅栏两侧种满了九重葛和藤蔓。铺满旧砾石的小径。棕榈树。玫瑰花丛。掩映其中的大房子有着椭圆形的房门和高高的白色天花板，地上铺满绿色的陶瓷马赛克瓷砖。我们约好了中午 12 点在这里碰头，我又焦急，又暗暗有些期待。在等她到来的当口，我一直观察着窗外的城市。这座城市能容纳任何人，也能轻易夺去任何人的性命。它既奢华又病态，排场盛大，浮夸夺目。没有准确的词来形容它。这个秋天，我在墨西哥城便暂住于此处。索赖斯应邀前来时，我仍不确定自己能否胜任这项任务。

我们已经很久没见面了。“我今天有两件事要做。”我们拥抱并互致问候之后，我立刻告诉她。索赖斯身上散发着皂香，刚沐浴过的皮肤还是湿的。我熟悉已久的声音响起。“那我们走吧。”她马上回答，甚至没问我要到哪里去。她的头发披散着，身上背着一个红色的包。脸上笑意盈盈。

“可能要花上一整天时间。”我提醒她。

她这才愣了一下，看着我的眼睛。“要去哪里？”她问，声音中的好奇多过疑虑。

我沉默片刻。有时需要通过这种沉默，静待所有的词句汇聚到舌尖，再将它们一口气吐露而出。“去墨西哥城总检察长办公室，就在市中心附近。”

索赖斯也沉默了一会儿，专心听着。

我向她解释，大约三个星期前，在我上一次来首都时，一位名叫约翰·吉布勒的记者开始协助我寻找我妹妹的案卷。索赖斯垂下眼睛，我知道她明白我在说什么了。在查阅了案发当时的报纸后，约翰找到了《新闻报》上的那篇报道。接着，他设法联系到了当时的记者托马斯·罗哈斯·马德里，他是一位红笔记[1]新闻记者，曾就此案件写过四篇系列报道，其文章调性既不流于低俗，也不哗众取宠，这很难得。我继续对她说，我打算来这里跟他俩会合，我们约好了在哈瓦那咖啡馆碰头。我们要从那里走到墨西哥城总检察长办公室所在的大楼，提交调取案卷的申请。这类申请该怎么写呢？哪里可以学到申请这种文书的程序呢？

墨西哥城

2019年10月3日

致墨西哥城司法检察官

C. 埃内斯蒂娜·穆尼奥斯·拉莫斯女士：

本人，克里斯蒂娜·里韦拉·加尔萨，以**莉莉亚娜·里韦拉·加尔萨**的亲属身份，特此致函。莉莉亚娜·里韦拉·加尔萨于1990年7月16日在墨西哥城（阿斯卡波察

---

1 红笔记（la nota roja）是一种新闻体裁，专门报道涉及身体暴力的犯罪事件和自然灾害，常配有露骨的案发现场照片和夸张、煽动的叙述。——编者注

尔科，帕斯特罗斯区，米莫萨斯街 658 号）遭到谋杀。本人为此致函，请求提供有关该案件的完整调查档案副本，对应的检察官记录编号为：40/913/990-07。

如需更多信息，请通过以下地址与本人联系。

此致

敬礼

我对索赖斯解释道，这么多年过去了，找回那份案卷的可能性微乎其微。二十九年三个月零两天，我补充说。随后我又沉默了。有时候，事情就是这么难办。但他们今天应该会给我一个答案。

[妹妹]

我们决定步行前往。谷歌地图显示，步行不会超过四十四分钟。天气也很好，于是我们向前行走。一步接一步。一个字。很多个字。若不是为了追踪一名年轻女性被谋杀的案卷，这本会很像周中的一次散步。

我们走过阿姆斯特丹街，这是孔德萨区的一条传奇街道。孔德萨是 1905 年波菲里奥[1] 执政期间修建的一个街

1 波菲里奥·迪亚斯（Porfirio Díaz，1830—1915），墨西哥历史上有名的独裁总统，1876 年至 1911 年在位。

区，这里的老式建筑至今仍保留着当时的装饰艺术风格[1]或新艺术风格[2]，穿插在如今那些带有大窗户和屋顶花园[3]的公寓大楼之间。在这个10月中旬的早晨，我们走过环形大道，这里曾经是赛马场，马儿曾在这些椭圆形的跑道上竞相奔逐，“孔德萨赛马场”因此而得名。我们很容易便能想象当时的情景：一匹匹赛马飞驰，铁蹄踏在松软的赛道上，马儿奔跑时发出嘶鸣声，皮毛闪闪发亮，鬃毛挺立。它们你追我赶，就好像自己的生命取决于此。它们的眼睛睁得大大的，喷着响鼻，空气中仿佛还能闻到当时的气息。如今，这条赛道上种满了树，树冠阻挡阳光穿透；阿姆斯特丹街已经成为外国游客和寻找时髦餐厅的美食家的必经之地。街道呈椭圆形，由砖石铺就，形成一种封闭的形状，如同实体的维拉内拉诗[4]，在五个三行诗的开头、结尾以及最后的四行诗中，诗句不断重复，打断了连续性的体验，也阻碍了有限性的感受。在一个椭圆空间内，人总得不停地绕圈。就像一匹为了生命而奔跑的马。

---

1 原文为法语“art déco”，装饰艺术风格发源于法国，20世纪20年代开始在欧洲流行，是一种视觉艺术、建筑和产品设计风格。——编者注

2 原文为法语“art nouveau”，新艺术风格发源于英国，19世纪末期至20世纪中期在欧美各国广泛流行。——同上

3 原文为英语“roof gardens”。——同上

4 原文为英语。维拉内拉诗（villanelle）是一种有固定格式的诗体，共十九行，前五节由五个三行诗组成，以一节四行诗作结。维拉内拉诗有两个韵脚以及两个叠句，第一行和第三行都是叠句，其中第一行在第六、十二、十八行重复，第三行在第九、十五、十九行重复。狄兰·托马斯的《不要温顺地走进那个良宵》即为代表性作品。

如果严格按照全球定位系统的指示前进，我们在孔德萨区的街上听到的英语、法语和葡萄牙语都多于西班牙语。不过，在墨西哥公园的河岸上，仍能看到卖万寿菊的当地小贩。后来，我们又遇到了收废品的，他老是吆喝着:收旧报纸、废纸。还有泥瓦匠，弯腰驼背，双手几乎触到地面，他们负责这个街区的翻新改建，把这里变成了嬉皮士和千禧一代的绿洲。总之，留着亮丽长发、精心修剪过指甲的俊男靓女挤满了这里的街道。这里的狗看上去训练有素，猫从邻近的窗户后面向外窥视。远处传来马儿的鼻息声。如果我在墨西哥定居，肯定住不起这种地方。但我只是路过。借着访问墨西哥国立自治大学美学研究所的机会，我来这里追查编号为 40/913/990-07 案件的调查档案，档案中收录了对安赫尔・冈萨雷斯・拉莫斯的逮捕令，因其涉嫌谋杀莉莉亚娜・里韦拉・加尔萨，我的妹妹。

我唯一的妹妹。

[已然疲惫、心生厌倦、始终愤怒]

这一带的美很容易让人沉醉其中。这座城市在此处展现出了它最华丽的一面。设计师精品店。拴着皮项圈的小狗。露天广场的中央矗立着大理石喷泉。街边的咖啡馆。白杨树笼罩在金色的光芒中。三五成群的老人在打太极拳。还有剧院。但我们步履匆匆，呼吸急促，话语从口中涌出。我们浑身冒汗，累得喘不上气。我们有太多话要跟对方说。关于我们经历的一切。我们计划要做的一切。有些话题只是突然无缘无故地闪过脑海。这些话语回荡在孔德萨区新近冲洗过的街道：我们从那里出发，朝着米却肯州[1]的方向前行，直到与通往卡卡瓦米尔帕[2]的道路交会，在那里左转，然后右转进入尤卡坦州[3]大道和南2号公路。我们边走边漫无边际地聊着："你听说过那个被控性骚扰的教授吗？他被禁止再踏入伊比利亚美洲大学的校园。"紧接着，我们先左转，再右转，来到阿尔瓦罗·奥夫雷贡[4]大道。"你读过瓦哈卡的'绿色浪潮'[5]反对瓦哈卡国际书展的宣言吗？"一公里后，我们左转进入夸乌特莫克区[6]，接着进入博士区。从贝拉斯科博士街到希门尼斯博士街，再穿过越来越窄、挤满乱停乱放的车辆的街道，抵

---

1 米却肯州（Michoacán）位于墨西哥南部太平洋沿岸，其名称源于纳瓦特尔语，意为"渔民"。

2 指卡卡瓦米尔帕洞穴国家公园（Parque Nacional Grutas de Cacahuamilpa），位于格雷罗州（Guerrero）北部，以喀斯特地貌著称。

3 尤卡坦州（Yucatán）位于尤卡坦半岛北部，是墨西哥玛雅族群的最大聚居地之一。

4 阿尔瓦罗·奥夫雷贡(Álvaro Obregón，1880—1928)，墨西哥军事将领、政治家，1920年至1924年间任墨西哥总统，在第二个任期开始前遇刺身亡。

5 "绿色浪潮"（Marea Verde）是墨西哥瓦哈卡州（Oaxaca）的女性主义组织，于2019年发表声明，谴责瓦哈卡国际书展组委会在性别议题上的处理方式。——编者注

6 夸乌特莫克区（Cuauhtémoc）以阿兹特克帝国的末代统治者命名，是墨西哥城的历史、文化中心。

达加夫列尔·埃尔南德斯[1]将军大道56号。“你看过电影《小丑》吗？”卖墨西哥传统薄饼和玉米饼的摊位散发着油炸食品的香气。许多街角都有杂货店。破旧不堪的阳台。流浪狗。独自玩耍的孩童。天上是不是有只雀鹰飞过？正因为所有这些同时发生的瞬间，这些真实的时刻，爱上这座城市很容易。

不久前，就在8月初，同样是在这座白绿相间的大楼前，一群愤怒的女性主义者在此集结，要求伸张正义。在墨西哥，每天都会发生十起杀害女性的案件。尽管随着岁月的流逝，大家对这样的新闻已经司空见惯，但那一次，当地警察在警车上强奸了一名少女，再度引起了公愤。抗议者们集结在铁栅栏后，要求总检察长接见她们。然而，只有总检察长办公室的代表下来会见抗议者，并向她们保证，政府会竭尽全力追查此案。这时，其中一名女子——已然疲惫、心生厌倦、始终愤怒——朝他头上扔去了粉红色的亮片。这一举动既壮观又天真，为当时愈演愈烈的女性运动赢得了一个新的名称。抗议运动聚集了越来越多年轻的女性，她们在这个始终对自己步步紧逼的城市和国家中长大，一直以来不得安宁。这里的女性总是面临死亡的威胁。有些女性虽生犹死。这些女性用方巾半遮着脸，前臂和肩膀上有文身，她们要求在这片浸满鲜血、因暴力和

1 加夫列尔·埃尔南德斯（Gabriel Hernández，1878—1913），墨西哥军人，参加过墨西哥革命。

骚乱而分崩离析的土地上获得生存的权利。就在这里，在我们今天经过的地方。我们的脚踩在她们的脚印上。很多道脚印。更多的脚印。在我们眼前混作一团。我们的脚与她们脚印的无形轮廓相吻合。那些轮廓敞开，将我们的脚步容纳其中。我们曾是她们的过去。我们也将是她们的未来。我们曾一度成为她们。我们永远是她们，同时也是我们自己——追求正义的女性。疲惫不堪却紧紧团结在一起的女性。心生厌倦却坚持了数个世纪的女性。我们的愤怒永远不会消退。

[0029882]

进入总检察长办公室前，请将您的包和外套放在安检仪上接受安检。下午好。请让一让。请进。我们随身携带的水瓶也要经过检验。天气很热。我汗如雨下。之后，我们得在六条队伍中的某一条的队尾开始排队，以便确定该去哪间办公室。这些官僚的客套令我们大为惊奇。他们友善地说着“下午好”“打扰一下”“请出示您的身份证明”。我拿出编号为 23971 的公文，是致函给检察官埃内斯蒂娜·戈多伊·拉莫斯[1]的申请信，上面的邮戳显示收

1 名字与前文略有不同，原文如此。——编者注

件时间为2019年10月3日14时20分。接待员随后给我一张信息单，编号为0029882，上面显示，该公文已经被转到三个不同的司法管辖区。“请将这个红色的圆圈贴在衬衫上。”她指示道，并给我们发了一张圆形贴纸。这是我们隶属此地的标志——这片充满哀悼和愤怒的土地。“我的同事会给您指路。”她说。

我们乘电梯到四楼，然后穿过走廊。走廊的地板上覆着破旧的油毡，有些地方已经磨出了洞，从破损处能看见底下陈旧的深色水泥底。我们穿过走廊，走到大楼背面，开始爬外墙的楼梯。这架楼梯最初肯定是用来当作逃生梯的，铁制的阶梯曾被漆成白色。我们踩在楼梯上，脚下吱嘎作响，感觉周遭的一切都变得摇摇欲坠。我们爬到楼上，再次进入大楼，向右转，一直走到走廊的尽头，那里就是总检察长办公室的管控窗口。

接待我们的女人坐在一个小玻璃窗口后面，盯着自己的电脑屏幕。她没有看向我们，却说在听我们说话。女接待员的指甲长长的，涂着鲜红的指甲油。她的头发一半黑色，一半金色偏黄。“请等一下。”她说着，在系统中输入案件的调查档案编号，随后开始打印。有那么一瞬间，我以为这就是那份档案，顿时停止了呼吸。会是这一刻吗？我现在有勇气把它看完吗？索赖斯在旁边听到我们的对话，将手按在我的左肩上。随后，突然之间，我的呼吸恢复了。一惊。一乍。这份标注着“10月16日”的文件只是薄薄的一页纸，上面列出了三个司法管辖区的名称，这些地方可能有，可能曾经保管过，也可能没有我要找的文件。

女接待员从小窗口的另一侧对我说，要找到这么久以前的文件非常困难。我感觉她对我们说话时很沮丧，不过这也可能只是我的错觉。

“如果档案不在这里，有可能会在档案馆。”她说。

“档案馆在哪里？”

“有好几处。取决于文件的性质。”

我不假思索地问她，是否有可能重审此案？这是我第一次考虑到这种可能性。

接待员深吸一口气，再次看了我一眼。

“或者重新立案调查？”我问。

“我不是律师，”她说，“但据我所知，一个人不能因同一项罪名而受到两次审判。法律是这么规定的。”她说完便垂下眼睛，不再说话了。

她建议我们先去刑事政策与统计总局。“就在这栋楼里。回到楼梯口向右转，那里会有人跟你们解释的。”

[不寻常]

这边的负责人哈维尔·蒂坎特·克鲁斯正在开会，

但坐在电脑前的一位女士可以帮助我们。档案编号？你说是 1990 年的一个案子？她还记得。没错。她笑了笑，说几天前和上司讨论过这个案子。她记得这事，因为这很不寻常——很少有人来找这么多年前的案件记录。“您知道吗？”她问我。“知道什么？”“如果能找到这份档案，那才更不寻常。”

我直视着她的双眼，但态度依然矜持。我不知道自己听到的究竟只是一句简单的评论，还是一句尖锐的批评、隐晦的责难。我暗自懊悔：为何耽搁了这么久？三十年间发生了太多事，尤其是死亡。死亡不断发生。成千上万的女性死去。她们的尸体在这里徘徊。在我们背后。在紧握的掌心褶皱之中。在嘴角。在弯曲的膝盖后。死亡就在这里，在我身边，持续发生着。受害者的形象出现在灯柱上的寻人启事中，出现在报纸上，出现在所有橱窗和窗户的倒影之中：她们的面容，在经历犯罪之前，在经历复仇或贿赂之前，在经历爱情之前。时间不断累积、收缩。一年。三年。十一年。十五年。二十一年。二十九年。然后，时间再次收缩。我们总是不断回到同一个起点：双足深陷哀悼与内疚的泥沼，身体则水平伸展，追寻希望的征兆。情感没有变化：既不优雅，也不成熟。无法衡量。

我低下头，盯着书桌完全水平的边缘，食指指尖在上面无比缓慢地摩挲。我挫败地叹了口气。谁有权决定多长的时光算长，多短的时光算短呢？我再次抬起头，仰起下巴，挑起眉。我审视着对面的姑娘：她的皮肤光滑，头发笔直，牙齿雪白；黑色的眼线勾勒出她平静的双眼。他们有没有被强制要求参加过公众服务培训班呢？也许他们一无所知，只是凭经验了解到，我们这些访客通常都暗怀内疚之情，心神不定？那姑娘再次发话了。她的声音甚至比她的皮肤还要柔和。她让我们去二楼，到负责初步审查的副检察长办公室去。也许那里能有一些信息。

[纪念]

警察。律师。穿高跟鞋的女人。公务员。西装革履的男士。系着格子围裙的老奶奶。案件受害人。所有人肩并肩站在狭窄的电梯里。到了二楼之后，我们向右直走，来到一个绿色的柜台。另一名工作人员告诉我们，再往前走几步就到窗口了。

0029882 号档案，在编于 300/14098/2019，阐述如下：经书面申请，要求提供编号为 40/913/990-07 案件的完整调查报告副本。有 / 无附件。副检察长指示：依据法律规定，请寄发文件用于调查及后续处理；在提供对应编号文本时，应同步将副本复印件抄送至本检察长处。检察院监督办公室，霍埃尔·门多萨·奥内拉斯。2019 年 10 月 17 日。

工作人员向我们出示了这份文件，但表示我必须先提交身份证复印件，他才能将文件交给我。

“你们这里能帮忙复印吗？”我问他。

“抱歉，女士。来这里的人这么多，您想象一下。您可以下楼，就在大楼外面，街对面就有个复印店。”

我们赶紧冲下楼梯。在一个楼梯平台上，我们看到一张法律文件尺寸的彩色海报，上面用浓黑的字体写着“10月4日”。在这张海报旁边，墙上还贴着一张薄薄的白纸，上面密密麻麻地写满了蚂蚁般的小字，是为了纪念莱斯维·柏林·奥索里奥——她是墨西哥国立自治大学的学生，被自己的男友谋杀了。

就在几天前，经过漫长的审判，杀害莱斯维的男子被判处四十五年监禁。罪犯起初坚称莱斯维是自杀的，但没有人相信他。或者更准确地说，只有一部分人相信他——那些永远相信女性遭受暴力杀害都是咎由自取的人。随着这一新闻持续传播，读者得知莱斯维死亡时被吊在电话亭上，一根黑色的电线绕着她的脖子；没有人再相信她是自杀的。最初的震惊过去之后，受害者的母亲阿拉塞利·奥索里奥开始发动群众对总检察长办公室施压，要求伸张正义。两年之后，案件才终于完成审判。阿拉塞利·奥索里奥花了两年时间不懈地开展抗争活动，在这两年中，她针对自杀说法中的疑点逐一提问，同时不断呼吁对此案进行严格、合法的调查，才能在最终得到这句简练的结论：该学生系被她的男友谋杀。

阿拉塞利·奥索里奥真的很勇敢！那些最尖锐的批评者曾提出受害者有罪论，道貌岸然地谴责莱斯维行为不检点——喝酒、与朋友出去玩、性生活活跃、识人不淑——但阿拉塞利·奥索里奥从未放弃。她从未停止为女儿辩护。她的女儿不是瘾君子，不是妓女，不是酗酒狂。只是一个年轻的姑娘。仅此而已。她正值青春年华，完全拥有纵情享乐的自由。阿拉塞利·奥索里奥不厌其烦地重复道：莱斯维唯一的过错就是身为女性。

我们正要走过楼梯平台，但我在下一段楼梯的中间停了下来。

"你看到了吗？"我问。

"莱斯维的事？"

"是的，还有那个日期。"

索赖斯摇摇头。"什么日期？"

"10月4日。我妹妹的生日。"

莱斯维和莉莉亚娜。两人的名字中都有"L"，我需要用舌尖顶住上门牙后部，气流从舌头两侧泻出。边音。她们本可能成为朋友吗？她们会不会一起去派对玩，上下甩着头发，神采奕奕、活力四射，随着昆比亚[1]舞曲的节奏尽情舞动？当她们需要帮助时，在她们遭遇扼杀、勒颈、窒息的时刻，有可能及时向对方伸出援手吗？齿龈边近音。莉莉亚娜。莱斯维。她们能成为朋友——我不再使

1　昆比亚（cumbia），一种拉丁美洲的音乐流派及传统民间舞蹈。

用疑问句，并且用现在时取代过去时。

这天发生的一切似乎像一条加密信息：一个小小的潘多拉魔盒，从中释放出幽灵、引言、幻影。以及匕首。我们拿着身份证复印件，重新回到副检察长办公室的小窗口时，我还张着嘴，眼中充满莫名的希望。“还有其他人。”我对自己轻声说。当然了。一直都有其他人。远处传来马匹狂奔的声音。马蹄声和响鼻声。接下来，我们得去阿斯卡波察尔科的 22 号检察院。

“我得提醒你们，所有人下午 3 点就出去吃饭了。”交给我文件的那个人告诉我。

“那他们下午不回来了吗？”我们问。

“按规定必须在下午 6 点前回来。”

“会回来吗？”

“按规定必须回来。”

我们稍稍计算了一下时间。如果我们抓紧，也许能在那些公务员出去吃午饭前赶上。但届时他们想必已饥肠辘辘、心不在焉，只想赶紧收拾好所有文件出门。情况不容乐观。于是我们立刻做出决定。与其赶这点时间，我们宁可和他们一样，先去吃个饭再说。

[外面的世界一如既往]

总检察长办公室靠近墨西哥城的中心地带。谷歌导航显示，步行十六分钟就能到达埃尔卡德纳尔，一家位于希尔顿酒店底层的餐厅。酒店就坐落在阿拉梅达中央广场对面，毗邻华丽恢宏的艺术宫。我们不假思索地决定往那个方向走，沿着贝尔蒂斯博士街前往里奥德拉洛萨博士街，从那里转进路易斯·莫亚街，进入历史中心那些繁华拥挤的小巷。我们经过一家厨具店、一家灯具店，还有一家制服店。毫不夸张地说，尽管这里没有静止的东西，但时间在这个空间内仿佛凝滞了。破败的人行道上热闹非凡，店里生意红火，玻璃柜台后的店员应接不暇，面前的货架上摆满了锡制、塑料或铁制的商品。由于人流量过大，我们无法再并肩行走，只能一前一后，排成一队，队伍时而呈直线，时而呈“之”字形。我们必须互相喊叫着交谈。谈话变得越来越困难，我们挤在人群中，只能勉强呼吸。

我们穿过路易斯·莫亚街。快要走到华雷斯大道时，一个身材苗条的女人出现了——她穿着长长的黑色大衣，正准备从反方向过马路。我们在拥堵的车流正中间拥抱。她问：“你在这里做什么？”回答有时会显得像是儿戏。毫无疑问，外面的世界一如既往。人们从政府部门领取护照、购买机票，然后去旅行。人们陷入回忆，跌跌撞撞，请求原谅。人们在红绿灯的嗡嗡声中谈论夏天。已经过去的夏天。即将来临的夏天。“我们得一起做事。”两人中的一个说道。三人中的一个。大家都匆匆露出微笑。由于午后的天气炎热，由于我们都饥肠辘辘，对话没有持续多久。

有时候，生活中的一切，包括我们的躯体，都显得格外真实。

[胃液]

生活在悲痛之中是否还能感受到快乐？这个问题并不新鲜，却在永恒的痛苦和悲伤中一再出现。人们经常谈到负罪感，对羞耻感却讨论得还不够。幸存者的负罪感可能会令人对快乐、喜悦和陪伴产生一种健康的怀疑，甚至是理性的犹豫。羞耻感则像一扇用石头和泥土做的紧闭的大门。很少有什么活动能像自我憎恨那样需要付出如此多的精力，需要对最微小的细节如此关注。这项工作需要毫厘不差。令人筋疲力尽。全天候待命。在莉莉亚娜离开的最初几年里，岁月一年年累积，我们却连她的名字都无法说出口。我们沉湎于羞耻与痛苦之中，全然放弃了所有可能打断这种情绪的行为。仿佛一个不断重复的仪式，甚至有些宗教的意味。我们从未有意做出这样的决定，但现实就是如此残酷。

如今，当我们步入这家餐厅，当我们坐在桌前，看着各色美食被端上来时，那种来自过往的自我憎恨又回来了。我真的有权品尝这些新鲜的奶酪、南瓜花、青酱、德阿沃尔辣椒酱吗？我真的能允许自己尽情享受干面、烤章鱼、冰爽的矿泉水带来的美味和愉悦吗？

跟过去一样，食物塞满我的口腔，接着卡在了喉咙里。但与二十九年前不同的是，我已经学会了充分咀嚼每一口食物，在谈话之间，依次调动上颚、咽喉和食道。我已经学会了耐心地等待胃液将吞下的食物一点点分解，直到形成食糜。我会有节制地打嗝。这就是进食。我就是这样决定继续寻找你的。

[蚁丘之地]

阿斯卡波察尔科不在步行可达范围内。我们没有乘坐公共交通工具，而是叫了一辆优步，想要准时赶到那里。我们需要在下午 6 点之前，在大家吃完饭回来的时候，赶到阿斯卡波察尔科 1 区 22 号分局。我们需要前往二月二十二日街和东方卡斯蒂利亚街——在城市东北部的马埃斯特罗区。

“跟着优步的导航走吗？”接驾的司机问。

我们俩异口同声地回答“好的”。

司机沿着华雷斯大道直行，经过一段时间的缓慢前行后，左转进入拉萨罗·卡德纳斯[1]中央大道，接着左转进入北 2 号公路。城市看起来更灰暗了。远处，特拉特洛尔科区的建筑阴森地矗立着。也许是日落时分光线的自然变化，也许是污染或建筑物褪色——这里弥漫着臭氧、一氧化碳、氮氧化物和二氧化硫的气味。或者，环境的变化只是沉重的心情带来的错觉。

阿斯卡波察尔科是墨西哥城的十六个辖区之一。在纳瓦特尔语中，其名字意为“蚁丘之地”。根据传说，在创造了五个太阳之后，羽蛇神魁扎尔科亚特尔[2]为了重新创造人类，进入冥界，从那里取回了亡灵的骸骨。个头小、纪律严明的蚂蚁像军队一样前进，引导魁扎尔科亚特尔找到了米克特兰[3]，并且在到达那里后，帮助他将死者的骸骨一具一具地搬回来，还带回了玉米粒，而这些玉米粒将成为尚未诞生的新人类未来的食物。

城市的景观灰蒙蒙的。我们的感觉也是如此。就像在照片堆里发现的一张老照片，在与其他黑白纸张反复、细微的摩擦中变得模糊不清。整个构图一气呵成：蚂蚁的腿攻击身体器官的内壁，在组织和黏膜上作战，在体内上上

---

1 拉萨罗·卡德纳斯（Lázaro Cárdenas，1895—1970），墨西哥军官、政治家，1934 年至 1940 年任墨西哥总统。——编者注

2 魁扎尔科亚特尔（Quetzalcóatl），其名称在纳瓦特尔语中意为“羽蛇”，是阿兹特克神话中的创世神，也是阿兹特克祭司的守护神。——同上

3 米克特兰（Mictlán），阿兹特克神话中的冥界。

下下，随后从口腔、眼睛、鼻孔或性器官射出。它们在地上是觅食者，在地下则是掠夺者。除了南极洲和一些荒凉的无人岛之外，这些蚂蚁在地球的各个角落都建立了自己的地盘，如今正沿着淋巴系统、大肠、非常精细的静脉和动脉网络，以及舌头下方爬行。必须摆脱它们。必须举起手臂或移动脚步。必须闭上眼睛，接着睁大眼睛。眨一下眼睛。时间收缩。时间分解。一亿三千万年前，一只黄蜂变成了蚂蚁，随着开花植物向新的栖息地扩张，蚂蚁也不断进化出新的物种。时间延展。八千万年前，一只弗雷氏蜂蚁被困入琥珀中，它的化石遗骸直到数百万年后才被发现。时间的壁垒消散了。1996 年，在实验室的可控光线下，E. O. 威尔逊[1]和他的科研团队为这些遗骸做了鉴定。惊讶的目光。胜利的微笑。这一切是从哪里来的呢？膜翅目、拟态、广腰亚目。它们都在这里，在这个米克特兰地狱。它们一个接一个，用外骨骼的保护壳承载着所有死者的尸骨，不断前进。

也许我们正在进入米克特兰。也许我们正要首次走出它。我们不得而知。唯一能确定的是，特帕内克人统治着肥沃的墨西哥山谷时，直到被可怕的阿兹特克三邦同盟打败之前，阿斯卡波察尔科一直是政权中心。很难想象，如今这座挤满了警察和官僚的检察院，这栋无人打理、污迹

1　爱德华·奥斯本·威尔逊（Edward Osborne Wilson，1929—2021），美国生物学家、博物学家和昆虫学家，为社会生物学领域的发展做出了奠基性贡献。

斑斑的建筑物，这个有探员出来辨认尸体、有伤者来起诉立案的地方，曾经是一个帝国的指挥中心。

[天哪]

我们像之前一样找到入口处的女警卫；她带着我们走到接待处。另一位女士将告知我们该去哪里。我们拿出指示我们来阿斯卡波察尔科的公文，她若有所思地摇了摇头。“您就是莉莉亚娜吗？”她的问题让我吃惊。不：应该说她的问题让我吓了一大跳。我是莉莉亚娜吗？有朝一日我会成为她吗？我没法不认真思考这个问题。我目不转睛地盯着她看。

“不，这位是她的姐姐。”索赖斯回答。

那女人道了歉，重新看了看材料。“天哪。”她说。

我至今仍旧无法理解她当时的表情，到底是纯粹的同情，还是某种从公众服务手册里学来的表演。

“我们需要见玛尔塔·帕特里夏·萨拉戈萨·比利亚鲁埃尔检察官。”

“可玛尔塔·帕特里夏·萨拉戈萨·比利亚鲁埃尔检察官不在。”

我们几乎处于崩溃的边缘，差点哭出来。我们已经横跨了大半个城市。为了这一刻，我们已经等了足足二十九年。

“检察官不在，但她的秘书在，”接待员打断了我们，“她可以帮你们。”

我们走上楼梯。两个人正往水泥地上铺新的马赛克瓷砖。墙边放着陈旧的塑料座椅，还有一些漆成黄棕色的金属办公桌。如果不是事先知道这是一处正常办公的政府机构，我会误以为这里是战区的临时避难所。三十年间发生了太多事情。死亡时有发生。死亡从未停止。一位身材凹凸有致的绿眼女郎站在走廊的入口处迎接我们，她身后是一间我们看不清楚的办公室。她在系统中输入公文编号后，一份新文件弹了出来。她告诉我们，公文不在这里。该案件由阿斯卡波察尔科 3 区 40 号分局受理。

[阿斯卡波察尔科辖区]

阿莱特·伊拉萨瓦尔·圣米格尔女士

检察院监督办公室

阿斯卡波察尔科 3 区分局主管

敬启

根据《墨西哥合众国政治宪法》第 21 条、《墨西哥城总检察长办公室组织法》第 59 条和第 60 条，以及本机构负责人签发的第 A/003/99 号协议第 III 款和第 IV 款的规定，并附编号为 300/1827/2019 的文档，由负责初步审查的副检察长办公室助理霍埃尔·门多萨·奥内拉斯先生签发，及 0029882 号卷宗，经总检察长办公室私人秘书里戈韦托·阿维拉·奥多涅斯先生签字同意，克里斯蒂娜·里韦拉·加尔萨特此申请，要求获得编号为 40/913/990–07 案件的初步调查报告副本。

指示您根据法律适用的程序进行相应处理，并将结果及时通知申请人。

目前没有其他特殊事项，预祝您一切顺利。

此致

敬礼

检察官

[它们是真实的吗？]

我们得继续北上，朝偏西北的方向前进。伊拉萨瓦尔女士的办公室位于文化大道和北 5 号公路的交会处。那里坐落着罗萨里奥住宅区的 170 栋建筑。“你们不会迷路的。”秘书说着，在一张小纸片上写下详细地址。

“能给我一份刚才那份公函的副本吗？”我问道。

秘书从办公桌前站起身。她没有表现出生气或不耐烦的样子。“请稍等片刻，我马上给您拿来。”

我想保存这一天的所有文件。未来所有日子将用到的所有文件。

二楼的窗户正对着一座公园，可以看到里面的树木矮小、长椅破旧。在那里，就在那堆废墟之间，她的形象今天第一次出现了。她的长发。她迈着大步前进的样子。一种仿佛走向永恒的姿态。我差点要喊出她的名字。我几乎就要喊住她：“莉莉亚娜！”然后举起手臂，迎着晚风，向她微笑。

我们叫了优步，但不确定它会不会从这边开过来，还是说我们得穿过车流，到马路对面去等车。街道两侧灰白色的煤渣砖墙上沾满了水泥，那种灰色甚至蔓延到了天空中。这一辖区的 2723 个街区中看不到任何绿化。阿斯卡波察尔科的 54 座公园里都没有原生植物，只有柳树和移植过来的松树。流经这片城区的唯一河流是洛斯雷梅迪奥斯河，河水中遍布来自此地的工业废料。那污浊的河水中，曾有无数女性的尸体浮沉。一条河流也是一座坟墓。

这里有 500 家工业生产商，其中的许多家使用或生产有害物质。还有一家炼油厂，位于三月十八日街。它的输油管道铺设在地下，穿过特索索莫克大道、五月五日街、萨洛尼卡街、北 3 号公路、中央铁路和恩卡纳西翁·奥尔蒂斯街。仅在巴列霍工业区就有 250 家化工厂，生产乙醇、氰化物、磷酸盐和有机溶剂。为数不多的绿地包括特索索莫克公园、费雷里亚车站旁的北阿拉梅达公园、伊达尔戈广场，以及 1974 年成立的大都会自治大学。这是莉莉亚娜的领地。她的瞳孔中曾映照出这一切。等我们到达 40 号分局，迎接我们的鸟儿都是她的鸟儿。在这片荒凉之中，怎么会有这些鸟儿呢？它们是从过去或未来的某个未知之处迁徙过来的吗？它们在这里如何生存？

它们是真实的吗？

[档案不会永久保存]

接待处的一个男人埋头操作着电脑键盘，看都不看我们一眼，就说阿莱特女士不在，但她和其他人一样，待会儿会回来的。也许要等到晚上 7 点半，也可能更晚。也可能很快就会回来。她去附近的一所高中开会了。

“我们等她吗？”我满怀期待地问索赖斯。

“当然。”她回答。

接待我们的官员让我们去等候室，随后他又将注意力转回电脑屏幕了。

等候室里有几排橙色的塑料座椅，墙上贴着宣传海报。桌上贴着福米加塑料贴面。这就是 40 号分局。女厕所位于右侧的一个角落里，但里面没有卫生纸。索赖斯去问刚才那个埋头工作的男人要了一大卷米色的工业用纸。在星期五的下午，腋下夹着这样一大卷纸，从那几名指挥官、律师和警察面前走过，这经历真是太奇怪了。毕竟，这纸是要用来擦拭我们的生殖器官的。就是这种感觉，仿佛完全暴露在他人视线中的感觉。他们完全可以想象出我们走进厕所后会做什么：我们脱下裤子，臀部要离马桶足够远，以免大腿碰到马桶；但又得足够近，才能让尿液落进马桶。随着一阵排尿的声音，我们分开的双腿发麻。

“你愿意陪我出去抽根烟吗？”索赖斯问道。

我好多年没做过这种事了——从政府大楼走出去陪人抽烟。我们蹲下来，坐在人行道的边缘，没太在意自己的行为。

“感觉怎么样？”索赖斯问我。

在我们面前，纤瘦的青少年来来往往，女士们都举止洒脱。香烟的烟雾冉冉升起，与傍晚的光线交织在一起。一个女人缓步走近，从我们背后走上人行道，接着将什么东西扔进了一个大垃圾桶。“小心点，”她说，“别让虫子爬到你们身上。”

“什么虫子？”我问。

“比如蠼螋。”

我不知道蠼螋能做什么，或者可能有什么影响，但还是下意识地用右手在背后拍了拍，将衬衫裹紧。突然间，那女人仿佛瞬移一般，来到 40 号分局入口铁栅栏旁的两名警察身边。她点燃一支烟，和索赖斯一样，将脸转向天空，抿起双唇，吐出烟雾。

远处是那些排放一氧化碳、臭氧、二氧化硫的工厂，正开始陆续亮灯。已经到了夜班的时间。更远处是一片模糊而凌乱的夜空。我们偷偷瞄着时钟。尽管谁也没说话，但我们心照不宣，一直在一刻不停地关注着时间。在这里，在树叶的掩映下，在看不见的鸟儿的歌声中，我们是受保护的。在这里，我们能谈论爱。但在更远的地方，谁知道呢。*外面就是法律，是恐怖的保护区，是惩罚的领地*。我们可以轻易地咀嚼这些语句，将它们囫囵咽下，仿佛那是一贴古老的药剂。不是“在更远的地方”。是“在这里”。地点副词。我们是在走进米克特兰地狱，还是正要首次走出它？在这里，我的妹妹去世了。不，我纠正自己：在这里，她被谋杀了。根据逮捕令：他在这里谋杀了她。那天，警察从这个分局出发，前往帕斯特罗斯区的米莫萨斯街 658 号。1990 年 7 月 16 日上午。有人打了紧急求助电话。整个街区人心惶惶。报道此案的记者托马斯·罗哈斯·马德里或许也曾匆匆走过此处。最早的鉴定报告、照片和证人笔录都出自此处。在某个时刻，编号为 40/913/990-07 案件的初步调查报告也正是在此处转手。在此处，或者在这附近，法官签发了对安赫尔·冈萨雷斯·拉莫斯的逮捕令，但他从未被绳之以法；那个男人至今仍逍遥法外，从未面临过法律的惩罚，也没有为自己的罪行付出过代价。他逃离了裁决。

三十年前，或许我也曾来过这里。

这时，伊拉萨瓦尔女士的一名助理刚好经过，似乎带着点同情地请我们进她的办公室聊聊。

“我来给你们解释一下情况。”她说。

她非常耐心地解释道，她的上司没有我们要找的那份档案。伊拉萨瓦尔女士是积案工作组的组长。我们被叫来这里，是因为有人认为，出于某种偶然的原因，这份如此久远的档案可能被保存在这里。偶然。她用了“偶然”这个词。“您看。”她指着电脑屏幕继续说。她输入自己的密码，随后输入了档案编号。系统无法识别。

“十一年前我来这里工作时，整个操作系统就已经换过了，”她说，“而且在此之前肯定还有过数次更新。”

“但有些东西会保留下来，对吧？”我问。舌尖上汇聚着一线希望。

“确实，有些档案会被送到归档中心，但即便在那里，档案也是有保管期限的，”她解释道，“请千万不要相信一份档案会永久保存。但如果你们需要进一步解释，可以在这里继续等我的上司回来。”

[路遇强奸犯]

在墨西哥，直到2012年6月14日，杀害女性才被作为一项罪行纳入刑法典中。《联邦刑法典》第325条规定：任何基于性别原因剥夺妇女生命的行为，即构成杀害女性罪（feminicidio）。在此之前，绝大部分杀害妇女的行为被称为“激情犯罪”（crímenes de pasión）。人们责问女性受害者，说她处事轻浮，责问她为什么要穿成那样。人们说，女人首先要尊重自己。他们说，受害者一定是做了什么才会落得如此下场。有人将其归咎于父母的疏忽，归咎于女孩自己做出的错误决定。甚至说她活该。语言的匮乏具有毁灭性。语言的匮乏束缚着我们，我们被闷死、被扼杀、被枪杀、被剥皮、被截肢、被谴责。正因如此，在2019年制止暴力侵害妇女行为国际日的纪念活动中，女性主义组织“理论”[1]在智利首都圣地亚哥市中心演出名为“路遇强奸犯”的作品后，在许多地方引起了强烈共鸣。错不在我/不在于我身在何处/不在于我如何穿着。这是一种已经在使用的话语，如今，这是各种社会活动家团体、受害者群体在法庭辩论和广场演讲中，在喧闹的示威游行中，在日常的餐桌讨论中频繁使用的语言。但在2019年的那个冬天之前，这种呼声很难像现在这样响

1 “理论”（Las Tesis）是一个跨学科、跨性别的智利女性主义组织，在世界各地通过表演和展出艺术作品举行示威活动。——编者注

亮。如此坚定。如此直白。如此真实。父权制是一名法官/我们的出生就是原罪/而我们的惩罚/就是你所见到的暴力。

“你知道吗？我第一次打电话到检察院请求接见时，他们直截了当地问我到底想要找什么。”索赖斯全神贯注地抽着烟。她将烟夹在手指间的方式，以及她将烟凑近自己的脸、夹在双唇间的样子，都颇有几分挑逗的意味。她吞云吐雾的模样既坚定，又自带某种戒律：将烟雾吸入肺部，停留几秒后，再充满戏剧性地吐出。“你知道吗？当时我不知该怎么回答。我迟疑了。我结巴了。”我告诉她，当时我支支吾吾，犹豫不决。我嗫嚅道，我在寻找案件的调查档案。空气中弥漫着烟雾。我们的躯体之间飘荡着某种古老的气息。

“就这个吗？”电话另一端的声音疑惑地问道。

这是杀害女性罪。/谋杀犯正逍遥法外。/这是失踪。/这是强奸。

就在那一刻，我意识到，我在那通电话中提出的要求是多么微不足道。“不。”我急忙说。我怕他正准备挂断电话。“不，我在找别的东西。”强奸犯就是你。香烟的烟雾形成的人影升腾而起，渐渐消散在空气中。“我在寻找该对此罪行负责的罪犯。我要让凶手为他的罪行付出代价。”我再次陷入沉默，吞了口唾沫。“我在寻求正义。”我终于说出了这句话。我重复了一遍，我的声音与许多声音遥相呼应。我又重复了一遍，这次更加坚定，更加清晰。压迫者的国家造就了男性的暴力犯罪。我寻求正义。错不在她 / 不在于她身在何处 / 不在于她如何穿着。我在为我的妹妹寻求正义。强奸犯就是你。

有时候，我们需要三十年的时间才能大声说出来，才能大声告诉一名司法系统的工作人员，我们在寻求正义。有时候，我们需要如此长的时间，才能回到阿斯卡波察尔科，才能坐在遮天蔽日的树叶下，战战兢兢、心怀疑虑地聆听鸟儿那不可能的歌声。

[脐带]

天已经完全黑了。我们决定叫一辆优步回去。阿斯卡波察尔科辖区 3 区分局已经没什么人了，但还有警察在入口执勤，他陪我们走到人行道上等车。我们转过身来怀疑地看着他时，他告诉我们，这只是为了以防万一。“你们不该独自等车。”独自？我们交换了一下眼神，但这会儿我们已经太累了，或许是太恍惚了，因此没有做出任何反应。

这次的优步司机是一名女性。“这段路会很长，”她一边看着手机屏幕上的地图，一边宣布，“这个时间段的交通状况非常糟，你们还要去城市的另一头。”她的语气中有种不耐烦或沮丧的调子。“我感觉交通一向如此。”我说道，看着对面的车流映射出一片灯海。“没错。”过了几分钟后，司机承认说。她深吸了一口气。“交通一直都很可怕。”

司机将双手放在方向盘上方，伸直双臂，似乎想从路上的引擎盖之间窥探未来的景象。我们曾经如此接近目标。而现在，随着车轮滚动，我们渐行渐远。我们的身体和空气中似乎都渗出了某种半透明的黏液，随着时间的流逝形成了一条脐带，将我们紧密地联结在一起。这就是我们和阿斯卡波察尔科之间的脐带。我们的心跳。在这里，过去不仅仅是过去，而是与现在共存的某种自我。同样与之共存的还有未来。有什么东西在心里震颤。我将双手按在腹部。从这里诞生出我的渴望：我希望这张将我们与万物联结在一起的网永远不会消失。随着这层膜被撕开，双方的分离可能会成为现实。我希望在我们返回夸乌特莫克区的路程中，这些细胞组织能承受住这段距离的重压。

司机看着后视镜，似乎正在车后方寻找着什么。汽车龟速移动着，几乎需要同时踩下刹车和油门。交通信号灯在正常运行，红色、绿色和琥珀色在半空中闪烁，但几乎没有几个驾驶员理会信号灯的指示，十字路口很快便出现了交通堵塞。喇叭响了一声，随后是第二声，最后喇叭声变得此起彼伏。这是机器失去功用的哀歌。我们的司机突然变得沮丧而绝望，她将前额抵在方向盘上。她再也坚持不下去了。这一天太艰难、太漫长了。

“给你。”索赖斯说。她在司机的手心里放了一块薄荷糖。“别担心，我们很快就会摆脱这一切的。”

“谢谢，”司机用颤抖的声音说道，“我平时不会这样的。我通常都很能忍。但今天……”

趁着另一个司机分神的一瞬间，她赶紧把车并进了唯一还在前进的车道。刹车。油门。有雨滴落在挡风玻璃上，这样的雨在10月很罕见。但雨滴在玻璃上四散开来，像夏天的暴雨。司机又踩了下刹车。

“原来档案也会死。”我低声嘀咕。我的愤怒听起来很像听天由命。无力像是恐惧。

“这只是个开始。”索赖斯向我保证。她坐在座位的边缘，右臂环绕着前座的椅背。她是想看着我，安慰我。我们已经到达蚁丘之地。现在，我们得像地下的掠夺者一样挖掘。

为了避开车流，优步司机走的小路越来越窄，但她越来越无法确定自己身在何处，也不知道该如何摆脱新的困境。她愤怒地拍了一下方向盘，发出绝望的叹息。就像马儿的响鼻声。

在那一刻，我下定决心。下一步，我会聘请一名律师来帮我继续追踪档案。同时，在这个过程中，在我们的申请一次又一次轮转在不同机构之间盖章的过程中，我必须重建那份还不存在的，或许已经不复存在的档案。“如果那份档案消失了，莉莉亚娜在这个世界上存在的官方历史也将不复存在。”在我们深陷这座城市疯狂的交通拥堵中时，我第一次把这个想法说出了口。就像那个公务员说的，千万不要相信一份档案会被永久保存。如果那份档案和其他档案一样最终消亡，我们找到凶手、将其逮捕归案的可能性也将随之消逝。会有一场审判的。必须进行审判，必须做出裁决。正义必须得到伸张。

“保重。”司机将我们送到目的地后说道。“您也保重。”我们对她说。

我们又一次回到了这里，回到了赛马场的椭圆形跑道上。我似乎仍能听到那些看不见的马儿的鼻息声。我们插在口袋中的双手变得僵硬，头发凌乱，皮肤皱缩。我们穿过了整座城市，仿佛穿越了一个战场。我们在时空中穿梭。我们失去了一切，也获得了救赎。这一切都在同一时间发生。

我们这会儿还不饿，但我们也不想就此分别。于是，我们心照不宣地开始在漆黑的树荫下缓步前行，默默地寻找餐馆。警车亮着双色的闪灯。这是属于夜晚的喧嚣。我们没有预订，于是告诉服务员，只要有空的桌子让我们坐就行。结果我们被安排坐在餐馆后方，非常靠近厨房的位置，一群焦急的服务员匆忙地在我们身边穿梭着。

“这段路会很长。”索赖斯将阿斯卡波察尔科的司机来接我们时说的那句话重复了一遍。我们把背包和夹克衫挂在椅背上，和其他食客在星期五晚上的穿着形成了鲜明对比。其他人都穿着带亮片的套装、人造皮草、羊绒大衣、露肩衬衫。很明显，我们不属于这里。我们显然来自另一个世界，另一个纪元，另一颗星球。

我们准备先点开胃菜和矿泉水。这时，我认出了远处的那个人。“你不会相信的。”我对索赖斯说。她坐在我对面，看不到进出这家餐馆的人。“不要转身。”我说着低下头，垂下视线，但仍用眼角的余光悄悄打量刚进来的那个男人。他身穿黑色西装，打着彩色领带，正朝我们所在的长桌走来。这张桌子有六个座位，其余的四个现在还空着。

“他是谁？”索赖斯问我。

那个男人看见了我。他认出我后，几乎不假思索地立即转过身去，一头撞在与他牵着手的女人身上。年轻女孩没有察觉到异样，她显然不明白，自己的男伴刚刚还如此坚定，现在为何会突然掉头往回走。女孩继续朝我们桌边的空椅子走来，而那个男人现在背对着我，拽着女伴向入口走去。

“还记得我们今天聊到过的那个被指控性骚扰的教授吗？被禁止踏入伊比利亚美洲大学校园的那个。”

索赖斯睁大了眼睛，随后爆发出一阵笑声，仿佛这件事很好笑。“我简直不敢相信！”她说。

“如果你悄悄向左转头，就能看到他们。”

最终，那两人被安排坐在大门旁的一张桌边。索赖斯照我说的，迅速转头朝那个方向看了一眼，确认了那就是被控性骚扰的教授。他和一个年轻貌美的女孩坐在一家时髦餐厅的餐桌旁。一切如常。什么都没发生。被指控的男人可以若无其事地继续自己的生活，仿佛什么都没发生过。索赖斯转回头。“我好想抽根烟。”她说。

若不是亲眼所见，我会以为这一切只是某种病态的幻想。或是个恶作剧。或是某种水平拙劣的谎言。或是粗制滥造的虚构故事。“但你亲眼看见了。”我说。“我看见了。”索赖斯点点头。而这一切必须改变。

那根脐带重新开始沿着腹部的边缘跳动起来。这一新生器官的组织仍在运作，输送血液、声音、白细胞、红细胞、记忆、勇气。我们一个字也没说，但在同一时刻举起了手中的杯子。“我们要推翻它。”我们异口同声地说。

我们碰杯，杯中泛出气泡。那是庆祝的声音。庆祝我们将要推翻父权制的决心。

[10月4日]

我们正身处漫长的善后阶段。

在前往墨西哥城总检察长办公室，尝试申请编号为40/913/990-07案件的初步调查报告副本之后，第二天，我和父母一起去扫墓。今天是 10 月 4 日。到今天为止，莉莉亚娜埋葬在地下的时间已经比她在地上生活的时间还要长了。今天是她的五十一岁生日。本该庆祝她五十一岁了。莉莉亚娜是天秤座，上升星座是摩羯座。在中国的十二生肖中属鸡。如今，我们三人相聚在这里，缅怀她的人生，重温她的记忆。

我们带了一把锄头，用来为她的坟墓除草。多年前，我们决定只在上面放一块小小的石板。长方形的黑色墓碑顶部刻着她的名字和生卒年月。我们还带了塑料水桶，用来盛水和浇花。三十年来，我们一直在路边的同一个摊位购买扫墓用的鲜花。

在墓地外，我们甚至看起来与常人无异。在那扇生锈得越来越厉害的铁门另一侧，我们散步、吃饭、打招呼、庆祝胜利、吊唁、上课，或参加聚会。在外面，我们的生活仍在继续：事业、书籍、旅行、生日、孩子。但在这里，一阵风首先撕裂火山的山峰，接着用它冰冷的翅膀慢慢抚摸我们的肺部；在这里，我们只剩下无穷无尽的伤痛。所谓时间会冲淡一切的说法，只是个谎言。时间停滞不前。这里有一具失去知觉的身体，被困在时间的铰链和螺栓之间，失去了生活的节奏和秩序。那件事之后，我们再也没有成长。我们永远不会再成长。我们的皱纹是虚假的，它只是我们本可能经历的另一种生活留下的蛛丝马迹，但那种生活早已不在此处。灰白的头发、蛀牙、脆弱的骨骼、僵硬的关节：这些只是假象，仅仅为了掩盖如今的重复、冗余和老调。我们被困在内疚和羞耻的泡沫中，一次次地问自己：我们当年究竟漏掉了什么？这就是回声。秋天的阳光总是格外明媚。我们为什么没能保护她？而回答我们的，只有欧亚梅尔杉的低响，松树的轻摇。

八十四岁的父亲夺过锄头，开始专心致志地清理杂草。锄头不奏效时，他就弯下腰，努力拔掉根深蒂固的杂草，或是用双手掰开坚硬的泥块。他边劳作边喘着粗气，偶尔停下来休息，不一会儿便已汗如雨下。当他蹲在地上默默流泪时，我心里在想，每天，他会想起莉莉亚娜多少次？近三十年前，为了继续推动莉莉亚娜遭遇谋杀一案的调查，检察院的官员要求我们支付巨额调查资金。那是例行公事的贿赂款。每天，每年，他曾多少次责怪自己没有准备好足够的资金？他的耳边多少次回响着那些猥亵、粗鲁、禽兽不如的词——那些警官和调查员，公开用这样的字眼讨论莉莉亚娜的身体、莉莉亚娜的生命、莉莉亚娜的死亡。每天，他多少次低声重复着“正义”一词？词汇缺乏等同于完全丧失自卫能力。1990 年的那个夏天，有谁能够昂首挺胸，带着对事实和真相的信念说出：*错不在她，不在于她身在何处，不在于她如何穿着*？在当年的世界中，既没有“杀害女性”一词，也没有“亲密恐怖主义”（terrorismo de pareja）一词。在那样的世界中，谁能像我现在这样毫不犹豫地说，“我和我妹妹之间唯一的区别，就是我没有遇到过杀人犯”？

这也是你和她之间唯一的区别。

莉莉亚娜，在那样的世界中，保持沉默是保护你的一种方式。一种保护你的笨拙而恶劣的方式。我们压低声音，蜷缩在自己的内心深处，把你一同包裹其中，以免将你暴露在轻易的指责、病态的窥私、怜悯的目光之下。我们压低声音，蹑手蹑脚地行走，在所经之处努力减少自己的存在感，试图随着时间的流逝成为永远的幽灵，只为避免那些尖酸刻薄的攻击，避免那些旁人的指责，哪怕有些是出于好意。这些攻击针对我们，也针对你。而你就在我们身边，挽着我们的胳膊，握着我们的手。因为我们是如此孤独，莉莉亚娜。我们从未如此孤苦无助，远离人性的关怀。在这样一座野蛮的城市中，我们比以往任何时候都更加孤独。这座城市的大男子主义几乎要用它强大的下颚将我们吞噬：如果他们没有让她去墨西哥城，如果她待在家里，如果他们没有给她那么多自由，如果他们教过她如何分辨男人的好坏。我们不知道该怎么做。面对无法想象的事情，我们不知道该怎么做。面对无法理解的事情，我们不知道该怎么做。于是我们选择沉默。我们将你包裹在沉默中——犯罪者逍遥法外，面对腐败和正义的缺席，我们却无能为力。我们如此孤独，又如此万念俱灰。一败涂地。支离破碎。我们像你一样无法呼吸，心如死灰。而当这一切发生时，当我们匍匐在岁月的阴影下时，死去的女性却在成倍增加。墨西哥笼罩在无数受害者的鲜血中，她们的梦想、她们的细胞、她们的笑声、她们的牙齿都在死亡中消逝。凶手却得以继续逍遥法外；不存在可以制裁他们的法律，也没有可以收押他们的监狱。而且，凶手自始至终总能享受疑罪从无原则，获得从宽处理。甚至在多年后的今天，依然有人无耻地指责受害者，质疑女孩的决定、女孩的判断，认定是女孩犯下了严重的错误。直到有一天，在众人的支持下，我们终于能够开始思考，甚至能够想象，正义也应该属于我们。理应为你讨回公道。你和许多其他女孩一样，应该得到公正的对待。我们终于意识到，我们也可以斗争，也可以像其他人一样大声疾呼，可以将你带到这里，带到这正义的殿堂。我们终于有了伸张正义的语言。

三十年是足够短，还是足够长？谁能决定呢？

“我们两周前刚清理过这里，你看。”父亲突然开口，打破了天空下的宁静。“又长满了。”他补充道。

一切都不如从前了，但他没有放弃。没错，他会疲惫，会感到喘不过气，但他没有放弃。

母亲坐在坟墓的另一侧，一边心不在焉地拂着草地，一边不时发出一声叹息。

我们之间对话的片段仿佛发生在别的地方，或是在另一个世界。有些词语在一片寂静中流出。看。水。山顶。居所。命运。幸福。

我并不确知，在每次扫墓时大家都对莉莉亚娜说了什么，但我确信，我们都在用各自的方式与她交谈。我也确信她会回应我们。我们能听见她的声音。而这是第一次，我可以毫无羞愧地站在这里，与你并肩而立，莉莉亚娜。这是第一次，我知道自己可以大声念出你的名字，而不会跪倒在地。还有其他人。还有那么多受害者。这是正义的词语。是的，我们刚刚离开了米克特兰地狱。一个回声引起了众多回响。又一个。还有你敞开的胸怀，永远迎接我们的怀抱。这是你的全名：莉莉亚娜·里韦拉·加尔萨。

你本人。

第 二 章

天空这恼人的蓝

ESTE CIELO ENOJOSAMENTE AZUL

“噢，我在燃烧！我希望走出家门——我希望再次成为一个野蛮而坚韧的女孩，并且自由……笑着面对伤害，而不是在伤害下发狂！”[1]

艾米莉·勃朗特，《呼啸山庄》

1 引文原文为英语。——编者注

[书写与秘密]

童年以一个吻作结。少女并非沉睡百年，交缠的双唇也并不属于白马王子，但童年那份纯真的期待，终于在一个吻中落下帷幕。双唇交触。牙齿。唾液。呼吸急促。睁大双眼。童年随着初吻的秘密而终结。在小方格纸上写下无数句话；撕下笔记本的纸页，在上面写下长信；在生日贺卡、圣诞贺卡和情人节贺卡上画满涂鸦；在同学的笔记本上偷偷写满一行行文字，等着看他们几小时、几天后发现时大吃一惊的样子；亲笔书写，或是把信纸大小的纸张放进 33 型打字机的圆筒，记录下那些平平无奇的日常。在书写了这么久以后，有些内容只能以写作的形式表达。如今，终于可以写下那份难以言表的感情了。或者说：有一些难以形容的东西，而现在，终于能用书写的方式描述它们了。如今可以说：我永远不会忘记 1982 年 1 月 22 日。那简直是梦幻般的一天。也不会忘记 4 月 28 日。还有 5

月20日。我的初吻发生在1982年11月31日[1]，下午2点30分到3点之间。男孩的名字和事件发生的地点都不重要。重要的只有初吻这个事实本身：肌肤相亲的极限。带着兴奋和好奇，怀着永不回头的决心，纵身一跃。重要的是事件本身——它从童年的其他行为中剥离出来，光辉灿烂、完美无瑕，成为一道门槛、一种界限、一条秘密通道。我的初吻。埃尔奇琼火山[2]大喷发、墨西哥比索贬值、《E. T.外星人》的首映都被抛在脑后。莉莉亚娜举起双手，与过去作别。她正向前迈进，身体先行一步，但同时也在回望过去，而后注视前方。迈克尔·杰克逊的《战栗》大获成功；曾经的墨西哥共产党成了墨西哥统一社会党；首批艾滋病感染者的尸体被埋葬在墓地中。莉莉安娜走出了自己的童年，同时也建立了自己的档案。在那一吻之前，她已经开始写作，但在那之后，书写将成为一种记录，通过一种外在形式，将自己展现在他人眼前，无论是否出于自愿——将秘密带入这个世界。可谓秘密的实体。“青春期”是这份档案的另一个名称。

当我妹妹拥有她的初吻时，我刚进大学。

---

1 原文如此。——编者注

2 埃尔奇琼火山（El Chichón）是墨西哥恰帕斯州的一座活火山，因1982年发生的一次喷发而闻名。

[硬纸箱]

那些笨重的箱子一直摆在那里，在衣柜顶部整齐地一字排开。七个硬纸箱和三四个涂成薰衣草色的板条箱。都是莉莉亚娜的遗物。一天早上，我们来到她位于阿斯卡波察尔科的小公寓，内心的伤痛尚未愈合；我们沉默着，三两下将手头能找到的一切都装进了纸箱，动作有条不紊，就像训练有素的军队在执行明确的指令。我们将箱子一个接一个摞起来，放在一辆小型皮卡的后部。我们再也没有回过那个地方。

逝者的遗物该怎么处理呢？回到托卢卡[1]，在我父母家，我们将她的书、笔记本、蓝图、海报、玩偶、衣物、鞋子分门别类地整理好，并在每个箱子上用大写字母标注了她的名字。仿佛我们会忘记似的。仿佛我们哪怕有一丁点可能，会将她的遗物和其他箱子搞混似的。我们的内心早已翻江倒海，但为了追寻某种外在秩序，我们却将她的遗物整理得井井有条。我们将箱子一个个摞在一起，搬到衣柜顶部的架子上，那里以前放着空行李箱和过冬的棉被。父母从曾经与小女儿共同居住的旧屋子里搬出来时，这些箱子也被搬到了往西几公里远的新房子里。那次搬家意味着一个新的开始，或者至少是一个喘息的机会。换个

---

1 托卢卡（Toluca），墨西哥工业重镇，距墨西哥城 63 公里。

环境。一个防止触景生情的小花招。三十年来，没人碰过那些箱子。三十年来，它们一直在那里，在我们眼前，却无法触及。

如今，在经过如此漫长的时光之后，终于可以面对那场悲剧，了解其中的细节——是什么引发了这样一种感觉呢？一个人如何能够确定自己已经可以提出问题，最重要的是，已经准备好聆听答案了呢？我不知道。我只知道，自己在向墨西哥城总检察长办公室提交了第一份申请之后，就再也无法收手。整整一个秋天，我常常彻夜难眠，泪水汹涌而出。但哭泣是一种文明的行为。而在那里发生的一切，在那个窗明几净、窗口被橡树和木兰花环绕的房子里发生的事，则属于另一个世界。我当时身处休斯敦，可实际上我被困在过去。我在休斯敦，但同时也在时间的边缘彷徨。多年来，悲痛已经变成了一种独自进行的无声仪式，现在却成了尖叫和掌掴的爆发。每当我感到胸口被压得喘不过气，声带间发出呜咽的声响时，就会再次打开她房间的门，将手放在门把手上。灰尘在光线中漂浮，弥漫在整个空间中。她的书。她每天早上会看到的海报。她的笔记本。问题是：我现在是谁？我身在休斯敦，但我同时居住在更遥远的时光之外，在超越文明的时代。

莉莉亚娜葬礼后的某一天，亲友都已回归日常生活，我独自在家爆发出野兽般的号哭。粗暴地发出尖锐、刺耳的尖叫。哀号声中饱含着痛苦或恐惧。哭喊声在那个房间中扩散，没有人听到，它却将空气撕成两半，撕成碎片。这声音来自一个未知的世界，同时也是一种与尚未诞生的世界沟通的声音。哭喊声有如不同材质的物体缓慢地摩擦，吱吱作响。那是一种边缘破损、散发着恶臭的东西。彼时还未成形。你必须捂住腹部，在地板上蜷缩成一团。你必须埋起脸，你必须乞求。没错，最重要的是，你必须乞求。时间完全凝滞了。过去永远不会过去。这一切仍在这里，完好无损，再次出现在我们面前。就像当时一样，在某些夜晚，我被一种确定性唤醒，确信这一次我仍然无法做到，就像过去一样。

我想回忆。为了与恐惧和解。我翻阅了当时的笔记，并开始向住在附近的亲友提问。我拜访了姑姑们，参加了过去拒绝出席的成人礼庆典，还打了电话。有些人只给出寥寥几句回答。有些人则喋喋不休地说个没完。所有人都会在某个时刻羞愧地低下头。“对不起，”他们说，“我只记得这么多。”有些人哭了。我很快便意识到，对于真相，其实我们所知甚少。一个迷失方向、每天遭受施暴者虐待的女孩。一个也许过分自由的女人。一名严于律己的游泳运动员。一个想要尝试新鲜事物的懵懂少女。一个善良、温顺，面对危险却视而不见的小女孩。一个骗子。一个模范学生。一个天真的孩子。一个朋友。一个充满爱的女人。一个粗心大意的人。一个既往经历复杂的人。旁人的回忆给莉莉亚娜贴上了各式各样的标签，再加上我自己的回忆。这些描述毫不掩饰地自相矛盾。然而，不管每个人的印象如何，结局都是相同的：三十年的沉默。由于害怕粉身碎骨、无法承受痛苦、恐惧死亡，他们最终都成了凶手的同谋。我们都一样：窒息、哑口无言、死气沉沉、毫无动静。就像莉莉亚娜临终前一样。

蕾切尔·路易丝·斯奈德[1]在《看不见的伤痕》（*No Visible Bruises*）中写道，家庭暴力——尤其是亲密伴侣凶杀案——与其他犯罪类型的不同之处在于，其中包含了爱情的元素。没有任何一种极端暴力行为是由如此高度传播的意识形态助长的。哪个正常人会反对浪漫的爱情呢？成千上万被伴侣谋杀的女人可能有无数种方式来回答这个问题。但即便是她们也和我们一样，需要一种能识别风险因素和极端危险时刻的语言，才能回答这个基本问题。在墨西哥这样的国家，直到最近，流行音乐甚至还在歌颂那些嫉妒引发的冲动，歌颂男人因为轻微的挑衅而谋杀女人的行为。因此，创造这种语言一直是一种英勇的斗争，其胜利无疑要归功于那些坚韧的活动家——他们决心质疑普遍存在的性别不平等，以及父权制日常的暴力运作。举例来说，我们需要整整几代人的努力，才能不再将男性在街上过于频繁的言语挑逗，看作一种自然而然的行为，甚至是

1　蕾切尔·路易丝·斯奈德（Rachel Louise Snyder），美国记者、作家，以其新闻调查和相关写作而闻名。她的作品探讨了一系列社会问题，包括家庭暴力、性别平等、社会正义等。

一种恭维；经过几代女性主义者的努力，才能将这些行为作为日常的公共骚扰事件予以谴责。为了准确定义这些行为的性质，我们需要创造新的词汇。职场骚扰。歧视。性暴力。*强奸犯就是你*。为了能使用这样的话语，为了能揭发成千上万的女性在家庭内外遭受的折磨，以及夺去她们生命的暴力，我们必须逆流而上，共同努力，创造一种足够精准的语言，对这种致命的性别差异保持警惕。

一项重要的进展发生在美国。处理家庭暴力和亲密伴侣暴力案件的专家护士杰奎琳·坎贝尔[1]，通过研究将首个家庭暴力危险评估量表应用于实践。基于自己对众多患者的护理经验和全面的研究结果，坎贝尔拟定了测试问题，通过受害者脸部或手臂的瘀伤、骨折，或是勒痕，来评估并诊断前往医院急诊室就医的女性所面临的危险程度。此前，这些针对妇女的暴力事件都被视为病人的隐私，而坎贝尔开发的工具使得医生和护士能将其作为公共卫生问题来处理。坎贝尔列出了一份包含二十二种风险因素的清单，其中最主要的是使用麻醉剂、持有枪支，以及极端的嫉妒。此外，还有一些更具体的描述：死亡威胁、扼住喉咙，或是强迫性行为。将受害者与其亲友隔绝、施暴者做出自杀威胁并持续跟踪，也都是明显的迹象。一份

1 杰奎琳·坎贝尔（Jacquelyn Campbell，1946— ），美国护士、学者，以其在家庭暴力和亲密伴侣暴力领域的研究而闻名。1986 年，在执法人员、医疗保健专业人员、临床专家的支持下，坎贝尔制定了家庭暴力危险评估量表（The Danger Assessment），用于评估家暴受害者面临的危险程度。

虐待行为的完整清单。我们未曾看见——或是故意视而不见的——赤裸裸的暴力地图。1990 年的那个初夏，如果莉莉亚娜回答了测试中的这些问题，也许她就会意识到自己正身处致命的危险之中。当时或许还有更多情况，但在她的信件和笔记本中，已经出现了极端的嫉妒、施暴者做出自杀威胁和持续跟踪。是否还有更多征兆？

有一种观点将谋杀解释为突发的暴力行为：一个原本正常的男人也许会突然失去理智，杀死伴侣。坎贝尔却认为，“先前发生的家暴事件是家庭凶杀案的最大前提”。很少有人会在第一次尝试时就杀死自己的伴侣。世界各地的统计数据证实了坎贝尔在《看不见的伤痕》中接受斯奈德采访时所说的话：“危险等级是依据特定的时间顺序排列的。当受害者试图离开施暴者时，危险指数会急剧上升，并在三个月内保持极高的水平，然后在接下来的九个月内逐渐下降。一年之后，可感知的风险会逐渐消失。”

在家里的衣柜顶部，在那些存放多年的纸箱里，是否存在莉莉亚娜当年所面临的日益严重的危险的痕迹？那些我们看得见的，以及那些我们看不见的，会不会就在那里一直沉睡着？

[笔迹]

笔迹学爱好者常常会将手写笔迹视为通往灵魂的不为人知的通道。从笔触、铅笔或圆珠笔按在纸页上的力度、字母有序或无序的排列，可以推断出书写者隐秘的个性、难以言表的欲望和内心的种种执念。也许正因如此，知名作家的手稿才会受到近乎病态的执着追捧：仿佛读者可以从这些私人信件或日记中挖掘出丑闻或羞耻之事，而它们在印刷成册的书中绝不会出现。

可以肯定的是，就像所有从课堂中学到的东西一样，个人的笔迹也是经过严格训练的结果，是薪资微薄的老师们的教学成果。是社会性培训的一环。我们都学会了用拇指和食指夹住铅笔，弯曲手肘，背部微弓，向笔尖施压，不断微调用力的程度——我们在双线笔记本上一遍遍书写的字母便会逐渐显现出来。我们都模仿过赛·托姆布雷[1]的创作手法：用接近蓝色和红色的线条，潦草地描画出一个水平的螺旋状图案。我们这一代学生接受的是斜体字训练——每个字母都稍向右倾斜，连成完整的单词。我妹妹那一代人则学会了用印刷体书写，每个字母都是一个个独立而完整的单元。每个字母都是一座孤岛。在这两种情况下，我们笔下的字母都不能说是一种个性化的产物、书写

1 赛·托姆布雷（Cy Twombly，1928—2011），美国画家、雕塑家、摄影师，也是抽象派艺术大师，其作品以潦草书写、重复的线条、留白和涂鸦著称。

者独一无二的个体标签，而更像是一代人，甚至很可能是某个地区同龄人的集体产物，通过这些字母可以辨识出书写者的年龄、地域和社会阶层。

莉莉亚娜的笔迹一直很漂亮。

莉莉亚娜花了很多时间书写、修改自己的信件，这些信写在从学校笔记本中撕下的纸页上，通常是那种“抄写员”牌的竖版小方格笔记本。她有时会寄出这些信，有时则不会。她也给自己写便笺，通常使用第三人称，与一个既是自己又是他人的存在进行精彩的对话。她有时用铅笔写，有时用彩色圆珠笔写，有时也用钢笔蘸取棕色甚至偏酒红色的墨水写。她也会用打字机写，当时，我们的母亲在墨西哥州立自治大学工作，她就把从办公室拿来的牛皮纸放进打字机；有时，她也会将信纸大小的纸张放进打字机，那些纸原本是用来复印学校作业的，但由于出现了错别字或其他错误，这些复印件只能被扔进垃圾桶。她有时在情绪高涨时书写，用词幽默大胆，思维发散。她也会在安静的时候写作，出于疲倦或无聊，她会逐一列出朋友的名字或是写下待办事项清单。她每天都写，在值得庆祝的时刻也写。她先写下粗略的草稿，然后誊写一个干净的版本。她会反复修改。她会一遍遍地重写一张字条或一封信，通常只做极细微的改动，直到措辞令她满意为止。只有到那时，她才会放手，同时也不忘留下一份副本。她写下这些文字是出于表达的需求——她曾多次强调，自己需要通过这种方式来释放自我。但同时，这也是一种创作：她写下的文字，哪怕只是为了给自己看，都符合文学创作的形式和内容的标准，却远远超出了单纯的内心剖白，挑战着传统的文学观念。她还经常摘抄。诗歌。书中的引文。大段大段的文字。毫无疑问，莉莉亚娜才是这个家中真正的作家。

尽管从初中和高中时代开始，莉莉亚娜的手写印刷体就已经精致、漂亮，但成为一名建筑系的大学生之后，她对各种形式的物质化呈现有了更为敏锐的认知，这也体现在她的书写中。在阿斯卡波察尔科求学期间，她还是一名朝气蓬勃的大学生，那时，她的笔迹呈现出一种更自信、更鲜明的个人风格。字母的形状、高度，以及词与词之间的距离，都能体现出她对书写行为的各个方面越发精细的控制。

在那个时期，她的个人特色不仅体现在优雅而独特的笔迹上，还体现在她特殊的折纸方式上。她的信就像一枚枚折纸炸弹，在读者手中爆炸，从而增强了神秘和共谋、愉悦与消遣共存的体验。即使到了三十年后的今天，打开她的信件时依然需要小心翼翼地触摸纸张，让它一点点展开，才能让这个三维空间的魅影重新回归平面的状态。一切都经过精心遴选。她写过自己对纸张的质地和尺寸的考量。还有纸张和墨水的颜色。字母的大小，其位置在线格的上方还是下方，是位于页面的角落还是中央。此外，她还会在信中添上涂鸦、绘画和贴纸。收到莉莉亚娜的信，就像受邀进入一个广阔而复杂的个人世界，轻松自在，也许还有些古怪。在这个世界中，主人能够掌控所有材料的用途，同时也能非常清晰地意识到，关键在于建立联系、互相交流。换句话说，文字能够敞开心扉，并与读者产生联结。

直到生命的最后一天，莉莉亚娜都在坚持写作。她写了许多封精心构思的长信，有时也会边听课，边在笔记本的空白处随意涂写。她抄写诗歌，一遍遍地誊抄、整理。她也抄写歌词。她最后一次拿起自己的紫色圆珠笔，是在1990 年 7 月 15 日上午 10 点 30 分。死亡证明显示，十八小时后，莉莉亚娜停止了呼吸。

[茄科茄属马铃薯种]

故事最初是从马铃薯开始的。半个世纪前，棉花产业将我的祖父母引向美墨边境，迫使他们穿越高原，来到圣胡安河下游的 22 号灌溉网附近的农田，并最终定居于此；马铃薯则将我们这个小家庭带到了墨西哥中部的高原。我父亲在蒙特雷[1]的一所私立大学取得了农业工程师

1 蒙特雷（Monterrey）是墨西哥新莱昂州的首府、墨西哥第二大都会区的核心城市。

学位，接着在奇瓦瓦州[1]德利西亚斯[2]的一家种子公司工作了几年，但他对此并不满足。他申请了查平戈自治大学[3]的研究生项目，被录取后，母亲同意了：我们将再次抛下一切，与我们熟知的事物告别——干燥的气候、乏味的食物、蹩脚的口音。植物育种学研究生毕业后，父亲得到了两份工作机会：一份位于下加利福尼亚州的恩塞纳达[4]，另一份位于墨西哥州的托卢卡。恩塞纳达离塔毛利帕斯州[5]太远，我们每年夏天都要回那里探亲，圣诞假期也常在那里度过，因此他们没怎么将这个地方纳入考量。决定目的地后，我们再次搬迁，再次告别，再次开始安置新家。我们到达托卢卡时正值雨季，那是全国海拔最高的城市。刚好赶上报名秋季学期的课程。莉莉亚娜当时四岁，还很依赖我母亲，有人也许会说那是一种过度依恋。1974 年 7 月 16 日，作为一名研究员，父亲签下了他的第一份劳动合同，那是我妹妹被杀害的十六年前。

马铃薯是茄科茄属草本植物。研究人员来国家农业研究所参观时，我父亲只要装作不经意地提到，马铃薯真正

1 奇瓦瓦州（Chihuahua）位于墨西哥西北部，与美国接壤，是墨西哥面积最大的州。

2 德利西亚斯（Delicias）是一座小型工业城市，也是墨西哥最重要的乳制品产地之一。

3 查平戈自治大学（Universidad Autónoma Chapingo）是墨西哥最负盛名的农业研究中心，位于墨西哥州特斯科科（Texcoco）郊区的查平戈镇。

4 恩塞纳达（Ensenada）毗邻太平洋，是墨西哥重要的国际贸易中心。

5 塔毛利帕斯州（Tamaulipas）位于墨西哥东北部，有 370 公里的美墨边境线。

的发源地在托卢卡火山，而非南美洲安第斯山脉，就能成功引起骚动，这种挑衅屡试不爽。我母亲会为他们送去饭菜，随后，在酒精的作用下，他们会就这一狂妄的学说展开激烈讨论。无论这些研究人员来自秘鲁、圣彼得堡、瓦赫宁恩[1]还是慕尼黑，无论他们是男是女，能否流利地说西班牙语，所有人的反应都大同小异。他们的笑声中带着毫不掩饰的敌意；他们搬出科学证据、历史数据，引用实地观察作为辅证。我和莉莉亚娜吃完饭就会离开餐桌，透过门缝偷偷观察他们的反应。模仿他们愤怒的手势和天南地北的口音成了我们的习惯。我们会把铅笔放在嘴里模仿抽烟的动作。我们跷起二郎腿，双手在空中挥舞，仿佛这场辩论将决定我们的生死。我们暗中嘲笑那些人，一起排练我们的讽刺哑剧，这让我们比亲姐妹更亲近：我们成了同谋。

我们在试验田闷热的温室里度过了许多个周末，父亲在那里进行抗晚疫病[2]的研究。这种真菌劣迹斑斑，据说曾造成爱尔兰全国马铃薯绝收，导致了传说中的 1846 年爱尔兰大饥荒，进而迫使一百多万移民涌入美国。无数个下午，父亲把实验种出的各种马铃薯在自家小厨房里炸成

---

1 瓦赫宁恩（Wageningen），荷兰中部的一座小镇，当地的瓦赫宁恩大学是全球重要的生命科学和农业研究中心。

2 晚疫病又称马铃薯晚疫病，是一种由致病疫霉（Phytophthora infestans）引起的病害，主要侵害马铃薯和番茄等茄科作物。

薄薄的薯条，我们就在那里品尝：味道、甜度、口感、颜色、大小。哪个品种最受欢迎呢?

许多日子里，我们在火山斜坡上爬上爬下，在冰冷的溪水中嬉戏，在陡峭的山路上气喘吁吁——只为了一睹野生马铃薯开出的白色和淡紫色的花朵。父亲用它们的基因培育出了对晚疫病免疫的新品种。我们吃马铃薯。我们呼吸的空气中都是马铃薯的气味。马铃薯是我们的神。在火山四周，我们花了几个小时收集干柴、树叶和细树枝，试着照母亲教我们的方法，不用松脂或酒精点燃篝火。我们每天这样悠闲度日，在高地上仰望天空的壮丽景色：高积云、积雨云、卷层云。

在查平戈，我们住在大学校区的研究生公寓中，在那里，我们有机会品尝到当地的美食，对我们这些边境移民来说，这些特产曾经是难以想象的：蘑菇、蚕豆、玉米蘑菇、帕帕洛香草、豆沙饼、紫玉米、龙舌兰酒。除了这份长长的美食清单以外，在托卢卡，我们还能品尝到绿香肠、野苋菜、野生蘑菇、迷迭香、骨髓汤、主教玉米饼、奶油蛋糕等。家里的饮食规定严格，不允许我们吃糖或是买街头小吃，因此，这些菜肴的异国风情更加令我们印象深刻。

有一次，试验田的一名工人邀请我们全家去火山的山坡上烧烤。20 世纪 70 年代，赫罗尼莫曾是一名卡瓦尼亚斯[1]游击队的成员，后来，他逃离了格雷罗州[2]，在托卢卡河岸定居下来。烧烤时，他带来了一只非常小的羊羔，用白色的床单包裹着。他以娴熟的手法点燃篝火，用石头围成一个圆圈，将小纸片和木块放在圆圈当中，然后迅速搭出一个烤架，把肉放在火焰上翻转，他的女儿们则在旁边吃着我们带来的糖果和巧克力。那天下午，大人们聊了很久。他们声音很低，听起来都不像成年人了。大家说话时语调平静，说着宽慰人心的话语。休战的话语。这些词语仿佛依附在炭火的余烬上，随着火星飞溅出来。谈话声悬挂在欧亚梅尔杉的树枝上，一点点地飘向山顶，最终沉没在火山口的太阳湖和月亮湖的水域中。在那里，这些词语漂浮了一会儿，几乎没有扰动水面。在那里，言语游动着，一个接一个地做出完美的划水动作。在那里，话语在练习古老的呼吸法，头在冰冷的水下左右转动。在那里，它们创造出一种轻柔的韵律，与地球自转的精细运动遥相呼应。这就是一场谈话，我想道。那些词语落在松树长长的树影背后，几乎毫不遮掩。它们前方是紫色的皇家蓟，透过它，它们看向我们，看穿我们的内心。谈话声落在通往山顶的小径上，踩在松散的砾石、草地和黄白相间的灰

1 卢西奥·卡瓦尼亚斯·巴里恩托斯（Lucio Cabañas Barrientos，1938—1974），墨西哥乡村教师、工会领袖、游击队领袖，其领导的贫民党（Partido de los Pobres）活跃于格雷罗州山区。

2 格雷罗州（Guerrero）位于墨西哥西南部，该州崎岖多山，南部为南马德雷山脉（Sierra Madre del Sur）。——编者注

烬上。之后，谈话声逐渐减小，像太阳的光芒一样变得微弱，最终奇迹般地消失了。这时，天气已经凉了下来。但在回程的路上，我们四个人谁也不敢打破沉默。我们的唇齿间，就在记忆的角落里，还残存着前游击队员在山顶为我们烤的羊羔肉的味道。那是为我们准备的最盛大的欢迎仪式。

我们有一张老照片，照片上的父亲骑在马上，旁边是一块棉花田。他的背挺得笔直，手中缠着缰绳。他似乎准备微笑，但在最后一刻决定不笑：更多是出于谨慎而非害羞。他十五岁的目光中迅速掠过一种奇特的信念，很可能是平静。也许只有看到这张照片，才能理解“远方”这个词、“外面”这个副词，以及“我们是自己的避难所”这句话。我们并不属于这里。无论我们身在何方，这始终是我们对自己的定义。每天，在我们吃午饭时、上学前，或是晚上准备睡觉时，都会听到：每扇门都是出口。我们每天的任务就是找到它。如果还没有出口，那就开辟出来。我们来自远方，或是比远方更远的地方。有一次，我和家人在午餐时大吵一架，之后摔门而去。等我回来时，厨房已经收拾得干干净净，母亲正在等我。她非常平静地告诉我，其他人生气时会这样做，但我们不能。我们的祖先战胜了一切：贫穷、不识字、棉花行业的衰落；我们是这些人的后代。我们的祖先甚至在 1918 年的流感大流行中幸存了下来。坦白讲——以某种微妙的方式来说——我们能活下来就是一个奇迹，而这个奇迹就是我们的救赎。让其他人绝望吧。让其他人在无法运用智慧、观察力或耐心时摔门而去吧。让其他人浪费时间、挥霍才华吧。而我们，来自远方的我们，我们是自由的，我们是来征服这一切的。我们有自己的使命。明白了吗？母亲的声音十分平静，因此愈加令人生畏，不容丝毫犹豫。哪怕是最微弱的迟疑都可能被视为背叛。我们是一个动荡的自治共和国，由四个居民组成。我们的王国自给自足，对外界的需求少之又少。这是我们的秘密武器，我们的处世之道。当时谁也不会想到，还会有其他人加入我们的联盟。

到达托卢卡时，我们已经走过了从东北部到中部的大部分国土。即便如此，对于那座工业城市的冷漠氛围和封闭的等级制度，我们几乎没有任何心理准备。在那儿，一切价值都以物质财富和收入来衡量。多年来，我们一直在抱怨托卢卡：它的气候、它的无趣、它的狭隘、它的平庸。托卢卡就是不幸的代名词。尽管我们欣赏那里的云朵，有空时就会去火山口，但我们依然日复一日、寸步不让地抵抗着托卢卡。一厘一毫。有条不紊。堪称斗争的典范。显然，我们一家只是那里的过客，尤其对我们两人而言。我和莉莉亚娜将来注定要离开那座过于保守的城市，远走高飞；除了游泳课之外，那座城市几乎无法提供什么。那座城市过于循规蹈矩，厌女的氛围从极为严格的男女关系规范中可见一斑。

到那里时，我只有十岁。我没有交到朋友，尽一切努力避免扎根，一有机会便立即逃离；但莉莉亚娜在那儿度过了她的童年和少年时代。莉莉亚娜就是在那片蓝得恼人的天空下长大的。

[永远的朋友]

女孩们一起去洗手间，交换彼此的秘密。她们边走边发出一阵阵傻笑声，仿佛一大群萤火虫吵吵闹闹地跟随着她们的脚步。她们总是成群结队，穿着格纹制服，周末则穿牛仔裤跟合身的 T 恤，露出微微隆起的胸部。她们还穿着白色的袜子和胶底的低帮鞋，长发用彩色发带扎成直直的马尾辫。她们还没开始涂指甲，也不会画眼线，但很快她们就不会在校园里无缘无故地乱跑了。很快，就会有人教导她们要举止得体。很快，她们就会被灌输礼仪之道。很快，她们就会以女性自居。与此同时，她们也在小心翼翼地互相观察、互相打量、互相评估、互相背叛。从她们的口中能吐露出最刻薄的挖苦之语。但她们也爱着对方；不，应该说是彼此崇拜。在青春期的少女互相邮寄或亲手传递的书信中，充满了炽热的情感——也许世间没有比这更热烈的情书了。

在莉莉亚娜的档案里，有很大一部分是她的女友们写给她的信件。这些来信不但数量最多，写得也是最用心的。朋友的来信不只是一张写满字的纸：信的形式和内容同样重要。因此，每封信都会用彩色的边框、亮粉、贴纸（以凯蒂猫图案的贴纸为主）、不同颜色的墨水、临时起草的文字，甚至干花和干草作为装饰。每封信不只是一封信，更是邮政艺术的一个小小范本。

在当时的社会里，固定电话仍然是奢侈品，父母会严加看管，因此，通过被严密监视的扬声器进行交流并不保险。电报更是完全不在考虑范围内。但写信很简单：只需要从笔记本中撕下几页纸，或者视情况需要，找一张好的棉纸或有边框的彩纸，再找一个信封，即可大功告成。如果没有现成的信封，也可以将选好的纸折叠成某种特殊的形状，然后用胶带或彩色贴纸封好。之后，就在下课后将信件亲手交给收信人，也可以把这封信放在她的书包里或夹在书页之间，制造惊喜。

莉莉亚娜经常去美墨边境和表兄弟们同住，她在那里结交了一些朋友，他们日后都成了她的挚友。因此，她的信件不仅仅局限于一个地方，而是在全国范围内传递。那些寄往各地的信件贴着邮票，盖着紫色的邮戳，信封有着三色的边框——绿色、红色和白色，或是蓝色、红色和白色。例如，自 1983 年以来，她收到的从阿纳瓦克[1]寄来的

1　阿纳瓦克（Poblado Anáhuac）是塔毛利帕斯州的一个小镇。——编者注

信件，不仅有来自同龄女孩的——阿德拉·奥罗斯科、帕特里夏·卡斯蒂略、阿梅利娅·里韦拉、莱蒂西娅·埃尔南德斯——也有来自年长的阿姨和邻居的，她们都很喜欢她。莉莉亚娜总会准时回信。她还与自己在游泳比赛中结识的朋友保持着通信，比如鲁道夫·洛佩斯·冈萨雷斯：他从米却肯州的莫雷利亚[1]开始给她写信，后来他去了加利福尼亚的英格尔伍德[2]，在艰难适应新生活的日子里也没有中断过来信。在那些饱含爱意的信纸和信封中，蕴含着时间，大量的时间，物理的时间和情感的时间。花季少女的时光。

“我希望你明白，世上没有人能像你一样理解我。”她们经常在信中这样写道。尽管偶尔也会提及顽固不化的母亲和专制的父亲，但她们不会谈论什么细节。她们也没有谈论过兄弟姐妹。信中也从未提过好色的亲戚或街头骚扰。她们并不为家庭生活担忧。学校和课程也没有让她们感到苦恼：信中很少提到老师，尽管偶尔会提及那些实施惩罚的班长。例如，倘若学生们出现行为不端的问题，可能会在教室里被分开座位。她们不时祝愿对方考试顺利，但仅此而已。她们会用这些信件向对方道歉，而且需要道歉的原因非常多：可能是一个表情或一句话，因为脱离了语境而遭到误读；可能是出于某些原因而没有分享本应第

1　莫雷利亚（Morelia）位于米却肯州中北部，是该州的首府和最大的城市。

2　英格尔伍德（Inglewood）是美国加利福尼亚州洛杉矶县西南部的一座城市。

一时间分享的信息；也可能是出现了一些谣言，她们借此机会澄清；或是和某个被视为对手的女孩说了几句话。接受或提出道歉是一门精妙的艺术，建立在极为复杂的规程之上。这些少女非常敏感：说错一句话就可能让她们泪流满面；一个不恰当的眼神可能会造成迟迟无法愈合的伤口。最后，如果一切顺利，女孩们会宣誓永远相爱。莉莉亚妮塔[1]，她们常常这样称呼我妹妹。最亲爱的朋友。我真正的、唯一的挚友。丽丽安娜。她们感谢对方的理解，并承诺任何事情都不会破坏她们之间的友谊。她们发誓，她们的友谊将克服一切艰难险阻，永世长存。

但女孩们写信主要是为了谈论爱，更具体地说，是谈论她们对男孩子的爱。她们声称没有人能理解自己，于是向彼此倾诉那些不能告诉别人的事情。她们摸索着进入全新的领域：爱是欲望的另一个名字。她们周围的成年人都以为这些女孩没有性欲、缺乏性别意识；他们相信，即便女孩们有性欲，这种欲望也能被驯服，尤其是对那些恪守教会僵化原则的女孩来说。可事实上，女孩们小心翼翼但无所畏惧地进入了仍然未知的肉体现实。荷尔蒙发挥了作用。想象力同样如此。在长长的信中，她们向彼此分享一个接一个的烦恼，细节详尽，且不失幽默：自己喜欢的男生跟另一个女生好上了；自己不喜欢的男生紧追不放；已

1 莉莉亚妮塔（Lilianita）和下文的丽丽安娜（Lylyhanna）都是莉莉亚娜（Liliana）的昵称。

经分手的求着要复合；喜欢的男生搬到了别的城市；另一个班的男生派人传信说喜欢自己；喜欢的男生触碰了自己的嘴唇；不喜欢的男生一直用蜡纸给她写信。这正常吗？对方也遇到过类似的情况吗？她有什么建议？这些信件是她们共同前进的方式：女孩们正在离开服从和恭顺的世界，她们在这一过程中保护着彼此。通过这种伪装成天真无邪的隐秘交流，她们相互提醒注意正在发生的危险：有些讨厌的男生最好避开；有些男生已被证实不忠诚，或是冷酷无情。还有些男生想要的太多。

学校里的变化让她们不知所措。这些变化迫使她们开始思考自己是谁，将来想成为怎么样的人。“为什么？为什么一定要这样？”随着初中毕业临近，亚斯明产生了这样的疑问：“我以为离开这个荒谬的教育机构对自己毫无影响，但事实并非如此。实际上，我非常介意。我不在乎劳尔、奥斯卡、玛塞拉、克劳迪娅、亚历杭德拉和塞西莉亚，他们尽可以想做什么就做什么。但是……我在乎你，莉莉亚娜，既坚强又脆弱的你……我的生活会怎样？你的生活会怎样？我们之间会怎样？生活是否会继续无情地向前奔跑，直到它唯一的终点——死亡？是的，生命终将在死亡面前止步。既然如此，既然已经知道了结局，既然这结局只会带来痛苦，那么欲望、理想、目标、未来——这些又有什么用呢？莉莉亚娜，我不想和你分开。我非常爱你！”

亚斯明用带有自己名字的精致图章签署了这封信，没有写姓氏。也正是亚斯明在 1984 年 4 月写下了这些书信中最黑暗的段落：“从那里，在种族诞生、第一个人类出现的时候，就产生了这种兽性与柔情的混合体。男人是渴望黄金和荣耀的征服者，他强奸了每一个国家，令它们陷入悲伤、被击垮，之后又抛弃了它们，再也不多看一眼。孩子要么是父母爱情的纯净结晶，要么是爱情消退的赤裸证明。当一个孩子从兽性和悲哀中诞生，从征服者的血腥战利品和被征服者的屈辱惨败中诞生时，这个孩子必须坚强而温柔，残忍而圣洁，必须用华尔兹哀悼母亲，并为自己诞生时遭受的侮辱举枪报复父亲。”

有一封未署名的信，无法通过笔迹辨认作者；这封信用铅笔写在一张小便笺本内页的红线上，不祥地宣告道：“莉莉亚娜：如果你失去了那些被你启迪的同伴，你还会感到幸福吗？我钦佩你，你温柔的眼神中能不带任何妒意，能够享受这过度的幸福。你的目光纯净，你的嘴角不带一丝厌倦。你在蜕变，你变成了一个女孩，你醒了。你还在那些沉睡的人当中做些什么呢？你与世隔绝，如同生活在大海之中，大海承载着你：你是想跳上陆地吗？你想再一次把自己拖回这个环境吗？你爱男人吗？男人对你来说太不完美了。男人的爱会杀死你。不要和男人见面！留在森林中。与野兽同行也好过与男人同行。为何你不愿像我一样，与熊结伴，与鸟儿为邻呢？”

[我不喜欢他们这样来爱我]

1984年6月10日，一个星期天，莉莉亚娜第一次写下安赫尔·冈萨雷斯·拉莫斯这个名字。那天应该是个阴天，下着小雨。写下这些文字时，莉莉亚娜很可能正斜倚在床上，脚上套着羊毛袜。这是一个少女充满矛盾的闺房：床上铺着柔软的蓝白格子床罩，垂着长长的流苏花边；墙上贴着切·格瓦拉和玛丽莲·梦露的海报，还有金门大桥的风景画。她常说，那是悠闲的日子。懒洋洋的，无所事事。如果探头向窗外张望，就会感受到冰冷的空气从火山喷涌而下，扑面而来。她还会看到白雪皑皑的山顶，柔和而壮丽。

在托卢卡一个历史悠久的地区读了三年初中后，莉莉亚娜升入了安赫尔·玛丽亚·加里贝第五高中。这所高中位于托卢卡的外围，校舍所在地曾是农业和畜牧业用地。夏天，山丘和平原绿意盎然；秋收后，田野泛起金色的光泽。斑斓的色彩循环往复。我们的新家位于梅特佩克的郊区，这里曾以传统制陶工艺而闻名，但在房地产行业日渐加剧的围剿中也渐渐兴起城市化。莉莉亚娜就读的正是这个片区对口的公立学校。

那时，房地产商正踊跃向新兴中产阶级出售土地，建造住宅区。这一新颖的概念将政客、商人和毒枭一股脑儿聚集在精挑细选、高墙环绕的豪宅中，圣卡洛斯住宅区就是其中的成功案例，令地产公司大受鼓舞。除了房产投机和利益驱动之外，这些住宅区不受任何监管，因此在20世纪80年代中期，梅特佩克逐渐成为农业发展和城市扩张之间的过渡地带，这一点在第五高中的学生构成中清晰可见：不管是农民和商人的子女、有一定经济实力但没有家族背景的新贵子弟，还是农场的工人，大家都平等地进入同一个校园，在这里读书时常常与牛羊为伴。那时，莉莉亚娜即将年满十五岁。

84年6月18日

我今天没用钢笔写字，因为我把笔给了安赫尔。我喜欢他。我非常喜欢他；我不觉得说喜欢他会显得我庸俗。我正是通过**种种傻事**才学会了爱他。

莉莉

过了一段时间，莉莉亚娜以值得骄傲的成绩完成了高中第一年的学业。之后，她在一封用打字机写的信中，向一个与她年龄相仿的表妹承认了这段恋情。在她的一生中，她和这个表妹一直保持着时断时续的通信：

莱蒂西娅：

我不觉得你会因为什么事去死，所以我也就不问了。

好吗？

问题是，我也不会为什么事寻死觅活的，如果是这样，我就没必要给你写信了。不过，鉴于我已经放假了，而且又相当无聊，我宁可选择给一个从来不回信（我说的！）的表妹写信……也就是你。

我想过去你家度假的，但因为两周后我要参加AA级的州级游泳比赛，得留下来训练，所以……没办法！我能怎么办呢。但别以为你能躲过我……**我可能会从天而降**（但不会正好掉到你头上）！

你猜怎么着？你的表姐莉莉亚娜非常用功，高中第一年就取得了优异的成绩；对了，我听说你参加了高中入学考试，而你居然觉得自己没有通过（这太荒谬了）。我觉得，高中入学考应该是世界上最容易的事情之一……（我觉得）

你还记得我以前总是胡闹的时候吗？嗯，那股疯劲儿已经过去了，只剩一点点了！自从我上了高中，和那些所谓的朋友发生了那些事之后，我现在只有三个最好的朋友（我不喜欢将他们称为男朋友）：布拉斯（还记得他吗？）、话痨（塞萨尔）和安赫尔，就这几个，不多也不少！噢！噢！顺便说一下，有两个小男孩非常迷恋我，其中一个的热情已经过去了，还有一个在兴头上。**天哪。**

啊！还有个（我是说）莫雷利亚来的小伙子，他和队友一起来参加比赛，**仅此而已！**他十五岁，参加过全国联赛，我会在10月见到他（我觉得）。好吧，他的名字叫胡安·卡洛斯·特列斯。**我已经厌倦了谈论这些傻瓜。**

你可能想知道，为什么你的丑表姐莉莉亚妮塔要用打字机写信呢？答案是，我的手写体体体（足足三个“体”）写得太潦草了。（我也不太擅长打字，但请体谅我这会儿正躺在床上，边看电视边打字呢。）

你知道吗？**我累了**。（我是说）**已经累了**……也就是说，我要去休息了，如果（我是说）我在写字，就没法休息……所以我要就此停笔了……也就是说：

再见。

莉莉亚妮塔（也就是我）

附注：打开信时注意折痕

1985年6月底，莉莉亚娜给安赫尔写了三封信：第一封是在28日，星期五晚上9点37分写的，她说自己很平静，想要梦见他；第二封是在29日，星期六晚上8点32分写的，在两人挂断电话后立即写的，她感谢他的信任，还说自己刚刚开始给他写另一封信；第三封是非常简短的留言，写在一张绿色的便笺纸上，随着时间的推移，字迹已经变淡了。她告诉他：你能让我开怀大笑，我因此更喜欢你了。这些短笺都很典型，写在激情燃烧的时刻，恋人们用它来说服自己相信内心的感受。这不仅是一个结论，更是当下的印记。情感的迸发尚未编纂成文，正挣扎着进入浪漫爱情的叙事。许多恋人都曾写下这样的留言，还有更多人会这样做，但莉莉亚娜将它们全部保存了下来。这就是区别。是她的与众不同之处。她以对写作同样的热忱，将这些文本仔细归档保存。由此我们可以了解，在盛夏时节，也就是两个月后的 8 月，当莉莉亚娜在为自己的长假做计划时，她与安赫尔的关系发生了剧烈变化。

在一本封面印有凯蒂猫图案的小笔记本上，莉莉亚娜写道：我最喜欢去叔叔的农场玩 / 向田野里的小动物问好。[1] 她在父母所在的边境小镇度过了暑假，在此期间，她把这本笔记本当成了日记本。堂亲和叔叔婶婶一直陪伴着她；安赫尔不再是能逗她笑、令她感到平静的存在。相反，出于莉莉亚娜从未明确提及的原因，现在安赫尔只会让她感到愤怒和厌烦。

85 年 7 月 30 日

昨天和今天，我比以往任何时候都更喜欢何塞·路易斯·戈麦斯了。我做了一个很有趣的梦。我希望能永远记住它。我知道自己会的。我只想记下以下关键词：地毯、螺旋楼梯、**那个东西**、贫困、**那个东西**、迫害、不。好吧，

1 原文为英语。——编者注

我不确定。

85 年 8 月 5 日

我和伊莎贝尔已经商定好了去度假的时间。她想赶快离开这里，而我则是因为在这里的日子实在太无聊了。我们明天下午 5 点出发，希望上午我还有时间去趟社保局。我迫切地想见到何塞·路易斯。希望他会出现，不然我就给自己一枪（好吧，倒也不至于）。对了，我和安赫尔说过话，我真想对他骂脏话。我真是（**已经**）烦死他了。希望在那里（在小镇）他们别让我也感觉这么糟，这已经快成惯例了。

85 年 8 月 6 日

我们要出发了，到明天为止都在外面！（终于解脱了）更正：是到星期三为止。

我去游了泳，和贝托讨论了马林、潘乔和塞萨尔的事。我觉得我们有责任，所以我们和那些去参加地区赛的人开了个会。我们算是达成了协议，但事情不能再像从前那样了。胡利奥承诺会努力改变。我见到了何塞·路易斯，我们几个一起玩了——他、丰塔纳和奥斯卡。我觉得他们三个都喜欢我……我也喜欢这三个人！噢！噢！顺便一提，还有个跳水运动员（**赫拉尔多**）也喜欢我，我也很喜欢他，因为我跟何塞·路易斯还什么都没发生。安赫尔刚刚又给我打了一通电话，我觉得自己表现得挺讨厌的，但我并不后悔。

85 年 8 月 8 日，克雷塔罗[1]

我们刚到这儿，2 点半从托卢卡走的；目前看来这是一次愉快的旅行，希望能够一直保持下去。

现在是早上 8 点左右。我在马塔莫罗斯的中央车站。去镇上的巴士抛锚了。**真倒霉！**

我们坐“克雷塔罗三星”号 227 路巴士从克雷塔罗出发，座位不太好（正对着厕所）。我们 9 点到达圣路易斯波托西[2]，9 点半离开，下午 2 点半到达维多利亚城[3]，不知道离开的时间，我猜在下午 3 点左右。到这里大约是下午 6 点 40 分。一切顺利，除了这个，只能等了。

现在是 11 点左右。我已经到了。我们在 9 点搭上了巴士，差点就错过了。家里人热情地迎接我，但眼前毫无变化的景象令我非常沮丧。

---

1 克雷塔罗（Querétaro）是克雷塔罗州首府，也是该州最大的城市。

2 圣路易斯波托西（San Luis Potosí）是圣路易斯波托西州的首府，墨西哥中部主要的工业中心之一。——编者注

3 维多利亚城（Ciudad Victoria）是塔毛利帕斯州的首府。——同上

85年8月9日

我刚起床。除了托梅，大家都还在睡觉。我觉得就我现在的精神状态来说，三个星期实在是太难熬了。

现在才6点52分，天气已经很热了。**热得让我心烦意乱！**

85年8月18日，星期六

今天起得比昨天晚。我没睡好。我不知道自己在想什么。昨天没做什么特别的事（这里没有任何特别的事）。今天有场可笑的舞会，就是通常婚礼上的那种。我希望大家都去跳舞，这样我就可以独处了（或者就有更多时间独处了？）。

我在想何塞·路易斯，我的何塞·路易斯。我在想什么不言而喻。

希望赫拉尔多还记得我。我对安赫尔太强硬了。他以他的方式爱我，这是他的错……他们都有错，因为我不喜欢他们这样来爱我。

昨天晚上我跑了两公里。感觉很好。

语言既能揭示，也能隐藏。它同时是窗户和窗帘，望远镜和迷雾。从1984年6月，安赫尔的名字第一次被莉莉亚娜用印刷体写下，到1985年8月他的名字再次出现，在此期间，有什么东西时隐时现，既庞大又透明。毫无疑问，发生了一些事情。尽管没有明确地说明全部情况，但莉莉亚娜在写作中更多地暗示了事件的结果而非肇因。有一种爱让她感到震惊，让她唯恐避之不及，让她感到抗拒。此外，她也不认为这是自己的问题。是他们的错。责任在他们，尤其是安赫尔。面对这种令她震惊、令她困扰的爱，面对这种让她不再欢笑、感到厌烦的爱，莉莉亚娜毫不犹豫、毫无畏惧地坚定指出：错在对方。她说自己表现得强硬且讨人厌，但她也描述了自己的情绪状态，声称自己并不后悔。然而，当时到底发生了什么，是什么让她的态度急转直下，并做出如此激烈的反应——这些在档案中依然无迹可寻。此事不为人知，也许不可名状，因此，莉莉亚娜决定保持沉默，也可能是她没法将此事说出来，或是没有恰当的语言去描述它。

[喜欢苹果的人]

86 年 6 月 21 日

阿德里安：

大约十分钟前，我挂断电话（原本正在和你通话），然后去看电视了。我正安静地坐着（吃东西），突然（就像变魔术一样）屏幕上出现了一个工程师的广告。“这是工程师最常见的形象（之一），不管是什么……”我突然非常想给你写封信（就是你，阿德里安）。于是，我站了起来，停止进食（按这个顺序），走进我的房间（里面一团糟），试着整理床铺（没有成功），找出一个方格笔记本（没有什么比你和方格纸更能让我高兴的了），又找了一支笔（以防万一，以防和鸡毛笔混为一谈，我会说圆——珠——笔），然后开始写信。**噢！就是现在**。此时此刻。我就在这里：

莉莉亚妮塔如何设法给阿德里安写信的故事的终结（还有给莱昂塞、巴伦西亚、弗朗西斯科、潘乔、帕科，等等。）

莉莉亚妮塔给阿德里安的信的开头：你好！（只是个开头。）

信的正文本身（或不说“本身”，都一样）：

我非常爱你（而且我将“永远”赢得你）。

信的结尾本身或不是本身：

再见。鳄鱼的眼泪/好吧（是的！如果是你）（咿呀！你真的相信了，**自恋的家伙**！）

好吧，（再说一次，因为我跑题了，走岔了，换话题了，等等。）

一会儿见（**希望“一会儿”很快**）：

信的结尾的结尾：

总之……

后记的开头（**就是附言的意思，傻瓜！**）

附注：

附言的正文：我只是会随着时间的推移而改变（箭头代表时间）。

附言的信息*：

*注（你得自己去查）：附言自己不会说话。

评论：

1. 我不懂梦露怎么能一直笑个不停（自从我买了那张海报）。

2. 马儿们口渴极了（它们还在喝水）。

3. 金门大桥上没有一辆车经过（的确罕见）。

4. 海报上那些鸟儿（多美啊！）永远不会停止飞翔。

5. 切·格瓦拉非常谨慎（他总是用眼角的余光打量着梦露）。

6. 莉莉亚娜·里韦拉·加尔萨。喜欢苹果、快乐，以及很多其他东西。阿德里安的女朋友（呸！）。高中第四学期的学生（哈，哈，哈）。你认识她吗？不认识？啊！她喜欢笑，但不喜欢一个人笑；她喜欢和朋友一起大笑，喜欢让他们感到开心（尽管有时候也会搞砸）。四个孩子的母亲（胡安·伦东、阿德里安娜·伦东、莉莉亚娜·贝尔特兰、奥斯卡·罗夫莱斯），计划领养第五个孩子（萨尔瓦多·迪利斯)。离异(已和胡安·布拉斯离婚)。身材苗条,直发。没什么能影响她和蔼可亲的个性。为人诚实。小丑(来自阿塔伊德兄弟马戏团)。她没有所谓的朋友,但身边有几个可以信赖的人(阿德里安、薛奇托、阿图罗)。梦想成为一名水手,梦想环游世界,梦想敢于学习很多事情,梦想被接纳、被爱。你还没找到她吗?她不喜欢热牛奶,变得暴躁时会像个不同的人(不好意思,我是说,当她吃猪肉、海鲜和鱼的时候)。她一度梦想成为一名吉他手,还有一阵子想当画家,但在她十六年人生的大部分时间里,她一直梦想成为一名游泳运动员,但是……她从不缺少梦想,可总会遇到一些障碍(这不重要)。她十六岁时坠入爱河,大约是在1986年4月或5月(对方是谁并不重要)。她永远不会忘记自己的初恋(开什么玩笑)。有很多人爱她,但没有一个像阿德里安那样健谈(这就是为什么她每天二十四小时都在想他)。最近,她发现加比(没错,加比)每天都在一点一点地疏远自己,但她也觉得加比是对的,因为莉莉花了那么多时间玩游戏,而且(怎么说呢?),嗯,我不知道怎么说——和其他人在一起的时间太多(就是查瓦、阿图罗、丰塔纳等人)。她甚至开始认为,自己对阿德里安表现得粗鲁无礼,仅仅是为了和他们在一起(他们真的让她很开心)。你得理解她……(她很天真……)

[梦幻[1]]

好吧，我正在尝试写点什么，好让我摆脱内心的一切，摆脱我自己……嗯，我不知道。“你对我的爱就像灰蒙蒙的天……就像这样，一个骗子，一个女人。”外面传来这样的声音……有趣吧？嗯，这让我笑出了声，先大笑再微笑，就是这样：各位伙伴，你们的小丑朋友博索将为您奉上________，只需拨打以下号码 //////////，说出孤独之国的首都在哪里，即可获得礼物！在此之前，请欣赏我的歌曲 +++++++++++，早上好，亲爱的朋——友——们——！！！！！！！！！！！

多么滑稽，对吗？)()()。发生的一切都很奇怪。好吧，当我想要置身事外，决定以奇怪的眼光看待万物时，一切就变得奇怪了。没错，你看：如果我置身其中，一切似乎都很正常，但如果不是这样呢？……谁知道？我特别想谈谈每个人，他们在某个特定的时刻……在某一时刻怎样呢？我也不知道。我转过身，发现窗外是一片蔚蓝的天空，就像我小时候用的“梦幻”牌水彩笔的那种蓝色（是天蓝色的，毫无疑问）。是的，我小时候就拥有一套“梦幻”牌文具，那时我不再想要普通的彩色铅笔，于是又买了一套水彩笔，也是“梦幻”牌的。再后来，大人们

---

1 原文为英语“fantasy”。——编者注

又给我买了一些马克笔，因为他们觉得可能会有用（结果大家都用上了，除了我）。我还有过几个小颜料盒，但应该不超过三个。总之，这就是我当时拥有的全部色彩。如今，我有用不完的色彩，还有来自太阳——不好意思，是来自阳光的颜色。就像过去一样，我可以用这些颜色随心所欲地画出一切。现在，我想用黄色来画加芙列拉，把奥斯卡画成彩色的，画得像彩虹那样五颜六色，会很美吧？然后是卡罗，绿色；哈斯明，紫罗兰色；丰塔纳，蓝色；阿德里安，棕色；艾达，红色；薛奇托，白色；塞萨尔，紫色；玛尔塔·门迪奥拉，黑色；曼努埃尔，葡萄酒色（举起酒杯，把——酒——干——了——）；胡利奥，粉色；奥斯卡，彩虹色；奥斯卡，彩虹色；查瓦，深绿色；托乔，米色；阿图罗，宝蓝色；最后是奥斯卡，彩虹色。

[缄口不言]

“尊敬的”先生（哈哈哈）：

您说我是骗子……我不知道，我不确定这种称谓是否让我感到冒犯或困扰，因为事实就是如此，我的确说了谎，虽然我想我不怎么喜欢“骗子”这种说法（您为什么不找个别的词呢？）。好吧，好吧，事实并非如此，不是吗？我们在说我是个“骗子”（也可以换一种称谓）。

啊，我会告诉您这让我觉得很有趣。一个人可以编造出无限多的东西，并真实地感受它们，有何不可（只需要尝试一下）？接着便可以四处散布谣言（……）不，不，我只是随便说说，但我很高兴能知道其他人在想什么，而其他人只是在猜测我的想法，尤其是专属于我的东西（因此他们才会来告诉我）。

好吧，我不知道，我感觉这事就像随便哪个何塞·路易斯做出来的，我很抱歉（在灵魂深处），我要像平时一样告诉您，所有这些谎言中都包含着无穷无尽的真相，重点是怎么找到它，但是……据我所知，这位先生总喜欢对接收到的一切全盘照收，没办法。

我想问您一个（或几个）问题：如果一个人不愿对某些事情保持沉默，这个可怜的世界会变成什么样？如果说出一切会如何？神秘感会丧失，那不是很无聊吗？

事实是，您亲切的仆人在有些日子是一个样，另一些时候又是另一个样，您明白吗？我不会称之为反复无常（那样的话，就好像是某种可怕的缺陷），而愿将其称为“相对性”（对一个会思考——或者至少尝试着去思考——的生物而言，这是很自然的表现）。

这是个方法问题，积极思考……（好吗？）

您知道吗？有一个人，我觉得他/她比我自己还更了解我，这让我很吃亏，因为我爱他/她，因为他/她了解我的内心，而我却什么都做不了……没办法。而这个人，他或者她（这不重要），从来不问我任何问题。这个人就这样发现了我的内心，我不知道他/她是否有意为之，但事实就是如此！

我认为，这是能始终确保亲密之人留在身边的唯一方法：一点一点来，先笼统地开始，然后把事件、想法、感情和行动都整理清楚。千万不要一下子猛上，因为那样就没有神秘感了。没有了“为什么”，也就没意思了……明白吗？

[天空这恼人的蓝]

我在寻找，想要尝试新鲜事物；也许会有更多痛苦和孤独，但我相信值得一试。我知道，在这四壁之外，在这蓝得恼人的天空之外，还有更多的存在。没有真正的爱，又怎么能爱得如此深沉呢？

米莱娜

米 莱 娜　　　　米莱娜

米　莱　娜

米莱娜

米-莱-娜

[你不懂如何去爱]

跟所有姐妹一样，我们常常吵架。小时候，当我想独处时，莉莉亚娜老是要跟着我从一个房间走到另一个房间，这让我尤其受不了。“你让我一个人想点事情。”我会跟她说。而她对我不满意的点在于，家长每天早上同时送我俩上学，但我总是懒洋洋的，没法早起，或是早餐吃得慢吞吞的，因此总会迟到，害她也不能准时到校。我们倒是没有互相借衣服穿引发的困扰，因为对青春期的女孩来说，相差四岁，身体的发育就要差一大截。她讨厌我房间里乱七八糟的东西，讨厌我缺乏品位的穿衣方式，讨厌我不修边幅。我讨厌她的毛绒玩具，讨厌家里各种物品上无处不在的凯蒂猫图案，讨厌她对时尚潮流的追求。当时，女人们开始流行用发胶把额前的刘海卷成波浪的形状，莉莉亚娜也这样做了。我嘲笑了她。俗气。消费主义。女性化。一道无声但无可争议的边界线将我划在了父亲那边，其中一个原因是，我和他长得很像；莉莉亚娜则被归到了母亲那边。那时，我们还没察觉到她俩的相似之处，但再看那个时期的照片，很明显就能看出来：母女两人个子都高高的，腿很长，头发直而浓密，眉毛粗浓，眼睛很大，嘴唇丰满。我妹妹一直是个非常漂亮的女人。

我们之间最大的一次争吵是关于爱情的。我不记得具体日期，但地点却清晰地浮现在记忆中：我和莉莉亚娜坐在一辆车里，车停在莫雷洛斯市场前。又是在托卢卡。托卢卡意味着灰色的雨，意味着悲伤的鸟儿，意味着不幸。托卢卡和它那该死的蓝天。当时应该是冬天，因为光线清澈而稀薄，将路边的树影清晰地投射在人行道上。母亲下车去买东西了——我刚和她发生了争执。我握紧拳头，在副驾驶座上动来动去。我恨她，我说。我咬牙切齿地说，我恨她。

为什么在我的记忆中，莉莉亚娜会出现在车座下面，在刹车和油门踏板旁边呢？我不知道。但我知道，我清楚地记得，她当时非常平静地对我说："你不懂如何去爱。"这句话让我大吃一惊。在那些日子里，我一直在思考爱情。进入大学后，我成天在研究阶级斗争和爱情。爱情令我困扰，令我不安，令我窒息。当朋友们陶醉地讲述她们的爱情故事时，我从中只听到了屈从、自由的缺失、事业的失败。许多人说想去旅行，去见见世面，去做些重要的事，但她们最终坠入爱河，接着怀孕，这一切就都被抛之脑后了。很快，她们的自我也被抛在了脑后。必须有人出来阻止爱情。必须有人放弃爱情。在那些日子里，我花了很多时间创作反对爱情的文字。不是宣言，也不是我们今天所谓的散文，而是短篇小说。故事。我创造了一个女性角色，一个自称"娴"的年轻女子。娴拼命逃离那些许诺给她爱情的男男女女，尽管成功的机会渺茫。爱情就是这样，编造谎言并深信不疑。娴拒绝从我的故事中退场。很快，我就写了三个她的故事，接着写了第四个，之后还写了更多。那天，当莉莉亚娜的话从汽车座椅下方传来，当她坦言我不懂如何去爱的时候，我还不知道自己正在创作第一本书。

莉莉亚娜说这句话的语气有些奇怪，仿佛她意识到了什么，而我这个姐姐完全没注意到。如此聪明，又如此愚蠢。如此狭隘。如此自私。她的话里是否有某种超越她年龄的智慧，还是说，这就是人们所说的逆来顺受？莉莉亚娜并不试图说服我，也不想要评判我。她只是在单纯地陈述事实。这句话一出口就已如此完整，多年后依然影响深远。你不懂如何去爱，我最最亲爱的姐姐。我想问她，那么你呢？可我当时过于气愤和惊讶，强烈的恐惧涌上心头——这些情感一瞬间蒙蔽了我的双眼，迫使我闭上了嘴。我其实知道答案。恐怕我心里早已有了答案。

我从未怀疑过莉莉亚娜的爱。我是说，我从未质疑过莉莉亚娜是否爱我。我怀疑过其他人：男朋友、朋友、亲戚，甚至我的父母。我认为，那些因为我不信上帝而对我大肆批判的亲戚并不爱我。我毫不在意。有些人厌恶我的生活方式，他们称其为浪荡、堕落，而我称其为自由主义的生活——这些人也不爱我。我不在乎他们。那些离我而去的男朋友，还有那些不加解释就不再跟我说话的女朋友——我觉得他们也不爱我。我甚至认为，父母曾经培养了我的自由观，如今却如此坚定地反对我追求自由，这也是一种爱的缺失。但在这个世界上，我始终感到自己是受到保护的。因为我知道，我确信，无论发生了什么，莉莉亚娜始终都会爱我。

我盲目、绝对、真诚地相信莉莉亚娜拥有爱的能力。

[如果我知道自己的未来会怎样？]

这是我笔记本的最后一页，好吧，如果从后往前翻就是第一页，明白吧？就看你怎么看了，因为这就是所谓“年轻的思维、积极的思维、专注力”。你不喜欢这则广告吗？啊，我还挺喜欢的……（那又怎样？）（好吧，没什么。）

我现在感到（彻底）懒洋洋的，昏昏欲睡。如果一个人又困又乏力，“但是”又极其反感在白天睡觉，就会产生非常强烈的矛盾。你知道接下来会发生什么吗？除了困倦和懒惰之外，我们同时会产生一种有趣而愚蠢的感觉（这就是现在发生在我身上的情况）。你很想坐下来，躺下来，或者随便找个什么地方跪下来。然后，你又会止不住地开始胡思乱想，转头看一眼时钟，想到妈妈很快就要回来了，想到学费还没交，想到今天没见到安赫尔，也不想去训练。你又想到，今天不想训练是因为没有安静的环境，因此发挥不出体能的潜力，也没法集中注意力。你还想到就快考试了，这令你焦虑，但又不足以促使你站起来，拿起笔记本，开始学习，不是吗？

嗯，当你处在这种状态中时，也会发生类似的事，因为事情总是这样的，对吧？你不知道如何表达自己正在思考的东西，接着，你会产生某种非常奇怪的感觉，你开始怀疑自己是否真的是那个正在写作的人，就好像……**突然之间！**（仿佛变戏法一样）一个梦浮现在你的脑海中（不知道是什么时候做的梦），然后它突然消失了，你又把这个梦忘了。接着，你做了更多的梦，越来越多。而且，哎哟，你的后背开始发痒，你生气地抓挠。你没法方便地挠到自己的背，哎呀，这让你十分恼火。你想知道，为什么他们要在泳池里放那么多氯？氯让我的皮肤变得干燥极了！最糟的并不是这个，而是皮肤干燥导致的瘙痒。于是，你继续思考泳池和氯，想到氯除了会造成皮肤瘙痒之外，还会留下某种物质的特殊气味，这种物质的化学符号是 Cl。然后，你会想起化学课，想起其他一些事情，这让你感到恶心，你宁愿不去管它。让自己平静下来。平静。该死。如果真有安宁会怎样？如果不再有人死于饥饿会怎样？如果正义真的存在会怎样？如果人们真正欣赏彼此的为人——而不是外在或表面形象——会怎样？如果我睡着了会怎样？如果我知道自己的未来会怎样？但我困了，我受够了不断寻找，寻找亲情、理解、平静，我厌倦了寻找这一切。我总是在不断地寻找，但找到后又发现，这一切并不是我想要的，无法令我满足。这种糟糕的感觉令我厌倦。也许是因为我寻找的方式过于粗鲁（或是过于精细）。好吧，我不知道，但情况就是这样。我困了，而且越来越困，我正在沉入梦乡。噢！还有什么？不，没什么，此时此刻什么都没发生，就在这一刻，小小的，可爱的，愚蠢的，微小的一刻。

然后，你闭上眼睛，想象自己看到了非常美丽的东西。花朵，很多，非常多，绿色和蓝绿色的，遍布你的全身，在你脚下，到处都是。你带着这种想象睡着了，接着，你妈妈来了，她把你叫醒了。你很生气，你想起自己已经看到（至少在过去这五年里）许多人变老，想到当自己到了某个年龄，过了人们所谓的青春的界限时，也会被这样看待，想到这里你就倍感痛苦。多么悲哀！

你全身疼痛。你想，这是因为你终于开始做点什么了，仅此而已！

第三章

我们是雌犬，我们是魔鬼

ANDAMOS PERRAS, ANDAMOS DIABLAS

[你知道我指的是什么吗？]

1987 年 5 月 21 日

莱蒂：

信件本应按顺序写，但这次，我决定打乱这个顺序。

所以：

再见，请向大家问好，

莉莉亚娜

我看了一些照片，感觉像是两个世纪以前拍的，然后就突然想写信给你。我们那时都很年轻，我是说，比现在还年轻。而且，我想避免成天大吃大喝，所以我准备做点事让自己忙起来（哪怕只有十分钟）。

我们都长大了，这让我感觉很奇妙。你感觉到自己长大了吗？除了月经，还有我在六岁、七岁或十三岁经历的身体发育，没有其他证据能证明我经历的变化。该死！

你什么时候来看我呢？

你在高中过得怎么样？据我所知，你读的是文科吧。

我在理科班，数理班或其他同类的班级，我理解就是精密科学，或是类似的这些学科。我在上一些很有趣的课程，比如几何、绘图、微积分、物理，我很喜欢这些课。

你有什么变化吗，莱蒂？你现在的思维方式和以前一样吗？你可能会说，我对所谓的“改变”有点心理阴影，但我似乎开始意识到一些事情了。

你怎么样？最近过得如何？我过得挺好，但有很多工作要做。

你知道吗？发生了一些事情，还不好说是多是少，但都很重要。总之，这些事决定了另一个人在自己身上造成了多少影响……我没想到，有些事会打乱一个人多年来的计划，但情况似乎就是如此。

你知道我指的是什么吗？

啊哈，就是这个意思。

这只是一个非常爱你的人给你的一点提醒，不是因为我们是表亲，也不是因为偶然，仅仅因为是你。

请给我回信。

莉莉亚娜

[激情]

年初的学生罢课引发了翻天覆地的变化。我当时已经上完了社会学学士学位的课程，但仍在撰写一篇长达两百页的论文，内容是墨西哥城女性参与城市民众运动的情况。我们在贝尔韦代雷街区开展了实地考察，那是一个位于城市南部的棚户区。此外，我还开始在学校里担任助教，教授入门课程，并不情不愿地在墨西哥州立自治大学注册了研究生课程，上过几门课。

在大学时代，我租住在一间带大窗户的独立卧室里，父母帮我支付房租。如今，我居无定所，有时住在大都市贫民窟破旧的小屋，有时借住在比较稳定的朋友家里，睡在客厅的沙发上，也曾尝试组建公社——但失败了。我身无分文，但开始享受脱离父母掌控的自由。在繁忙的生活间隙，我时常从中央气象台站坐公交前往托卢卡，有时只是为了去政治科学学院授课，然后即刻返回墨西哥城。在极少数情况下，我也会在托卢卡的房子里短暂停留，但我渐渐发觉，那地方变得越来越令人窒息。

我应该就是在那时候听说了安赫尔的事。

我和莉莉亚娜之间并不习惯什么事都坦诚相告。自从青春期以来，莉莉亚娜和我都心照不宣地回避谈论彼此的性史和恋爱史。我们聊得很多，经常讨论我带来的书，几乎都是我那些无政府主义朋友从城里的各种书店和商店里搜罗来的。我们聊我带回家的唱片，大多是我用教师折扣在墨西哥国立自治大学的商店里买的。海梅·洛佩斯和罗德里戈·冈萨雷斯。《与埃米莉娅[1]的演出》。欧亨尼娅·莱昂。“诅咒街区”[2]。西尔维奥·罗德里格斯。阿毛里·佩雷斯。诺埃尔·尼古拉。“德意志留声机”唱片公司的精选专辑。我们讨论政治，讨论变革是多么艰难，讨论腐败的工会，讨论远方的战争，讨论我在贝尔韦代雷棚户区目睹的贫困。我们也曾多次探讨女性的处境，聊到女性运动，尤其是拿父亲做例子，讨论他如何限制母亲的生活。我们也曾聊到，女性仍是事实上的二等公民，没有自己的权利，在法律上被当作未成年人对待。莉莉亚娜曾不止一次听到我直截了当、毫无愧色地称自己为女性主义者。在最沮丧的时刻，我们谈到，就在那一刻，一年多前从切尔诺贝利泄露的核辐射可能正从窗外射进来。你能想象吗？

我们也会讨论向往的旅行目的地。非洲。旧金山。喜马拉雅山。巴黎永远是我们的心头好。我们迷恋自由：爱的自由，享受的自由，四处流浪的自由。“阿拉斯加和迪纳拉玛”唱道：谁在乎我做什么。[3]我们跟着反复吟唱，

1 埃米莉娅·阿尔马桑（Emilia Almazán，1956— ），墨西哥女歌手，与海梅·洛佩斯、罗德里戈·冈萨雷斯和瓜达卢佩·桑切斯组过“旧爱”（Un viejo amor）乐队。——编者注

2 “诅咒街区”（La Maldita Vecindad）成立于1985年，是墨西哥最具影响力的摇滚乐队之一。——同上

3 “阿拉斯加和迪纳拉玛”（Alaska y Dinarama）是一支西班牙流行摇滚乐队，1982年成立于马德里。这句歌词出自该乐队于1985年发行的歌曲《谁在乎？》（“¿A quién le importa?”）。——同上

对这首曲子烂熟于心。我们说，随心所欲的权利应该是神圣的。我一直以为，那个经常来找莉莉亚娜的皮肤白净、眼睛明亮的矮壮小伙子，只是她生命中的过客。等莉莉亚娜在墨西哥国立自治大学或大都会自治大学正式开始她的城市生活后，很快就会将这个典型的外省男友抛在脑后。

安赫尔没来过我们家；他不是我们“自治共和国”的成员，因此无权进家门。这和道德标准无关，就是自然而然的既成事实：我们四人是一个整体。永远只有这四个人。但我们都见过他骑着公路自行车或是开着一辆改装过的旧雷诺车到家附近来，在我的记忆中，那辆车好像是红色的，又好像是黑色的。我们会看到他在外面耐心地、充满爱意地等待着，不是在房子的前院附近，就是在街对面公园里的篮球场边。我们常常肆无忌惮地拿他开玩笑。他的车出现在门口的街道上时，我们会对莉莉亚娜说：“你的司机到了。”我们会说，让他去跑跑腿，买个面包回来。莉莉亚娜对这一切感到既生气又好笑，但她也会跟我们一起笑。“别这样，拜托了，礼貌一点。”她会这样说我们，可态度并不坚定。

我很少听到安赫尔说话，但我很确信他有发音障碍，因为他发卷舌音太困难了，也可能他是个白痴。要么就是他戴了牙套——就是那种牙医用来矫正牙齿，让大家笑得更好看的牙套。或者，他就是个被宠坏的男孩。在我看来，他是个毫不起眼的家伙，我觉得托卢卡的男孩都这样。他是个金发碧眼、白皮肤的人，生活在一个棕色皮肤人种的国度里给了他一定优势。他看起来甚至可以说英俊，身强力壮，肩膀和胳膊一看就是在健身房练过的。他穿着皮夹克和贴身T恤，看着像个坏小子。这个年轻人已经开始在他家的汽车零部件商店“狼谷”工作了，位于华雷斯街区的皮诺·苏亚雷斯南街2006号。那是一条繁华的街道。莉莉亚娜和安赫尔相差两岁，他们却生活在完全不同的世界里。他身上散发出某种独立和危险的气质，肯定令莉莉亚娜很感兴趣。

1987年，新年的第一天，一个星期四，莉莉亚娜在她那年的第一封信中提到，自己正在节食，希望在2月之前变得更瘦。她没有写收件人的名字，但对方肯定是住在阿纳瓦克的某个人。她在信中说自己剪了新发型，并“把头发烫得蓬松了”。她说自己对效果相当满意。信中洋溢着喜悦和幸福。她谈论着日常生活的琐碎细节：一个表妹来家里住了几天，她当了几天“假姐姐”，感觉良好。她会做法式吐司，生活中没什么惊天动地的大事发生。最后，她没什么可说的了，才在方格纸的底部停下笔，签了自己的姓名。她很平静，尽管有些无聊：就像风暴未至的天空。

显然，这段恋情是从新年开始的，因为到了1987年6月26日，两人第一次闹分手时，莉莉亚娜提到安赫尔花了两年时间才追到她。此时，两人已经在一起六个月了；她希望自己不会花那么长时间来忘掉他。安赫尔是如何重新回到她的生活中的呢？在此之前，他一直是众多追求者中的一个——那些男孩试图吸引她的注意力，邀她约会，但都没有成功。她曾和阿德里安·莱昂斯·巴伦西亚交往过一段时间，但他后来搬去了墨西哥城。他此后一直写信，但两人的关系逐渐冷淡。她也曾对水上运动队里的几名游泳运动员和跳水运动员产生过兴趣，但从未和那些人确定过恋爱关系。她很清楚自己何时吸引了男孩的目光，并为这种关注感到欢欣鼓舞。她知道他们什么时候在和她调情，也会在自己有兴致的时候积极回应，大胆奔放而又充满好奇，随时准备从童年的束缚中一跃而出。她很清楚那些男生喜欢她，甚至渴望她。

1987 年 2 月 14 日，安赫尔给她寄来了一张巨大的红色贺卡和一束鲜花。他的留言全部用大写字母书写，没有标点符号，潦草的行文让人读起来很费劲。他称她为“莉莉亚妮塔”并写道：

好吧你知道的不管怎样不管怎么说不管怎么写当我对你说话或给你写信时我对你的感情始终如一。我非常非常非常爱你！

花束是从比利亚达 314 号水晶花店买来的（电话：3-36-63），附有一张小卡片，上面写道：

这一天我应该写下。为了某个特别的人。更进一步。献给某个非常特别的人。安赫尔。

这张贺卡本身就是一件奇怪的物品。一把双刃剑。磨砂的卡片正面画满了鲜红的心形图案，上面写着一个问题，或者说是一句赞叹："情人节，你知道是谁如此爱你！"白色的对话框里没有任何图像，只有这么一句话，奇怪地以感叹号作结。你必须打开贺卡，在内页寻找答案。但打开之后，首先映入眼帘的是一个"**我**"字，以大写字母书写，被感叹号包围着。我，而不是你。我，而不是爱。在卡片底部，居中的位置写着一句通用的祝福语：情人节快乐。

安赫尔寄给莉莉亚娜的贺卡，与其说是在表达他的爱意，不如说是在强调他自己。卡片所蕴含的惊喜不是爱，而是那个巨大的、占主导地位的"我"，几乎铺满了矩形卡片上的整个空间。莉莉亚娜注意到了吗？当他用鲜花和糖果对她狂轰滥炸时，当他殷勤地开车送她上下学时，当他猛烈地追求她时（莉莉亚娜很快注意到这一点，并将其描述为"狂热"），一个十六岁的女孩是否有能力识别操纵者来势汹汹的控制呢？莉莉亚娜和安赫尔都漂亮又大胆，很快就成了当时备受瞩目的一对情侣。这并不寻常。设想这个画面：高挑、聪明的女孩跟一个骑着轰隆作响的摩托车的大块头手牵手，整个下午都在校园外边徘徊，时不时抽抽烟，喝几口啤酒。她一定感觉很特别。他一定感觉很满足。在她的世界里，在我们的世界里，是否存在着能让她识别、辨认出危险的某种语言？在 1987 年 2 月 14 日那天，没有人思考过，更别说公开谈论青少年情侣间的暴力行为了。

然而，到了 5 月，莉莉亚娜的疑虑与日俱增，她的信件中弥漫着一种不安的情绪。她自己将其称为神经质或歇斯底里。她多次自问，安赫尔是否已经对自己感到厌倦，但与此同时，仅仅产生这个念头都会让她感到不可思议。

“我不认为爱、激情和理解会在一瞬间消失。还是说，确实有这种可能？是的，我知道事情可能会在一瞬间终结，或至少是从某个时刻开始，幻灭感出现了，事情就此开始分崩离析。不是吗？某个时刻。就在一瞬间。时间是什么？我还是没有完全理解。时间可以被测量，可究竟什么是时间？”

“激情”。这个词第一次出现在莉莉亚娜的语汇中。但这不会是唯一的一次。

5 月 22 日 12 点 30 分，安赫尔给莉莉亚娜写了一封信，给她带来些许安慰。安赫尔向她道歉，称自己是个傻瓜，是个自私自利的家伙，他提到自己一直在处理“理事会”“法律诉讼”，还提到一些人，称“如果不和他们合作，他们就会整我”。他的信仍是不带标点符号的几行大写字母。在信中，他以一种较为迂回的方式表示，那些让他陷入困境的问题导致他“精神混乱，不想跟你多做解释”。

“很抱歉，”他在信中补充道，“今天我没有兴致谈论政治，我不知道如何开始这样的谈话。请不要以为我会一直这样下去，我保证不会再引起任何麻烦和问题。我会和那些事划清界限，但请理解，有时候，一个人这样做是出于其他原因。我不认为政治问题重要到值得我们为此生气，好吗？安赫尔。”

那些事。从之后的信件来看，“那些事”指的不是某件事，也不是某种习惯，而是一个人。她的名字叫阿拉塞利。安赫尔向莉莉亚娜保证，自己会和她分开。安赫尔指的是，自己出于性关系以外的理由和这位女性有联系，这就是他所说的那些事。指示代词是用来标识人或事物的代词，而不具体地指名道姓。

但情况并没有好转。到了7月26日晚上9点45分，矛盾彻底爆发，两人的关系分崩离析。

亲爱的安赫尔：

我有很多事情想写……你知道吗？不管怎么说，我已经开始害怕了。你没办法忘掉阿拉塞利。我很伤心。没错，应该说是伤心；甚至算不上屈辱。我真傻，竟然想过这种可能，曾经相信你能做到。为什么，安赫尔？为什么事情会变成这样？我不是在责备你，没有人可以支配自己的感情、自己的猜疑。

这件事没必要由贝罗妮卡告诉我，我为什么得从她那儿听说呢？你为什么不自己跟我说？我会理解的，真的。为什么？我问你的时候你为什么不说？！！

我并不像看起来那么软弱。天真，这个确实是。我爱上了你，这点也没错。这是我第一次这样爱一个人。而现在我又孤身一人了。

为何我找不到自己追寻之物？也许我过于追求完美，也许我渴求的感情过于崇高、简单或纯粹。

但不，我不会倒下。我还会继续寻找（也许是以后……）。不是现在。我还是太爱你了。

你会和她聊些什么？你在亲吻她，抚摸她吗？现在。就是现在！！！

先是我家里的事，现在又是这个。难道世上没有诚实的人吗？

不管怎么说，我爱你……我花了两年时间爱上你，也许花更短的时间就能不再爱你。但愿如此。

爱你的

莉莉亚娜

"无论你做出何种决定，只要不放弃，我会始终支持你。因为没有比迫使我们做自己更难以忍受、更神圣的责任了。"

L.

又及：我不配。我知道自己真的不配！

莉莉亚娜花了好几个小时涂涂改改，然后整理成稿，用打字机打出来，两天后寄给了安赫尔。

亲爱的安赫尔：

我真的感到（尤其）困惑、伤心和屈辱……事情真的能这么容易地被遗忘吗？你能忘记吗？……我不行，我不知道这是幸运还是不幸，但我就是那种罕见的，才十七岁就已经有很高的道德标准的人，你知道的……诚信，还有那些奇怪的东西，我不是指道德层面或是假正经，我指的是那些让我们能够爱别人和爱自己的基本前提……爱，是的……很单纯，不仅仅是对一个人自私的爱，而是对一切的爱，对所有人的爱……也许我是个白痴，但我坚信自己是对的。

事情就发生在你面前（如果你乐意，也可以说发生在你身后）。如果你有兴趣，就接受它们，否则，最好、最明智的做法就是让它们离开……一想到这一点，我就不明白，不能理解为什么你先接受我，然后又做出这样的事情来……你为何不放手让我离开？我活该吗？我知道自己不配。噢！我想得太多，现在脑子里一片混乱。

我不是在谴责你忘不掉或是爱过另一个人，不是这样的。感情，猜疑……我们很难影响这些情绪。但我无法理解的是，你没有说出来，没有告诉我，这在我看来如此肮脏，完全应当受到谴责……你不能说这些事与我无关，我有权知道这些事。没错，与你共同生活的六个月给了我这种权利，六个月（还是两年？）的交流，六个月里发生了很多事……

为什么，安赫尔？我并没有向你索要，没有向你乞求亲昵的言辞，你为何要给我这些呢？……你为何曾对我表露如此的激情？我从没想过你是这样的人，至今我还不敢相信。我从没想过你是个烂人。我觉得你咄咄逼人、脾气暴躁，有时候有点傻，但是道德败坏？上帝啊（不，还是不要以上帝的名义，因为我没有上帝），我没想过。

你以为我太过软弱，无法理解这一切吗？也许看起来是这样，但我并不软弱，我不是这样的人。我曾经倒下，但又重新站了起来。我不是说我的人生像古希腊悲剧那样波澜起伏，因为事实并非如此，但我接受的教育能够让我不断精进，不会轻言放弃，去坚持创造和学习……

好吧，长篇大论之后，我只想告诉你，如果我花了一年的时间爱上你，那么我希望，忘掉你不需要那么长的时间。

我知道，我迟早会找到我追求的那种感情。

我猜你不会愿意回信，更不会来找我。既然如此，我会想办法把你的东西寄到“你”家里。

（曾经是）你的

莉莉亚娜

附：为什么我得从贝罗妮卡那儿听说这件事？我觉得这才是一种羞辱。

再附：**我知道自己不该受到这样的对待！！！！**

这不公平！！！

（一言以蔽之）

墨西哥，托卢卡，1987 年 7 月的一个星期一

[我们余生的第一个7月]

1987年7月28日，星期二

我本以为，这个月会像往常一样过去，像生命中的其他月份一样过去，和随便哪年的随便哪个7月没什么区别，但我现在发现，事实并非如此。今年我要开始上大学了（我希望如此），必须郑重对待与之相关的一切改变。

这个7月，我完成了高中学业，无论好坏，总算是结束了。

这个7月，我处于危机之中。

这个7月，我无比悲伤，看到万物终结，甚至连属于自己的东西都无法持久，这太令人难受了。

我并不是想说，悲伤是一种不愉快的状态；不，我想我渐渐开始喜欢这种悲伤，还有孤独……我不知道还能说什么，但我动笔的愿望很强烈：我想记录下自己的所思所想、我的梦想、这灰色的天空、人们的苦难……把这一切都写下来。

昨天，我淋了一场这辈子淋过的最大的雨，浑身都湿透了，但我就是忍不住想要这样做。自然，事后我感到一阵恶寒，但我并不在乎，甚至不会在意感冒造成的不适。我感觉很好，浑身清爽（不，我之前并不是没有洗澡）。我比以往任何时候都更接近孤独，我能感到自己与整个世界格格不入。

[入学考试]

我追求自由。在那段日子里我也工作，但我确实过得自由自在。我参加游行，结束之后又去派对，享用威士忌和自制的大麻馅饼。我们在窗户上挂上红黑相间的旗帜。我们跳舞，脱掉衣服，最后一大群人放声高唱《国际歌》。我把《国际歌》的歌词都背了下来。我抽烟、写作。一边写作一边抽烟。我从一个地方搬到另一个地方，只带着那台很重的 33 型打字机和一叠白纸。我创作的人物“娴”一直在我脑海中挥之不去。娴以她的方式做了我不敢做的事。还是说恰恰相反？我没法去非洲或通布图[1]，但还是能乘火车远走高飞。我曾这样从家里不告而别地出走了好几次。没有行李。身无分文。有一次，我和一个沉默寡言的男孩谈恋爱，和他一起去了沙漠；旅途中还可能会出现意想不到的转折，比如那年夏天，我到格雷罗州的海岸线上住了几天。在海滩上，陪我一起旅行的男孩和我一起写下一句宣言：“我们并不相爱。”我是在出发前夜才认识他的。我们在公交车站讨来硬币，买了最便宜的车票，一路逃票，躲在火车陈旧的车厢里；或是搭便车，搭乘装满橘子的卡车。在辗转的行程之间，我们读完了埃兹拉·庞德[2]的《诗章》。我们偷了香肠、牛仔裤和高级巧克力，

1 通布图（Tombuctú）是西非马里的一座古城。

2 埃兹拉·庞德（Ezra Pound，1885—1972），美国著名诗人、现代主义诗歌运动的重要代表人物。

然后用它们在路边小餐馆换一顿便宜的饭菜。我们在瓜纳华托[1]全程参加了德国电影节，在蒙特雷吃了羊羔肉，在坦皮科[2]吹了海风。我们举起双手，在列车尾部的车厢里向路上的孩子们挥手告别。一座没有灵魂的灰暗城市正在等候我们归来。如果我有幻想 / 如果存在陷入狂热激情的理由 / 就没有必要 / 花上几个小时 / 喝下一壶壶 / 灰色的孤独。这座城市让我们偶然相遇，但很快又将我们拆散。我曾在罗马街区[3]一个表兄租的公寓里住过一阵子，他带着惊恐的眼神告诉我，那个房间里曾出现过一个被谋杀的女孩的幽灵。不久之后，我在凶险的布宜诺斯艾利斯街区[4]找到了一间宽敞的卧室，铺着闪亮的木地板。房子几乎就坐落在医疗中心正对面，离法式公墓很近。我的房间在一栋阴暗建筑的二楼，入口处有城市涂鸦的彩色印记。从我的窗户向外看，可以看到一条狭窄的小巷，那里时常传来卖东西的声音。人们在交易偷来的汽车零件或可卡因。或走私品。或大麻。

1987 年 9 月 21 日，莉莉亚娜来墨西哥城参加墨西哥大都会自治大学的入学考试时，我就住在这个地方。由于

---

1 瓜纳华托（Guanajuato）是墨西哥瓜纳华托州的首府，以其周边山区丰富的矿产资源而闻名。——编者注

2 坦皮科（Tampico）是墨西哥塔毛利帕斯州东南部的一座港口城市，20 世纪初曾是世界上第二大石油出口港。

3 罗马街区（Roma）位于墨西哥城夸乌特莫克区，与邻近的孔德萨区皆以嬉皮士亚文化中心而闻名。——编者注

4 布宜诺斯艾利斯街区（Buenos Aires）位于墨西哥城夸乌特莫克区，存在贩毒、抢劫等犯罪问题，被列为该区的危险街区。——同上

学生罢课，学校不得不推迟考试日期和秋季学期的开课时间。考试前一天晚上，莉莉亚娜住在我家，第二天一大早就离开公寓去赶地铁了。我透过客厅的窗户目送她离开。她跨着大步，直发在清晨稀薄的空气中左右摇曳。城市里的美丽女孩。几周后，她的名字出现在录取名单上，我们才知道阿斯卡波察尔科校区开设了建筑学专业。我开始在我的大学同事间打听，帮她寻找离校区近一点的住处。

在少女时代，莉莉亚娜曾有一次写道，她想成为一名吉他手。她也想过要当画家，事实上，她确实上过一段时间的素描、水彩和木雕课。她还考虑过成为一名游泳运动员，但她很快就意识到，自己的成绩虽然足以参加州级比赛，却不足以在全国联赛中取胜。有一段时间，她还考虑过继承父业，学习遗传学。她说，这和遗传有关。但最终，她在高中数理班上了绘图、微积分和几何等课程之后，确信自己可以选择建筑学专业。她还通过了墨西哥州立自治大学的入学考试，那所大学的校区位于托卢卡。但在收到大都会自治大学的录取通知后，她毫不犹豫地选择了这所大学。

10 月 30 日，安赫尔给莉莉亚娜写了一封简短的信，当时莉莉亚娜正在准备自己的首次搬家。这一次，他用了小写字母和大写字母。在“抄写员”牌笔记本的黄色内页上，他用意大利体给她写信，说自己过得很艰难。他再次向她道歉。他很遗憾自己“无法或未能通过入学考试”，并用一种刻意保持客观的态度宣布，自己正在准备出国所需的材料。“如果我能够离开，”他补充道，“我会带着满腔热情尽快赶回来，准备再次参加考试。”但这份乐观并没有持续多久，因为当他想到“我无法让你在我身边，而我必须忍受这一点”时，挫败感马上又回来了。“这一切都让我感觉很糟糕。原谅我。”

事实上，由于没有通过大学入学考试，安赫尔·冈萨雷斯·拉莫斯没能进入大学。他将落后于自己的同龄人，只能选择留在自家的店里工作，或者和许多其他人一样，移民到美国，成为那边的廉价劳工。尽管安赫尔没有在信中说明自己此行的目的地，他递交材料后去了芝加哥，在他的一个高中同学家里住了好几个月，时间大约是 1987 年 10 月到 1988 年 2 月或 3 月之间。

[来自你父亲的亲切问候]

87 年 × 月 12 日，乌普萨拉[1]

莉莉亚娜：

祝你生日快乐，也祝愿你在平常的日子里也能顺心如意。现在正是考试季，祝你一切顺利。你出生时，我正在

1　乌普萨拉（Uppsala）是瑞典第四大城市，位于首都斯德哥尔摩北部。

准备一场考试——对我而言，那是非常美好的时刻。你出生后我去看你，那时候你长得胖嘟嘟的。你妈妈把你照顾得很好。

谢谢你所做的一切。

非常爱你的

你的父亲

安东尼奥·里韦拉·培尼亚

87年×月8日，乌普萨拉

莉莉：

首先，恭喜你通过了墨西哥城大学的入学考试。与此同时，我也想请你提供一些关于这座城市、课程安排和未来计划的信息。如今，我们也许只能在周末见面，日常交流势必会减少。感觉不久前你们还是小女孩，如今要和你们分隔两地，这令我非常难过。但人生的发展就是这样，我们必须对此做好心理准备。没办法每天见到你们确实让我们备感惆怅，对你妈妈来说尤其如此。我真希望这一切能早日结束。你和克里斯蒂娜之间的关系，是一系列前提之下的必然结果，如今同处一个校园，大学相同的环境、氛围能更加促进你们之间的相互理解。我希望你们既是姐妹，也是朋友，这将会让我备感欣慰。希望你们万事顺利，照顾好自己。

另一方面，家庭关系确实会引发问题（尤其是克里斯蒂娜的这种情况）。最好的办法是保持距离，因为很多问题不是简单地道个歉，掉几滴眼泪，或是别人试图调解就能解决的。这是我们家独有的问题，应该由我们自己来决定该采取怎样的行动。生活中有很多美好的事值得我们花时间去做，尤其是你还年轻，未来的人生前景还很广阔。加油前进吧。

你的父亲

安东尼奥·里韦拉·培尼亚

1987 年 10 月 20 日，乌普萨拉

莉莉，你好：

最近过得怎么样？希望一切都好。莉莉，你在墨西哥城要照顾好自己，与当地人好好相处，不要给自己惹麻烦。现在，我比以往任何时候都更想回墨西哥，但眼下情况却大不相同（我不该在这个时候攻读博士）。尽管工作进展顺利，我却没法和你们在一起，这个代价相当高昂。我目前没法在你们身边，支持你们，看着你们成长。有时候，我觉得日子实在艰难，因此我也一直在反思发生的一切。但我的研究成果能否发表不单单取决于我自己，还要

看顾问和审稿人的意见。

莉莉，如今你和克里斯蒂娜都在墨西哥，你们都要好好注意饮食，尤其是克里斯蒂娜。我不知道怎样的饮食搭配才是最好、最营养均衡的，但我知道吃更天然的、多样化的食物更能让人精力充沛，不会轻易疲劳，也能缓和城市生活的不健康。毕竟，你们未来都还有很多事要做。

出于某些原因，我希望你妈妈能和你一起生活一段时间，让改变更加循序渐进，而不是像现在这么突然。你正在进入一个更为独立的时期，在这个阶段，几乎一切都只能靠你自己，但我想，如果有更直接的支持可能会更好。在克里斯蒂娜读书期间，我们就该再多帮帮她的，不过，她表现得很坚强（尽管我也看到过她十分脆弱的时刻）。生活的美好之处在于，我们很幸运能有这样的机会给你们提供支持，我很享受这样做，未来也会一如既往地支持你和她。

我很高兴你喜欢这所大学（我不记得它的具体位置了），也能应对繁重的学业，一所大学是因其专业而富有声望的，当然了，在里面学习的学生也需要为此付出很多努力，你得将这一点铭记在心。有时候，你可能会感到绝望或孤独，有时可能事与愿违，但总有另一些美好的事物能弥补这一切，能让人重新振作，继续奋勇前行。但确实，美好的事物不会自己降临，我们需要通过努力来激发它们。一个人的力量不仅仅由体力决定，更强大的力量来自人的精神和意志，它们是推动你前行的动力，帮助你把从生活中获得的概念和原则付诸实践。人生会有很多选择，对于你选择的专业，我会全力支持。

在乌普萨拉，我跟大家说，我常常收到小女孩和大女孩的来信。当我说出你们的年龄时，他们都觉得有点好笑。在这里，我的工作也时有进展。在回墨西哥之前，我得将计划发表的三篇论文写完。我去了哥本哈根查阅资料，可能还得去趟英国，但这只是暂时的计划。这些论文都是研究野生马铃薯品种问题的。

来自你父亲的亲切问候

安东尼奥·里韦拉·培尼亚

[我们是雌犬，我们是魔鬼]

我鼓起勇气，向圣路易斯波托西国家短篇小说奖提交了《战争无关紧要》（*La guerra no importa*）这部作品的手稿，倒没有真的期待它能获奖。我曾在大学里参加过文学讲习班，但在第二次讲习班上，我因与讲师对奥克塔维奥·帕斯[1]的观点相左而被赶出了课堂。我仍在坚持写作。

1 奥克塔维奥·帕斯（Octavio Paz，1914—1998），墨西哥著名诗人、学者、外交家，获 1990 年诺贝尔文学奖。

当时，连年的经济危机、货币贬值、自由和民主的彻底缺失，以及国际战争，令生活变得无法忍受，或者更准确地说，是我们失去了对生活的期待。写作是我面对这些困境的自发应激方式。我坚持写作，因为别无他法——就像莉莉亚娜一样。

娴的故事由一系列各自独立的小故事组成，按照我的预想，通过一条非常脆弱的主线情节交织在一起，形成一部系列小说，营造出某种摇摇欲坠、脆弱不堪、濒临解体的氛围。这差不多也是我当时对这座城市的感觉。我感到自己被困在一张千疮百孔的网中，但讽刺的是，却找不到任何出口。娴酗酒、奔波、满口谎言、历经挫折。她和男男女女的关系模棱两可，充满不透明的感情，悲伤的激情像汽车的尾气或酒精的蒸汽一样逐渐消退。在她居住的城市里，一切终将慢慢腐烂，尤其是生存的意志。

在其中一个故事里，一个男人绑架了娴，想从她那儿打听胡利娅的下落。胡利娅是一个红发女孩，一名无政府主义者，她的行踪从叙事的开始就是个谜团。“老色狼，你也对她动心了吗？”娴嘲讽地问道，结果挨了一记响亮的耳光。除此之外，绑匪倒是很有耐心。他允许娴待在一间四面都是白墙的公寓里，于是她成天什么也不做，只是一头扎进陶瓷浴缸中，回忆往昔。

娴是通过随口编造的谎言认识胡利娅的。胡利娅认为，在这个世界上，真正重要的不是真相，而是共谋。“给我取个名字吧，随你怎么叫我。”两人第一次快速游览这座城市时，胡利娅对她说。于是，娴给她取名叫“怖”，因为这个女人确实让人感到恐怖。两个女孩没有工作，偶尔与地下激进组织联络，没有正经的活儿干，也没钱可赚。她们整天搭乘摇摇晃晃的火车，在老旧的街区转悠，或是坐在阴暗建筑的台阶上，这些建筑的铁门上还留有附近不同帮派喷漆的印痕。一条黑狗正好经过那里，卑微而凶猛，张着大嘴。怖不敢摸它。她告诉朋友，这是魔鬼。“你怎么知道的？”“一看就知道：它要么在找主人，要么准备杀人。”“就像你一样。”“也像你一样，亲爱的朋友。”我们是雌犬，我们是魔鬼，背负着孤独。

多年后的今天，我在想，在布宜诺斯艾利斯街区那栋阴暗的建筑里，我是否曾与我妹妹有过这样的对话。

无论如何，那本书最终获了奖。同年 11 月，我前往圣路易斯波托西领奖，拿到一张刻有金色大字的奖状和一张支票。这笔钱，加上一些微薄的积蓄，足以支付我 1988 年初夏前往美国的旅费。几个月后，我在科约阿坎[1]中心一家名叫“渡鸦”的酒吧举办了新书发布会，当时莉莉亚娜也在场。

莉莉亚娜永远都在。

1 科约阿坎（Coyoacán）是墨西哥城的十六个辖区之一。

[分隔两地令我痛苦]

1988年4月14日，乌普萨拉

莉莉，你好：

宝贝女儿，

我先收到了你最新的来信，接着才收到了之前的。换句话说，你3月15日写的信是4月13日到的，3月23日写的信却在4月5日就到了。顺便一提，你的信和你妈妈的一封信同时到达，也就是说我每个星期都能收到你们的信，这让我很高兴。非常好。

因此，我会按照你写信的顺序逐一回复，不过首先，我得告诉你大洋（大西洋）彼岸的情况。我已经把我的第一份论文送去提交发表了，现在只需要等待，因为在这种情况下，不管论文有没有被接受，我都别无选择，只能等待评审方的决定。与此同时，我还在准备接下来的工作，幸运的是，我在这个过程中也有所收获，比如学到了如何用英文写作——虽然不甚完美，但还可以接受。因为论文的语言要经过检查，还要经过大学研究人员和顾问的审阅。这些人的英文都很好，想法也很棒，我得承认这一点。

我现在希望能尽快推进工作进度，也就是说，能提前把所有工作完成，这样我6月也许还赶得及去墨西哥，然后9月回来参加考试。但如你所见，读博期间做的计划几乎从未实现过。

瑞典的天气正渐渐转好。晴天更多了。早上5点30分日出，晚上8点日落。白天有点长，但总比冬天好，尽管气温还徘徊在0到10摄氏度之间。

好了，4月30日就要到了。祝你儿童节[1]快乐。你开车时一定要小心，最好能先拿到驾照，不然我建议开车时让你妈妈陪同。

大学生活就是这样，好好享受你的学生时代吧。我比较担心搬家的事，还有你新认识的人，有时候，有些人真是知人知面不知心。你在墨西哥城一定要好好照顾自己。我真希望自己能在你身边帮上点忙。和朋友相处时，一定要从一开始就建立好交往的原则，这样可以避免日后产生误会。另外，要注意饮食，别忘了你前段时间刚得过胃病。

与你们分隔两地真是令我痛苦。我正在想方设法地早日回家。我已经离家好多个月了，而我想要看着你们成长，给我讲讲各种事情，关于你们的成就，你们的困扰，你们的喜悦和悲伤，还有学业上的事，以及个人的发展情况。我在这里的时间真的已经太长了，我不知道这样做是否值得。我想要获得博士学位，但与你们分隔两地的代价太大。

我从未想过要对你俩区别对待，我相信你妈妈也从来没有想过。所以，你不要有这种想法。每个个体都有自己

---

1 墨西哥的儿童节是每年的4月30日。——编者注

独特的个性，这很正常。重要的是要了解自己，并尽力理解他人。

我相信我们家的每个人都能互相理解，互相体谅，所以你尽可以继续放心前进。我理解，你现在大部分时间都远离家乡，但正是这些艰难的时刻将人锻造得更加坚强，未来才能更好地应对生活。你有你的原则，有我的支持。生活需要勇气、毅力、强烈的意志和大量的努力，但学生时代是人生最美好的阶段之一。记住，你的爸爸妈妈和你姐姐都非常非常爱你。

你的父亲

安东尼奥·里韦拉·培尼亚

第四章

冬日

INVIERNO

正是冬天造就了人的本质。

多和田叶子，《裸眼》（*The Naked Eye*）[1]

1 引文原文为英语。多和田叶子（Yōko Tawada，1960— ），旅居德国的日本作家、诗人，用日语和德语创作，曾获芥川龙之介奖、歌德奖章等。

[哈里斯堡步道[1]]

我们快速策划了这次旅行。一个人也许很多年都不会知道真相，可一旦开始深入挖掘，就会想要立即了解相关的一切。在那些日子里，充斥着一股莫名的冲动。我们匆匆忙忙地规划了行程，仿佛仍然能拯救莉莉亚娜似的。大学里的所有学生都长着她的脸，在其他学生的肩头，在那些浓密的头发下，我不断看见她的面容，这让我总想大哭一场，不得不躲去厕所掩饰自己的感情。那个学期，我经常偷偷去厕所哭泣，而且时常噩梦缠身。我梦到她被谋杀，醒来时呼吸急促，额头上满是汗水，胸口沉甸甸的。同时，我会发现现实比噩梦更为糟糕：莉莉亚娜已经不在我身边了。她已经在地下长眠了三十年。

2019 年，我们在休斯敦的家中共度圣诞。我父母提前了好多天到达，准备好好地走亲访友，忘掉严格的饮

1　原文为英语“Harrisburg trail”。——编者注

食，把他们已经讲了上千遍的故事再跟大家分享一番。从很久以前开始，我每天早上都去哈里斯堡步道散步，我父母也很快适应了这个习惯，并开始与我同行。这条步道离我们家不远，原本是一条自行车道。我们每天要花上大约五十分钟散步，因为我父亲走得很慢，他有高血压，右腿还曾有过血栓。对一位八十四岁的老人来说，他已经算是很有活力，体力也不错的了。不过，在散步途中，他还是得不时在步道边的长凳上坐着休息一会儿，等我和母亲走到终点之后再折回来找他。

一个阳光明媚的日子里，鸟儿在橡树的枝叶间异常喧闹，松鼠疯狂地叫着，小狗满地乱跑；我缓缓地、小心翼翼地告诉他们，我正试着重新找回莉莉亚娜的档案。世界在那一瞬间静止了。树丛间卷起一阵旋风，我们的头发上落满了干枯的树叶。柚子树的气味从未如此刺鼻。隆冬时节，某些事情即将发生。父亲坐下来，精疲力竭，万念俱灰。他将右腿伸到长凳上，说道:“我会尽力帮助你的。”我母亲睁开眼睛，突然眼眶湿润，说：“正义必须得到伸张。”

我们决定新年晚餐要一切从简：一个印度家庭经营的“火烈鸟”商店出售传统墨西哥食品，我们在店里买了面粉和玉米饼，还有用胭脂树红和菠萝烹制的肉。我们在桌上摆了金色的盘子、亚麻餐巾，取出最好的瓷质餐具来吃牧羊人塔可饼。几周前，我们买了一颗埋在木盒里的球茎，它现在开花了。我们将那束白花摆放在餐桌中央。在白花旁边，有史以来第一次，我放上了莉莉亚娜的照片。那是一个樱桃色的小相框，镶着古旧的金边。照片上，莉莉亚娜的头沐浴在高原地区冬日刺眼的阳光下。她的头发闪烁着穿越时空的纯净光芒。她戴着我在墨西哥城跳蚤市场为她挑选的克韦多[1]式眼镜：小小的椭圆形镜片，窄边上雕刻着精美的图案。她穿着一件宽大的深绿色法兰绒衬衫，衬衫从她肩头微微滑落。她的嘴唇正要张开，更像是为了呼吸，而不是为了说话。莉莉亚娜直直地注视着镜头，这么多年来，我一直将她的眼神理解为惆怅、困惑或责备。现在，我在晚餐时用眼角的余光看着她，感到她是在用一种新的方式催促着我们尽快行动。

这是我们第一次用完整的句子谈论她。出乎我的意料，我们没有一个人流泪哭泣。没有人跪倒在地，濒临崩溃。慢慢地，过去的场景逐一浮现。一个微笑。一声叹息。小时候的莉莉亚娜，在我们位于奇瓦瓦州德利西亚斯的家中，追着我从一个房间跑到另一个房间。莉莉亚娜游泳时的样子。她上幼儿园的第一天。莉莉亚娜在儿童医院接受肾脏感染治疗。莉莉亚娜无可比拟的笑容。她的爱。这么多年来，她对我们无微不至的爱。

到了12点，我们拿起十二颗葡萄，一颗颗放入嘴里。

---

1 弗朗西斯科·德·克韦多（Francisco de Quevedo，1580—1645），西班牙政治家、作家。——编者注

大家许下的新年愿望是一样的：愿正义得到伸张。之后，我们举杯祝酒。拥抱在一起时，我们再也忍不住泪水。我想到，我从来没有像这样和我妹妹共饮过气泡酒。

第二天，在几乎荒无人烟的哈里斯堡步道中央，一个骑自行车的人挡住了我们的去路。他一言不发地向我伸出手，递过来一个信封。他不动声色地暗示我收下那个信封。我犹豫了片刻。炭疽病，我想道。还有哪种致命的毒素是通过密封的信封传播的呢？最终，我还是忍住了一大早的疑神疑鬼，伸手接过了信封。我打开信封，取出一张卡片，发现里面有两张钞票，一张是二十美元的，还有一张是五美元的。在我查看信封时，那个骑自行车的人已经不见了。我一直不知道，在那个新年的第一天，在为数不多的几个行人中，那名皮肤枯黄、双手瘦削的年轻自行车手为什么选择了我。但我还是为此而道谢。“谢谢你，莉莉亚娜。”我说。这一切都以某种方式与你有所关联。我怎么可能不这样想呢？

大约六个月前，我接受了一项邀请，将于2020年初在墨西哥国立自治大学的“蓝房子”教授一门强化课程。在这件事背后，我看到了莉莉亚娜的影子。萨乌尔安排我们俩于2020年1月9日在墨西哥城碰面——我相信也是因为她的影响，相关的安排才变得如此简单。生活在哀悼之中就是这种感觉：你永远不会感到孤身一人。逝者的存在始终与我们如影相随，虽然看不见，却以各种方式体现在日常生活的罅隙中。在我们肩头，伴随着我们的声音，存在于每一步的回响中。在窗户上方，在地平线边缘，在树影之间。逝者的身影始终在那里，始终在这里，与我们同在，在我们心里，用它们的温暖包裹着我们，保护着我们，让我们远离尘嚣。这就是哀悼的过程：承认它们的存在，认可它们的存在。总有其他眼睛在看我所看到的一切，想象那另一个角度，想象那些不属于我的感官通过我的感官能看到什么，这就是我所知的对"爱"的精确定义。

哀悼是孤独的终结。

[米莫萨斯街 658 号]

我们计划再去一趟阿斯卡波察尔科。萨乌尔夜间抵达墨西哥城与我会合。我的房间位于酒店后方一座摇摇欲坠的螺旋楼梯尽头。深夜，他敲响了我的房门。"你好吗？"他问我，"已经为明天做好准备了吗？"我没精打采地笑笑，带着一丝忧虑。

我们仍想出去找点清淡的食物。我俩在罗马区灯火通明的街道上寻觅，正当快要放弃时，发现有一家日本餐厅还开着。这座城市什么时候变成这样了？我们身旁的一对夫妇在说英语，但不是美国人。餐厅里还有一群德国人。所有人，包括那些用墨西哥城口音讲西语的人，都肤色白皙，栗色的头发随风飘扬。而且，所有人都很年轻。他们对包括食物在内的所有事情都抱怨连连：这让我们放松下来，也让我们开怀大笑。

在回去的路上，甚至在上床睡觉之前，我们都透过宽敞的大窗户注视着墨西哥城的天空。在那片被灯光刺穿的黑暗中，能看到几颗星星。来自过去的星星，却不再只属于过去。它们是夜空中真正的星。

在启程去阿斯卡波察尔科之前，我们在纳瓦尔特区人权文化协会的办公室里见到了埃克托尔·佩雷斯·里韦拉。通过一位朋友的引荐，我在10月与他取得了联系，请他帮我在错综复杂的司法系统中搜寻莉莉亚娜案件的档案，这个系统里尽是些罪犯逍遥法外的案例。我的邮箱中不断收到带有紫色标记的公文，代表着官僚系统在搜索过程中一次次的失败。于是我们决定，在12月中旬，赶在墨西哥城总检察长办公室的工作人员休假之前，向人权组织提出申诉。埃克托尔告诉我们，如果一切顺利，我们很快就会得到答复。

埃克托尔赴约时迟到了，萨乌尔担忧地看了他一眼。像往常一样，埃克托尔提到了首都糟糕的交通状况，但又补充了一个细节，说他的自行车爆胎了。萨乌尔向他提了几个问题。起初，埃克托尔看起来很匆忙，心不在焉，但还是一遍遍地回答了我们的询问。要找到一份如此久远的档案并不容易，但也并非完全不可能。由于1990年还不存在“杀害女性”这种罪名，这起案件被登记成普通凶杀案，而非蓄意谋杀——考虑到情感上的背叛和两人间的私人关系，这才是正确的指控。埃克托尔负责接收和发送所有公文，还会独自前往市里的不同法院和公共部委开展调查。告别时，我们亲切地与他握手，感到自己终究能以某种方式找到这份寻觅已久的档案。那天早上，一股乐观的情绪席卷着我们，推动我们走上这座如此深爱的城市的街道。也许有些太过乐观了。

这一次，我们决定搭乘公共交通工具前往帕斯特罗斯区米莫萨斯街658号。莉莉亚娜在大都会自治大学建筑系学习时，几乎是在那里度过了整个大学生涯。我们从米特拉街出发，穿过一座公园，公园里有一群女人在跳尊巴舞，还有些人穿着时髦的网球鞋在泥土小道上匆匆行走。我们朝埃塞俄比亚站的方向走去，在那里搭上一趟印第奥斯贝尔德斯方向的列车，车上不太拥挤。我们坐了十一站，然后在三月十八日体育场站下车，换乘罗萨里奥方向的红线。这次我们只坐了七站就到了特索索莫克站。整个行程花了半个多小时。在休斯敦的一个难以承受的上午，我对萨乌尔说，我要去看看她读书的地方。看看她曾经生活过的地方。她走过的街道。她买面包的商店。她吃饭的小吃摊。她搭乘地铁的车站。她上下公交车的站点。我说，我要去所有这些地方，给她献花。我们终于来了。在那个干燥且阳光明媚的早晨，我们站在地铁站破旧的台阶上。

莉莉亚娜肯定曾多次踏足这里。我们又一次来到了阿斯卡波察尔科辖区。

莉莉亚娜的公寓离地铁站只有几个街区。我们沿着阿韦韦特斯街直走，这是一条宽阔的街道，车道被绿化带从中隔开。接着，我们右转进入米莫萨斯街。和当年一样，这里是一个工人阶级聚居区，大多是单层的砖房，还有许多杂货店、修理店和面包店。这是一个人口众多的社区，但没有暴力威胁。

何塞·曼努埃尔·阿尔瓦雷斯是我在墨西哥国立自治大学阿卡特兰校区的一位同事。当时，他听说我在为刚被大都会自治大学阿斯卡波察尔科校区录取的妹妹寻找一个安全的住处，于是主动提出把自己家楼下的一套小公寓租给她。那是一栋只有三层的在建楼房。公寓的基本设施齐全：客厅、餐厅、卧室、浴室和厨房。更重要的是，莉莉亚娜可以乘坐地铁和公交车，在十五分钟内到达学校。唯一的问题是，这家人把原本的卧室改成了私人储藏室，因此莉莉亚娜只能睡在原本用作餐厅的区域。我们都觉得这不算什么问题。何塞·曼努埃尔已婚，有几个年幼的孩子。公寓里没有其他租客。我以为，我妹妹和他们住在一起能受到保护。

街道是生命体，随着时间的推移会发生很多变化。房子的编号是新的，与我们要找的 658 号毫无关系。我曾去过那栋房子几次，但已经记不清具体位置了。我们敲了好几扇门，没有人回应。我们又去问了一个骑自行车的邮递员，最后终于找到一栋房子，正墙是深褐色的，上面有两组闪闪发光的数字：658 和 92A。我们按响了这户人家的门铃。从对讲机里传来一个女人的声音。很难给她解释我们是去做什么的：一个曾住在这里的年轻女孩在三十年前被杀害了，我是她的姐姐。能让我进去看看吗？这不是我当时的原话，但我用一个冗长的故事暗示了这一点，这个故事越讲越复杂。过了一会儿，一个女孩探出头来，但没有把门彻底打开。是的，她听说过一些传闻。知道一些事。我们问她，是什么事？她不能告诉我们。她告诉我们，她的老板不在，因此她没有权限放我们进去。我透过门缝递去名片，她关上门，又打了几个电话。没过多久，她就重新打开了那扇铁门，告诉我们老板马上就要回来了。如果我们愿意的话，可以在这里等他。“要等多久？”“半个小时左右。”我们朝她笑了笑。我们已经等了永生永世。

我们利用这段时间在附近逛了逛。我们去了市场，离这里只有一个街区。我们排队买了玉米饼，在卷饼摊前转悠。我们在一家汽车配件商店前停下脚步，对这一巧合感到惊讶。阿克德尔科汽车零部件商店是一家全国连锁店的分店。萨乌尔说，那栋窗户明亮而宽敞的高大公寓楼当时肯定不在这里，我表示同意。之后我们回到公寓，倚在大门旁的一辆车上。这时，我们看到一个白发男子走出隔壁的大门。我想都没想就追了上去。我匆匆向他解释了我们来这里的前因后果，说得前言不搭后语。他还记得类似的事件吗？对方拒绝和我握手，但还是在路边停了下来。萨乌尔很快追上了我们，挽住了我的胳膊。街道确实有变化，但不会变得健忘。“是的。”他压低声音说，似乎准备告诉我们一个秘密。“那姑娘真漂亮，人真好，”他说，“她每天早晨去上学时，都会在我爸爸的面包店里买面包。”看到我朝一个卖水的小店望去，他解释说：“我爸爸生病后把面包店卖掉了。他病得很重，所以我来看他。”接着他又说：“她是个大学生，对吗？”

我问他，您知道发生了什么事吗？他又沉默了，显得局促不安。他垂下视线。他用鞋尖踩碎一只想象中的虫子。他仿佛要转身离开，但双脚在人行道上一动不动。“是她的男朋友，对吧？我们经常在这附近看见他。他开一辆黑色的车，有时候会骑一辆红色的摩托过来。他长得很帅。那时我应该才十二岁吧。我们从报纸上知道了一些细节。警察没来吗？”

“那是很多年前的事了。”

“抱歉。我已经很久没想起这件事了。她是个好人，这是肯定的。她总是跟所有人打招呼。她甚至跟我们这些在街上踢球的小孩打招呼。这一切实在太令人悲伤了。”

我向他递上我的名片，告诉他我的名字，随后询问他的名字。

“抱歉，”他真诚地拒绝了，“这里发生过那么多事情。绑架，凶杀，您知道的。一个人不能再这样随便报出自己的名字了。”

米莫萨斯街 658 号铁门后的主人很快出现了。这是一名身材瘦削的工程师，声音平和，态度友善。我们没有多做解释，他就让我们进去了。

踏入逝者的领地，感觉总是怪怪的。皮下组织底部有一种轻微的震颤：纯粹的肉体振动在耳中转化为某种轻微的杂音。嗡嗡声。蚂蚁顽固地爬过神经系统，不久后又穿过遍布全身的循环系统。胸口沉甸甸的。我们小心翼翼地前行，仿佛周围的一切都由古老的玻璃制成。我们向前走，仿佛走在一块神圣的领地上。

建筑师费尔南多·佩雷斯·维加是莉莉亚娜在大都会自治大学的朋友，他根据记忆绘制了一张公寓的平面图。这套公寓很快就成了莉莉亚娜的朋友和队友经常聚会的地方。房子离校园不远，他们会去那里做作业，学期结束时还会一起饮酒庆祝，有时候喝啤酒，有时候买点廉价的朗姆酒，同时抽大量的烟。他们通宵达旦地放音乐，但总会特意调低音量，因为阿尔瓦雷斯一家就住在莉莉亚娜房间正上方的二楼，他们对噪声很敏感。有时，一些最亲密的朋友也会在房子里留宿。这是个简朴的住所，只有最基本的生活用品。按照约定，莉莉亚娜把床垫和双人弹簧床座放在了餐厅的地上，当作卧室使用。由于没有衣柜，她把一些木箱漆成薰衣草色，把衣服和鞋子堆放在里面。之后，她又添置了一个小书架，上面放着她最喜爱的书、装满小纸条和杂物的锡盒、装着手镯和耳环的木盒，还有笔筒。房间的墙上逐渐贴满了海报。她的画板几乎占据了整个客厅，就摆在屋里唯一的玻璃百叶窗旁边。屋里还有一张长凳，也许还有一两把椅子。这就是她全部的家当了。她很少使用厨房。厨房很大，光线昏暗，有一个水泥台面，上面是一个不锈钢水槽和一个四头燃气灶。一扇金属和磨砂玻璃的小门通向一个内院，微弱的阳光从上方洒进来。厨房里有几个碟子和一些不成套的杯子。还有咖啡杯和烟灰缸；她以前会专注地、愉快地、规律地抽“罗利”牌香烟，把无数烟蒂丢在烟灰缸里。内院的另一侧是一扇通往浴室的小窗户。浴室里只够放一个淋浴喷头和一个马桶。阿尔瓦雷斯家有一名年轻的帮佣，她平日就睡在由卧室改造的储藏室隔壁的房间里，房间的入口通向公共庭院，正对着大门。

我的姨妈桑托斯至今在休斯敦的野蛮街区享有预言家和治疗师的美誉。她说，在莉莉被谋杀的那天晚上，自己梦见了她。那是一个令人不安的梦，她从梦中惊醒，呼吸急促。她从未见过这栋房子，却能清晰地辨认出它的布局。在梦中，她看到自己正沿着连接大门和公寓入口的外侧走廊缓慢前进。穿过一个不大的内院，从那里，透过玻璃百叶窗，她看到我妹妹的手脚在颤抖，好像醒不过来，又好像在求救。她说自己还没来得及帮她，就已经睁开了

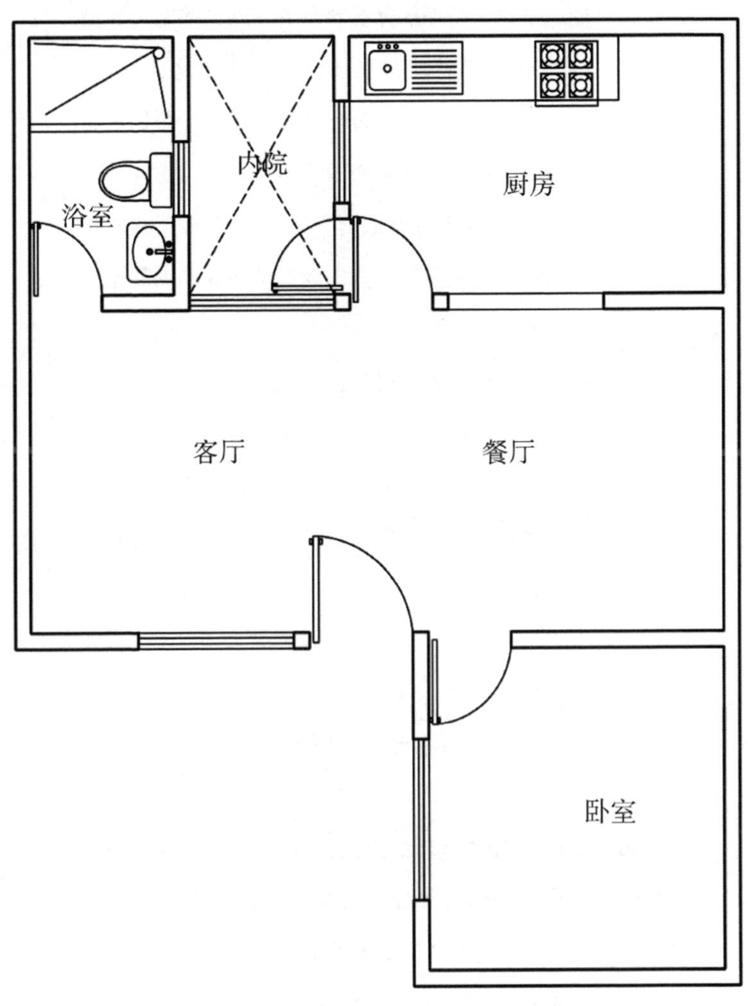
内院
厨房
浴室
客厅
餐厅
卧室

眼睛。

房主和两名秘书允许我们在房子里随意参观。这套公寓如今已变成了建筑公司的办公室。五年前，何塞·曼努埃尔·阿尔瓦雷斯离婚时，房主从他手中买下了这套公寓。

“这栋房子在交易之后有过什么变化吗？”萨乌尔问道。他环顾四周，将手放在身旁的墙上。

“一切都差不多维持着原样，”房主毫不犹豫地答道，“建筑结构和我买下时一样，我只是翻修，以及完成了之前未完工的部分。”

“比如楼上那些房间，对吗？”我问。

“对，比如楼上那些房间。”他确认道。

他没有反对我们拍照。但当我问他是否知道这里曾发生的悲剧时，他表示否认。那个此前说了解这段历史的秘书则保持沉默。

[生者不会忘记死者]

面对 1968 年学生运动的施压，特别是在 10 月 2 日的残酷镇压之后，墨西哥大都会自治大学教育系统于 1974 年初正式成立，这是对学生诉求的直接回应。大学的五个校区分布在墨西哥城广阔的市区内——夸希马尔帕、霍奇米尔科、伊斯塔帕拉帕、莱尔马和阿斯卡波察尔科——

这些公共校区不仅满足了城市不同地区迅猛增长的教育需求，而且代表了一种新颖、前卫的教育方案，与其他高等教育机构形成鲜明对比。

墨西哥大都会自治大学曾经短暂地采用过三学期制，与以单个院系为基础授予学位的传统不同，学校采用了一种横向教学法，鼓励跨学科教学和团队合作。如果说，从外省来到首都上学意味着周遭风景、生活节奏和生活方式的巨大改变，那么从牛羊经常在走廊里游荡的传统高中，来到一个拥有广阔花园作为集会场所的宽敞校园，更是一种极为剧烈的转变。当我踏上通往图书馆的熙熙攘攘的广场时，我说，莉莉亚娜在这里应该过得很快乐。

我们从米莫萨斯街出发，先乘地铁，在大都会自治大学站下车，接着搭乘了一辆在站外等候的小巴士，不到二十分钟就来到了大学校区的橘黄色拱门前。在狭窄的车厢里，我们和拿着长卷图纸的学生、戴着耳机的年轻人，以及带孩子的主妇挤在一起。我们有多久没听到尤里唱的《该死的春天》（“Maldita primavera”）了？我们跟着大部队下了车。进校前，我们需要先在一本巨大的红皮册子上登记姓名，还要留下身份证件。一名健谈的工作人员向我们详细介绍了如何前往建筑系。

进入校园，气氛突然开始热闹起来。笑声、喧闹声、身体相互碰撞的喧哗声。空气中烟雾缭绕。墙上的涂鸦宣告着种种不可能实现的诉求，张贴着各种宣传电影或是国际专家来访的海报。最重要的是，这里充满了活力。无拘无束。一种躁动不安的生机，非常灵巧，以极快的速度缠绕在树干上又松开，然后散落在公共雕塑周围，穿过窗户、门缝、卖散装香烟的摊位。整个环境都充满了活力。莉莉亚娜曾经在这里。这里曾有她的身影。她的完整存在。如果我们相信，很久以前失去的东西会突然出现在眼前，我们的大脑会发生什么变化呢？

穿过餐厅，建筑系奇迹般地出现在眼前。入口处正在举办一个小型摄影展，几张桌子上堆放着待售的书籍。建筑系中央赫然摆放着工作台，周围是一排排半开的储物柜。到处都是学生。一群群留着长发、穿着牛仔裤的年轻人在角落里平和地交谈着，时而争论几句，时而爆发出阵阵笑声。看，萨乌尔说。我们看到了空荡荡的教室：冬日的阳光穿透落地窗，照亮了一排排木质画板。“生者不会忘记死者。”楼梯间的壁画上写着这样一句话，字母周围装饰着五颜六色的花朵图案，以及阿约齐纳帕的学生们的照片。2014 年 9 月，这些学生在格雷罗州被武力绑架后失踪[1]。建筑系虽位于校园内，但也心系世界。我们诧异地呆立了片刻，聆听周围的低语，观察着学生们来来往往的身影。逝者活生生的身体就在这群移动的躯体之间。

1　2014 年 9 月 26 日，一些阿约齐纳帕乡村师范学院的学生在前往格雷罗州伊瓜拉时遭到袭击，六人中枪身亡，四十三名学生被绑架后下落不明。多年来，此案备受民众关注，在国际上也引发了大规模抗议，失踪学生的亲友一直坚持不懈地要求彻查此案，调查却一直没有定论。

两栋教学楼的二楼中间有桥相连，一个阴郁的年轻人正独自在桥上抽烟。他看上去似乎在观望楼下发生的事，但实际上他在向内看，只看向自己。我们从他身后经过时，他回头瞥了我们一眼。他的嘴角挂着一丝苦涩的微笑，若非如此，他的面容本该是和善的，甚至是美丽的。那种微笑中似乎蕴含着某种永恒的痛苦，提醒着我们，我们并不孤单。“任何一个控制狂都应该会害怕这样的校园。”我们继续前进时，我对萨乌尔说。对任何执着于限制女孩自由的操纵者而言，这种校园氛围都会让他感到恐惧或是愤怒。

学生们聚拢又散开，他们的组合每秒钟都在变幻。就像不断扩散的细胞。他们轻巧地前进，又停下。毫无预兆地聚集又散开。1 月的阳光穿透大气层，直直地照射在树叶上，闪烁的光芒带来某种虚幻的气息。时间在停滞的同时爆炸，瞬间倍增。莉莉亚娜就曾在那里，在另一个冬天，同样的阳光刺痛着她的皮肤。她在那里，一路小跑，赶着去上一堂讨厌的课。她曾在那里，靠在天井的石墙上，查看自己的发梢。我可以听到她的声音，从四面八方传来。她笑声的回音。“校园正好就是全景监狱[1]的反面。”我

---

1 原文为英语“panopticon”。全景监狱是一个建筑设计概念，源于英国社会理论学家、法学家杰里米·边沁（Jeremy Bentham，1748—1832）的构想，福柯（Michel Foucault，1926—1984）对这一概念进行了哲学扩展，将其引申为现代社会权力机构的象征，学校、工厂、军队、医院、监狱等都是全景监狱的某种变体。——编者注

对萨乌尔说，感觉自己提出了某种新奇的理论。萨乌尔握了握我的右手，笑了。没有一双眼睛能窥见全貌。没有一个人能将其囊括。

我们走进图书馆，在书架上搜寻20世纪90年代的建筑系论文。我们设想，通过这种方式可以获得莉莉亚娜同系同学的名单。到目前为止，我们对她的大学同学仍一无所知。我们找到了我在阿卡特兰校区的一位前同事，打断他正要参加的会议，向他寻求大学官僚机构的帮助。人文学科学院主任萨乌尔·赫罗尼莫教授帮我们联系了负责学术档案管理的马丁·杜兰，以及性别事务办公室的主任罗西奥·瓜达卢佩·帕迪利亚·绍塞多女士。我们在午休时间去了那里，两人热情而友善地接待了我们，尽管严格意义上来说，那已经不是他们的工作时间了。

马丁·杜兰同意在电脑系统里帮我们查找莉莉亚娜的学业记录，但他解释说，出于个人隐私保护的规定，这份档案无法对外分享。当我们垂头丧气地准备离开办公室时，他叫住我们，告诉我们莉莉亚娜的平均绩点一直在稳步提高，到学业最终中断前，她的成绩实际上已经相当出色了。几分钟后，我在另一间办公室里见到了帕迪利亚女士。我告诉她，我们正在通过这种方式纪念我妹妹。她平静、毫无表情的面孔无法掩盖她飞速运转的大脑。

我希望能在大都会自治大学阿斯卡波察尔科校区辟出一块空间，纪念我的妹妹，纪念她在这里的教室、走廊、花园里曾度过的时光。“这也是为了纪念其他被杀害的女孩，”我补充道，“纪念所有曾遭受过性别暴力的女性，不论她们是否最终幸存。”

我正要继续往下说，帕迪利亚女士打断了我：“我们一起想想怎么做吧。让我们共同投身于这项事业。”

第五章

那是一个自由的女人

ALLÁ VA UNA MUJER LIBRE

[劳拉·罗萨莱斯]

我怎么可能会忘记她呢？我进大学的第一天，她是头一个跟我搭话的人。我走进教室时，她已经在那里了：长发笔直，笑容坦率，四肢修长。她个子很高。虽然她不施粉黛，却女人味十足。莉莉亚娜很漂亮，但从她的行为举止来看，她似乎没有意识到这一点，或者即便意识到了也没有太在意。比起她的美貌，莉莉亚娜的幽默感更引人注目：她以一种欢快而轻松的方式嘲笑一切，但又不得罪任何人；她的讽刺非常微妙，也很尖锐，总能一针见血。莉莉亚娜真是个特别的女孩。

我毕业于马格达莱纳-孔特雷拉斯区的工业与服务技术学校，当时墨西哥国立自治大学尚未正式承认它的技术教育体系，因此我别无选择，只得另行申请进入大都会自治大学。大家建议我不要报考建筑专业，因为这个领域竞争十分激烈。于是我听从了建议，报考了当时很少有人感兴趣的工业设计专业。1987 年 10 月底，我收到录取通知书时感到欣喜若狂。

我和莉莉亚娜很快就成了朋友。我们一起上课，一起完成小组作业，互相借书看。就像所有年轻女孩一样，我们经常聊天，有时在食堂，有时在走廊上急匆匆地边走边聊，有时在图书馆前的广场。莉莉亚娜时常在图书馆的书架间流连忘返。有一次，她向我坦言，她在那里不只是为了完成作业，也会如饥似渴地读书，比如阿加莎·克里斯蒂的作品。她总是在读书：小说、诗歌、故事集。她每天都看《晨报》——没错，一份左翼报纸，或者说我们当时认为那是左翼报纸。毫无疑问，她是个书呆子。一个和蔼、友善的书呆子，如果世界上真有这种人的话。

当时我住在克拉韦里亚区的一位姑姑家，离大学很近。有一天上午，我邀请莉莉亚娜一起吃午饭。我的亲人都很喜欢她，我们可以聊上几个小时。但她不得不提前离开，因为在刚进大学的那段时间里，她住在一个很远、很简陋的地方，她一点也不喜欢那里。后来，她找到了更好的住处，离学校也更近。那是一座位于格兰哈斯大道的大房子，但她在其中能使用的空间有限。再后来，她搬去了米莫萨斯街的公寓，我时不时会去那里登门拜访。对她的朋友来说，莉莉亚娜就像他们的母亲：她会宠爱他们，保护他们，甚至给他们做饭。但她也是一位淘气的母亲。我去看她时，她会打开空空如也的冰箱，调皮地展示一个孤零零的啤酒瓶。然后，我们会去附近的市场买东西，等回来以后，她会说：“坐下，劳拉，我要给你做一份你这辈子吃过的最好吃的法式吐司。”她也会这样形容金枪鱼罐头和橘子罐头。她的一举一动总是带着某种轻松而愉快的氛围，仿佛正深深陶醉于生活的美妙。我很快就意识到，莉莉亚娜是个高贵的女孩，对自己在做的事情、对学业，尤其是对自己的朋友都全情投入。如果莉莉亚娜爱你，她会非常非常爱你。

有时我会在米莫萨斯街的公寓里过夜，每次都是瞒着家人，因为我根本没有莉莉亚娜拥有的那些东西：自由，拼命捍卫的独立，真正的自主。她的父母每个月会给她一笔钱。尽管他们时不时会来看她，但她才是自己生活的主人。在我看来，莉莉亚娜很富有：她有足够的钱买建筑课程所需的材料，通常在卢门文具店购买；她可以想吃什么就买什么，甚至还能每天买报纸。不过，她花钱很节制。尽管表面上看起来杂乱无章，但实际上她能把一切都安排得井井有条。有时，我看着她穿过学校的走廊，会对自己说：那是一个自由的女人。我十分钦佩她的智慧和坚毅。她独自在墨西哥城生活，却能毫无怨言地面对这一切，满怀好奇，面对危险毫不畏惧。我没有她那么自由、那么勇敢，但我为有她这样的朋友而感到自豪。

获得公民权后，我们一起在 1988 年 7 月 6 日的大选中第一次投票。当时，我们都相信，夸特莫克·卡德纳斯[1]至少能在墨西哥城的选举中击败革命制度党[2]。投票时，我们真的感到自己很重要，仿佛这就是成年的象征。之后，选举制度崩溃，腐败和选举舞弊的结果让我们彻底失望。于是，我和莉莉亚娜第一次一起参加了示威游行。我被她的叛逆精神感染，于是也表示有兴趣参与游行，我俩一拍即合。我们在学校碰面，从那里一起坐地铁去了市中心的老城区。我们随手找到几张横幅，开始高喊口号："清除污秽。我们要什么？民主！什么时候？现在！"跟我们那一代的许多年轻人一样，我们当然是支持卡德纳斯的。我们还只是十八岁的女孩，但我们一起呼喊着实现不可能的目标。因为，在那个年纪，你还能要求什么呢？

[劳尔·埃斯皮诺·马德里加尔]

"你以前是不是在托卢卡第二中学上学？"第一次鼓起勇气接近她时，我怯生生地问。她灿烂明媚的笑容让我为之倾倒。她爽朗地笑着。"没错，劳尔·埃斯皮诺·马德里加尔。"她立即答道。说实在的，她的回答令我大吃

1　夸特莫克·卡德纳斯（Cuauhtémoc Cárdenas，1934— ），墨西哥政治家，是墨西哥第51任总统拉萨罗·卡德纳斯（Lázaro Cárdenas，1895—1970）之子，也是民主革命党的创始人。他在1988年的大选中输给了革命制度党候选人，这一直被认为是革命制度党实施选举舞弊的结果。

2　革命制度党（Partido Revolucionario Institucional）成立于1929年，曾在墨西哥连续执政七十一年。

一惊。我没想到她会知道我的全名，但她很快解释说，她还记得我的哥哥哈维尔，她和他曾在托卢卡的同一个游泳队一起训练。

从第一个学期开始，我就远远地认出了她，但直到通识课的第三个学期，我们一起上实践课程的时候，我才有机会接近她。当时，大都会自治大学刚从 1987 年的学生罢课中稍稍恢复过来，回归了正常的课程安排。应该是 1988 年的 6 月。“你是学平面设计的吗？”在一段漫长而尴尬的沉默之后，我问道。她又笑了，因为她注意到我很紧张。“你怎么会这么想？”她回答道，假装被我刚才的话冒犯到了。“我在学习一个正经专业。”她半开玩笑地补充了一句。于是，我俩之间开始了这种奇特的日常对话：莉莉亚娜常常抨击平面设计专业的学生，这在当时还是一个新的学位，而我则会捍卫我热爱至今的专业。

所有艺术与设计学院的学生都要一起上三个学期的通识课。修完这些课程以后，我们就会进入各自的专业领域学习：建筑、工业设计和平面设计。正是在那个过渡时期，我意识到自己爱上了莉莉亚娜。我们在大学里偶遇时，会停下来打个招呼，聊上几句，但这还不够。我想要更深入地了解她，和她有更多时间相处，一起做些事。我成天想着她，花了很多时间策划与她在学校附近的“偶遇”，但这些计划似乎都没什么成效。由于我们周末都要从气象台站搭同一班公交车去托卢卡，回各自的父母家，我曾多次提议与她同行，但她一直很犹豫。我好几次邀请她去看电影，可她总是说没空。后来，在我几次三番的坚持下，终于成行了。莉莉亚娜同意了我的邀约。

那是一个星期日。她早早地从托卢卡返回，我们相约在地铁站碰面。我们还没决定去哪儿吃饭，莉莉亚娜建议买些食材去她家里做饭。这个建议令我大喜过望，远远超出了我的预期：我不仅能和她共度半天，还能进入她的私人空间，接近她的物品，踏入她的个人世界。我简直不敢相信这一切。直到我们乘地铁去买了食材，我看着她打开一套小公寓的门，看到眼前这个光线不太充足、有点潮湿，但被她用各种色彩和个人物品装点得很温馨的小小公寓时，我才有了点现实感。我们在超市里买了一些最基本的食材，比如金枪鱼配蔬菜。我们还买了一罐黄桃罐头当甜点。我至今仍记得她仔细地打开罐头，将手指伸进糖浆中，直接从罐子里拿出第一瓣桃肉的情景。受到她的鼓励，我也有样学样，直接用手拿桃子吃。我喜欢那一刻的简单、随性，甚至是甜蜜。

我们按计划在午饭后去看电影。我们去大学广场电影院看了当时正在上映的《烈血大风暴》。几家人和几对情侣与我们并肩走在商场里，形成了有趣的对比。我们很喜欢这部电影，散场时还在讨论。接着，我们去吃了冰激凌，在聊天的过程中，我把话题引到了我俩身上。“今天真是美好的一天，”我对她说，“跟你在一起很愉快。”我还告诉她，我觉得她非常聪明，并直截了当地对她说，我喜欢她。“我可以从你身上学到很多。”我引用当时很火的歌手埃曼努埃尔的一句歌词告诉她。最妙的是，她很好地接受了我的告白。她说：“我也会想你，想到你。”她玩了个文字游戏，借用了加泰罗尼亚歌手霍安·曼努埃尔·塞拉特的一句歌词。这位歌手曾将安东尼奥·马查多[1]的诗句改编成歌曲。我谈到了我们之间的差异：为什么我引用了埃曼努埃尔，而她会引用塞拉特，但这不重要。她笑了，仿佛身处远方，仿佛正从一个我无法触及的地方窥视着我。她看起来很平静，不是受宠若惊，而是隐约表现出一丝兴趣。我觉得这是个很好的开始。

[安娜·奥卡迪斯]

“我可以尝尝你的奶冻吗？”某个天气晴朗的日子里，她突然问我。

我们正面对面坐在食堂里，尽管都在吃饭，莉莉却似乎在想别的事。我们已经见过面了，还聊过几次天，但还没熟到可以互吃对方盘子里的食物。她的请求令我有些惊讶，但也很高兴。我说，可以，尝尝吧。接着，莉莉亚娜

1 安东尼奥·马查多（Antonio Machado，1875—1939），西班牙著名诗人，“九八年一代”文学运动的领军人物。

直接把食指伸进盘子里，沾了一些奶冻，津津有味地吮吸起来。多么放肆无礼。这一幕看得我浑身发抖，既好笑又害怕。从来没有人在我面前做过这样的事，从那以后也再没有人做过。但那一刻，我的内心充满了某种强烈而新奇的喜悦。欣喜若狂。就像一道闪电划过。那种感觉完全无法用言语解读。

随后，莉莉亚娜小心地看着我，仿佛正在等待我的裁决。我盯着她看了很长时间，而她始终一言不发。我肯定是在某个时刻笑了，因为她忽然放松下来，似乎卸下了什么沉重的负担。她仿佛从某种困扰中得到了解脱。我们一起笑了起来。

我们经常这样一起大笑。我们笑话自己，也笑话别人。我们会取笑老师，嘲笑某些歌曲，打趣某些同学，边看第二频道的肥皂剧边笑。其实，我们看这些肥皂剧，就是为了嘲笑它们来找乐子的。没错，这是一种反常的娱乐方式。莉莉亚娜的讽刺无穷无尽。她的幽默感。她热爱阅读，因此对许多事情都有独特的见解。莉莉亚娜不仅聪明，还总是光彩照人。我们总是默契十足。当时，我住在瓜达卢佩湖附近，几乎与世隔绝。我常常会借宿在莉莉亚娜家。那就像一场无休止的睡衣派对：我们一起聊八卦、做作业、评判世界大事。我们抱怨一切，也会同等地嘲笑一切。

莉莉亚娜将手指伸进奶冻这件事，发生于我们在大都会自治大学就读的第三或第四个学期。我仍会时常回想起那个场景，那个谜题。如果我将自己远远地放在旁观者的视角，我仍能透过食堂的落地窗看到我们的身影：两个女孩在那里开怀大笑，将所有端庄矜持的规矩抛在脑后。她们才刚开始了解对方，却已经创造出一个属于两人的世界。在那个世界中，她们拥有绝对的自由。那种幸福感是如此真实，如此有血有肉，简直可以直接啃咬一口。我看到她们仍在那里，一动不动，向着彼此惊叹，知道未来正在前方等待着她们。

“莉莉亚娜”是我给我的自由取的名字。

[劳拉·罗萨莱斯]

有一次，莉莉邀请我去托卢卡与她共度周末，我欣然接受了。我们先去了她家，家里没人。于是，我们又走去她男朋友安赫尔的家。当时我并没有见到他，甚至连一眼都没瞥到，因为莉莉亚娜只是很快进去拿了车钥匙。她打算开一辆白色小汽车载我去玩。“我要带你去见识一个神奇的地方，你看了永远不会忘记。”我们坐进车里时，她宣布道。我已经习惯了她夸张的说话方式，但心中还是涌起一阵谨慎的期待。我们沿着一条两车道的狭窄小路驶向郊外，路边环绕着垂柳。

我们去了阿尔莫洛亚-德华雷斯市。那里有一处圣水池，位于一座殖民时期的教堂后面。孩子们在有疗养作用的溪水中沐浴。头上裹着围巾的妇女在手洗衣物。“你会看到不可思议的景象。”我们走近时，她预告道。她叫我做好准备。要保持开放的心态。

我们把手放在泉水周围的铁栅栏上，伸长脖子张望。几条金鱼在水藻间懒洋洋地游来游去。湖底的金币凝视着我们：那是人们在过去许愿的证物。厚重的云朵倒映在平静的水面上，随着水波的晃动微微起伏。“看好了，”她对我说，“如果你仔细观察，会发现水中有一条线。”

什么叫水中有条线？我花了很长时间仔细分辨，好不容易才看出那条线。她说，那就像一根细细的头发，能将脏水和清水分开。当我终于看到时，我俩都笑了起来。那是一个神奇的时刻。莉莉亚娜说得没错，那是我永远不会忘记的神奇时刻之一。

可以看出来，莉莉才刚学会开车，或是她还不太习惯她开的那辆车，因为在回程的路上，车子熄火了好几次。那是一辆手动挡的车，需要用力踩下离合器才能挂上挡。但我们还是安全返回了，车也完好无损。我们还了车，然后步行去她家。最后，我们一起搭公交车返回墨西哥城。后来，有几次我在大学的停车场看到过同一辆车，在我坐公交车进出学校时，也瞥到过那辆车的影子。我猜开车的应该就是安赫尔，那个我在托卢卡没有打上招呼的男孩。

一个星期一，莉莉一瘸一拐地走进教室。“你怎么了？”我问她，以为她摔了一跤。莉莉亚娜支支吾吾，含糊其词，我没法理解她在说什么。“是安赫尔干的。”她说。“安赫尔怎么了？”我鼓起勇气问她。之前莉莉亚娜就向我透露过，自从她上了大学，安赫尔变得比过去更加善妒了。他没有通过入学考试，因此别无选择，只能留在托卢卡自家的店里工作。莉莉亚娜担心，他会觉得自己配不上她了。这就是莉莉亚娜的性格：她总是关心别人的痛苦。“安赫尔怎么了？”我坚持问道。就在那时，我才明白是安赫尔把她弄伤的。我不知是该继续追问下去，还是该保持沉默。在那个年代，要公开讨论性关系并不容易。很多女孩都和自己的男朋友发生性行为，这并不稀奇；但公开谈论这个话题却不太寻常，至少在我们之间是这样。从莉莉亚娜告诉我的信息中，我推断她前一天去了安赫尔家，他们一起洗了澡，然后发生了性行为。之后，莉莉亚娜在打瞌睡，安赫尔却把她叫醒，坚持要再做一次。莉莉亚娜没有明确说安赫尔强迫了她，但她告诉我，事后安赫尔向她道了歉。

还有一次，莉莉亚娜胳膊上缠着绷带来到学校。我问她怎么回事，她说自己在浴缸里滑倒了，被碎玻璃割伤了。这个解释听起来合情合理，但我依然心存疑虑。有些事情不对劲，但我不明白到底是什么。她的开朗、她的幽默感，她走在校园里仿佛拥有整个世界的样子——这些很快就打消了我的疑虑。

不久之后，莉莉告诉我，她已经和安赫尔分手了，但他不肯放她走。“他抓着我，劳拉。”她说着，真的抓住我的手臂，模仿着那个动作。我的小臂上，被她手指抓过的地方留下了淡淡的红色印痕，过了好一阵才消失。

[马诺洛·卡西利亚斯·埃斯皮纳尔]

“我不想交男朋友。”有一天，她向所有愿意听她说话的人宣称。

“为什么？”我装作毫不在意地问。

“因为男人认为你是他们的财产，”她说，“我可不想面对这种情况。这不适合我。”

我从没暗示过，更没有直接问过她，但她一定已经知道了我内心的渴望。不管是对我还是对其他人，她总能读懂我们的言外之意。她有一种能力，能确定地感知到我们自己都几乎尚未察觉的事。

大学的第四个学期，我们开始正式学习建筑课程。和她在同一个教室相遇时，我第一眼就爱上了她。莉莉亚娜性格外向，善于交际，待人友好。最重要的是，她非常直率，有时甚至会有些尖刻，但同时也很有魅力。我们学会了欣赏她的坦率。真诚是她最受欢迎的特点之一。她的语言表达方式很独特，说起话来总好像她来自某个我们从未涉足之处。我向往那个世界，那个她为了和我们打成一片而抛下的世界。

我们很快就开始一起做小组作业。建筑专业的学习任务繁重，我们常常需要连夜工作或是周末赶工。莉莉亚娜的公寓离大家都很近，所以那里就变成了我们的聚会地点。我们常常一起去米莫萨斯街 658 号，在她家绘制图纸，建造比例模型，分享笔记。在这个过程中，我渐渐学会了欣赏莉莉亚娜对待建筑的方式，欣赏她是如何放飞想象力，为透视或投影问题想出巧妙的解决方案。建筑在她的内心流淌：不是出于直觉，而更像是她身体的一部分。

如果闭上眼睛，我依然能清晰地看到她。看，她来了：长长的直发在阳光下闪闪发亮，随着她的步伐左右摇曳。她总是匆忙地穿过学校的广场。她个子很高，身材苗条，行为无拘无束。她穿着黑色的皮夹克，背一个背包。一个叛逆者。一个读书人。一个知识分子。一个不想交男朋友的女孩。

[奥顿·桑托斯·阿尔瓦雷斯]

我记得她讲故事的方式。那应该是在第二或第三学期，总之是在我们已经开始一起做项目的时候。我们当时在学校后面，聚在火爆的油炸玉米饼摊吃午饭。我们一边啃着食物，一边听莉莉亚娜说话：她讲了一个周末去参观特奥蒂瓦坎金字塔的离奇故事。她笑得前仰后合，周围的人也都笑个不停。我们甚至都笑出了眼泪，透过喜悦的泪水，我看到她成了所有人关注的焦点：毫无疑问，她是我们这个小团队的领袖；她不仅是我们当中最聪明的，也是最专注、最成熟的。她总是那么机智。

我们最关心的是通过考试，为找到好工作和将来赚钱做好准备；莉莉却总是对许多其他事情更感兴趣。对她而言，做建筑不仅仅是一份职业，更是探索我们周围物质世界的一种方式。这个世界承载着来自过去世界的鲜活印记。她对一切与我们的根源有关的事物都很感兴趣。比如说，她很喜欢历史中心。她从不错过任何一个参观废墟或金字塔的机会，每次总会随身带着相机。莉莉亚娜对建筑有着敏锐的洞察力，也确实表现出色。她的构图和绘画能力都极为优秀。有一次，一位老师举办了一场竞赛，让大家为一个市场设计蓝图：总体设计、立面、空间分布。莉莉毫无悬念地赢了。

我们常常一起做小组作业，在这个过程中逐渐熟络起来。我们常在莉莉家做建筑作业，她家只有一个画板可用，因此每次只能由一个人画图。比如说，当我们需要制作模型时，我负责给比例模型砌墙，在此期间，负责搭建窗户的同学就可以在一旁小憩片刻。我们就这样度过整个周末，轮班工作，轮流睡觉，大家都处于半睡半醒之间，亲密地生活在一起。因此，我们之间的关系变得非常亲近。很快，我们就变得不仅仅是朋友，而更像是一家人。即便如此，有些话题我们最好还是避而不提，比如政治。又比如，莉莉亚娜那个会从托卢卡来看她的神秘男友。

我们学习刻苦，表现出色，但也很热衷饮酒作乐。每完成一个项目，我们就会组织“集资”活动，一起去买啤酒。接着，我们会放点音乐，通常是民谣或西班牙语的摇滚乐。我们就这样聚集在莉莉的公寓里，一起讲笑话，谈论我们从哪里来，或是将来想到哪里去。

对当时的我们来说，一切皆有可能。

[赫拉尔多 · 纳瓦罗]

我应该是在第三个学期认识她的。从那时起，我们有许多时间共处，也成了很好的朋友。莉莉亚娜不是个普通的女孩。她会穿那种破旧的牛仔裤，完全不女性化。她一点妆都不化，把头发扎成马尾，总是戴着一副圆框金丝边眼镜，很像约翰 · 列侬。她半是哲学家，半是作家，半是疯子：她总是把一切记录下来，然后给我们一大堆便条。看得出来，她喜欢写作。我上大学要花费很多精力。莉莉亚娜似乎随随便便就能成功。她学东西很快，很聪明，还很有洞察力。

我第一次喝得酩酊大醉就是在她公寓里。那次，我们刚完成了一项艰巨的工作，一个团队项目，于是相约回公寓里庆祝。我们凑了点钱，买了几瓶啤酒和一些朗姆酒，还有香烟，就这样抽烟喝酒，打发时间。我们当时都是乖乖读书的好学生，不抽大麻，可卡因之类的富人毒品想都没想过，更别提迷幻药了。我们就这样边吸边聊，开了很多玩笑。当我意识到自己喝醉时，甚至已经站不起来了。我好像是吐了。真丢脸。

[安赫尔·洛佩斯]

我们是在课堂上认识的，但因为香烟才成了朋友：我对各种牌子的香烟来者不拒，而她喜欢抽没人喜欢的、臭烘烘的"罗利"牌。"小伙子，最近怎么样啊？"每当我们在学校走廊相遇时，她都会这样跟我打招呼。她是那种非常细心的女孩：她的信件、便条和绘画总能给我们带来惊喜。她的笔迹令人羡慕，和她本人一样显示出独特的个性。她的风格很特别：简洁，有些嬉皮士的感觉，当然，她也很漂亮。

我以为她根本不会和我们讲话，因为我们几个——马诺洛、奥顿、赫拉尔多和我——都属于那种默默无闻的角色。而且很明显，我们穷得叮当响。我们买不起专业商店里的建筑材料，只能从街角的文具店买些廉价的材料来完成作业。也许正因如此，我们总是坐在教室的后排或是角落里，这样老师们就不会注意到我们，方便我们开个小差或是打打瞌睡。有一天，莉莉亚娜坐到我们旁边，我们才发现她是个挺不错的人。

和马诺洛一样，我也很喜欢莉莉亚娜。有一天，我们俩谈起这件事，得出的结论是马诺洛更有机会赢得她的芳心，尤其是因为他住得离她更近，也在阿斯卡波察尔科。我那时住在城北。而且，老实说，马诺洛比我更喜欢她。

日子一天天过去，莉莉亚娜和安娜成了很好的朋友，她俩去哪儿都要在一起，尽管那时候安娜在跟费尔南多谈恋爱。或者应该这样说：安娜在跟费尔南多交往，与此同时，她也和莉莉亚娜形影不离。

有一天——1 月 13 号——莉莉亚娜做了个小蛋糕为我庆祝生日。

[诺玛·哈维尔·金塔纳]

我和她都喜欢穿黑色的衣服。“你真的在看《读者文摘》吗？”她曾问我，脸上是掩饰不住的惊讶和失望。我来自一所教会学校，进入大都会自治大学后，感受到了强烈的文化冲击。我从第三个学期就开始注意到她：她经常穿彩色的牛仔裤，很有Flans[1]的风格；而且她个子很高。不久之后，我把课换到下午，才开始和她打交道。我那时需要重修一次结构课，莉莉亚娜则不喜欢上午装置课的教授。那时，她已经留起了长发，也放弃了柔和的彩色，改穿起黑色的衣服。她一直穿着那件皮夹克——像是一件机车夹克——从来没见她脱掉过。有一次，我们打了个赌：看我俩谁能忍受连续三周只穿同一条裤子，不洗不换。我们都输了。

那时，在她的影响下，我大胆尝试了一件以前从没做过的事：逃课。我们一起去喝咖啡，或是靠在墙边，花上好几个小时聊天。她总有讲不完的故事。她说过，毕业后想和安娜一起去英国。这是她的计划。我们也会聊起老师们。她正在协助一位教授做历史研究。读书，写摘要，定期交付。如果不是因为她跟我提起这件事，我都不知道学生也能当研究助理。于是，我也下定决心要成为一名研究助理。

她总是坚称，我们应该对电视上说的东西保持怀疑。

通过她的介绍，我认识了她那个学习小组的成员。他们更像是一个大家庭。莉莉亚娜自然是这个团体无可争议的领导者。其他人对她言听计从。好在她喜欢让人感觉良

---

1 Flans是一支成立于1985年的墨西哥三人女子组合，主要风格偏向流行音乐和民谣，在20世纪80年代至90年代初期非常受欢迎。

好。但她并不虚伪。如果莉莉亚娜喜欢你，她甚至愿意为你献出生命；可如果她不喜欢你，她看都不会看你一眼。我们一起完成作业时，她总喜欢放一盘 U2 乐队的磁带。她尤其喜欢那首《无论有没有你》（“With or Without You”），会一直循环播放，直到我们都听腻了，强迫她换一首。她很高兴有我们的陪伴。事实上，她经常会请求朋友们不要留她孤身一人。她表现得很明显：她会邀请朋友留宿她家，因为她希望有人能陪在自己身边。仅此而已。那时，我有一辆车。我经常把车借给她开。我会把车钥匙给她，她用完后，就把车停回原处。有一天，她向我承认她很喜欢达菲鸭。

到了第五学期，我们的关系更亲密了。那时，我交了一个来自库埃纳瓦卡[1]的男朋友，他在墨西哥城的一栋房子里租了个房间。与他合租的还有一个姑娘，后来他跟那姑娘好上了。意识到这场背叛后，我在教室里哭了。莉莉走过来抱住了我。她说，这不值得。她递给我一张小纸条，上面写着：*在隆冬，我终于发现，我体内有个不可战胜的夏天。*“这就是你的冬天，它终究会过去的，”她补充道，“不要为任何人哭泣。”

1　库埃纳瓦卡（Cuernavaca）是墨西哥莫雷洛斯州首府。

[莱昂纳多·哈索]

教授们对莉莉亚娜的评价都很高。有一位教授甚至带着她一起逐一给我们的项目打分。点评完每件作品后，这位老师会询问莉莉亚娜的意见。有一次，她们来到我的工作台前，莉莉亚娜对我很严格。她很认真，也很严厉。但在这件事之后，我不仅觉得她有趣，还更喜欢她的风格了。我追过她一段时间，想让她成为我的女朋友。但我当时想找的是那种老式的女朋友，握着她的小手时会微微出汗的那种；而莉莉亚娜对很多事情的观点都相当与众不同。例如，她觉得《圣经》是一本有趣的故事书；恋爱则是男孩们用来掩饰自己占有欲的某种方式而已。她一点都不信这一套。莉莉亚娜对恋爱关系毫无信任。

但我并没有轻言放弃。我利用一切机会找她搭话。就这样，我了解到她曾是游泳运动员，这解释了她为何身体如此强健，尽管她的肩膀并不算宽。她的确很聪明，成绩优秀。我推测，这可能是因为她来自一个学者家庭。她给我讲了很多她爸爸的事，说他正在攻读或是刚刚获得博士学位；还有她姐姐，当时正在美国学习。我还很喜欢她的头发，又直又有光泽。

有一次，我们在托卢卡相遇。我知道她周末要去看望父母，但我不记得自己是不是为了给她一个惊喜，才特意去那里的，还是说我们本来就计划好要一起去，因此她会来汽车站接我。我记得自己没有提前通知她，而是突然给她打了个电话，坚持要和她见面。她开着一辆旧车来了，带我参观了阿尔莫洛亚－德华雷斯市的一个泉眼。但不管我怎么努力，都无法辨识出她说的那条著名的线。根据她的说法，那条细线能将脏水和清水分开。之后，她带我去了附近森林里的一块空地。“我曾经和父母在这里露营。”她告诉我。那地方种满了松树和欧亚梅尔杉，她时不时喜欢回到那里，度过一段独处的时光。

[埃米利奥 · 埃尔南德斯 · 加尔萨]

啊，那姑娘多喜欢看电影啊！当时我在阿尔瓦罗－奥夫雷贡经营一家咖啡馆，在那一年半里，和她共度了不少时光。她说是来帮我收银，但实际上，一方面是为了找个伴，另一方面也是为了赚点小钱买吃的。工作结束后，她常常带走一包难抽的“罗利”牌香烟。但她从没做出过任何轻率的举动，也从未利用过我们的表亲关系。我当时的女朋友伊莉亚娜和莉莉亚娜相处得很好。她们会在咖啡馆里一起抽烟、聊天，与此同时，我忙着应付手头的工作，远远地看着她们。

莉莉亚娜非常有幽默感。有一次，我们约好在地铁站附近的特索索莫克公园见面，她姗姗来迟，我不知不觉就在长椅上睡着了。她大笑着把我叫醒，说她拍下了我睡着时的照片，看起来就像墨西哥城里的醉汉。她走到哪儿脖子上都挂着相机，到处拍摄古老的建筑、荒芜的景观、匆匆穿过首都街道的行人，或是在大庭广众之下呼呼大睡的表兄。

组织电影马拉松是我们共同的娱乐方式。每个星期日，如果我们提前从托卢卡出发，或是我姨父早早地送她回来了，我们就会安排一起去电影院。我们搭乘气象台方向的地铁线，先到塔库巴亚站，然后换乘圣佩德罗-德洛斯皮诺斯线，最后到达位于改革广场的电影院。我俩都是资深影迷。我们一有空闲就会跑去看电影，甚至常常从 10 点开始整天泡在电影院里。我们会在市场上买一大杯水果鸡尾酒，然后一头扎进放映厅。之后，我们会在改革广场附近我很喜欢的一家烧肉店吃饭，我记得那家店叫“基奥斯基托”。不过，有时我们也会去查普特佩克城堡附近买几篮玉米薄饼。我们从未错过任何国际电影节的电影。我和她一起看了《巴贝特之宴》和《红高粱》。我和莉莉亚娜一起看的最后一部电影，是马塞洛·马斯楚安尼主演的《黑眼睛》。

[劳尔·埃斯皮诺·马德里加尔]

“你想来我家过夜吗？”莉莉亚娜问我。我很确定她是这么说的，但我以为自己听错了。她说得很大声，每个元音和辅音都发得清清楚楚，但我依然无法相信自己听到的话。我从没想过会发生这样的事。

那个周末，在我的一再坚持下，我们终于有机会一起从托卢卡回来了。我们在托卢卡的汽车总站碰头，到了墨西哥城之后，我主动提出陪她去特索索莫克站，也可能是阿基莱斯－塞尔丹站——这两站离她家都很近。当公交车穿过山区的松树林时，我们一边聊天一边说笑，之后又一起在拥挤的地铁站里穿梭。我们共度了一段美好的时光。正要道别时，她突然问了我这个问题。我惊讶得张大了嘴，不知该说什么好。莉莉亚娜就是有这种本事，总能令我哑口无言。她可以从容不迫地说出最甜蜜或最残忍的话语，但绝不会甘于平淡。

就在我惊诧不已，脑海中飞速闪过无数个念头的时候，她又加了一句：“我保证不会强奸你。”就这样。如此简单，又如此直截了当。莉莉亚娜十分自然地将有关性的话题引入了谈话。这招真是高明。不过，我还是不想冒险。尽管那天下午我们玩得很开心，但那段时间，我们的关系并不算太好。我想婉言谢绝，想告诉她，住在温迪多公园附近的姨妈还在等我回去一起吃晚饭。令我惊讶的是，莉莉亚娜坚持要我留下来。“我不想一个人待着，”她最终承认，“来我家过夜吧。如果需要，我可以征求你姨妈的同意。”我简直不敢相信自己的耳朵。我不敢相信自己如此幸运。自然，我接受了她的邀约。“不会发生任何事情。”我们出发前，她向我保证。我对此毫无异议。

那天晚上，我们躺在她家地板上的双人床垫上聊个不停。在我们从一件事聊到另一件事的当口，我问她是否可以抚摸她的后背。她停顿了一下，表情严肃地考虑着这个问题。“这是一个很重要的决定，”她说，“因为这可能带来一些后果。”但她还是同意了。过了一会儿，我们换了个姿势，轮到她来抚摸我的后背。我们就这样待了很久，一边搂抱和亲吻，一边交谈。这简直就像天堂。我不记得是怎么聊到自己从未和别人发生过关系这个话题的——我感到有些尴尬，但事实就是如此。她说，真有趣，但没再多说什么。我向她承认，我还没有认真谈过恋爱，对性本身也不感兴趣。“我想要的是爱，”我告诉她，“是坠入爱河。”莉莉亚娜用她那双悲伤的大眼睛看着我，几乎一眨不眨。“今晚这样就很完美了。”我向她保证道。我想，如果时机合适，我们也许还有机会更进一步。我不想给她太多压力。我不希望她和我在一起时感到不自在。

在不久前才开始写的日记中，我过于乐观地写道，我们之间终于建立了某种关系，虽然不是男女朋友，但确实有了起色；如果再给我们一点时间，我们的关系有望能进一步充分发展，包括在肉体之爱这个层面上。

在莉莉亚娜身边醒来简直是美梦成真。天刚亮，她就在我的背上留下了一连串的吻。“早上好。”她带着灿烂的微笑对我说。我欢欣鼓舞，确信我们终于迈入了下一个阶段，成了一对情侣；但我很快意识到，事实并非如此。我那天有早课，因此一早就起床，匆匆赶往学校。我在校园里再次见到她时，她又变得很疏离，不让我接近她。

这就是我和她之间的关系：起起落落，有时充满温情，有时略微亲近。

[伊莉亚娜·冈萨雷斯·罗达尔特]

我们之间交流不算多，更不会谈私事。但我和她曾在埃米利奥的咖啡馆共同度过了一段时光，她还来我们位于圣洛伦索－阿科皮尔科的家中拜访过。莉莉亚娜给我留下的印象是，她对世界上正在发生的事情非常关心。她对政治很感兴趣。她一边抽烟，一边谈论电影和音乐。她说自己参加过塔库瓦咖啡馆乐队[1]的一次合唱表演，这支前卫的摇滚乐队就来自大都会自治大学。她和她妈妈长得很像！每次我们去托卢卡拜访时，她母亲亲切、优雅的待客

1　塔库瓦咖啡馆乐队（Café Tacvba）是一支风格独特而多元的墨西哥摇滚乐队，成立于 1989 年。

之道都让我感觉如沐春风。我还记得那些瓷餐具、咖啡杯、高高的书柜。我真希望能和她多聊聊她的生活。不过，如果她这么做了，如果她告诉了我什么，我肯定会和她父母分享的。也许这就是她从不和我聊私事的原因。

在我的记忆中，莉莉亚娜的形象总是这样的：腋下夹着报纸，戴着一副知识分子的眼镜。

[安娜 · 奥卡迪斯]

巨人间的战争 / 把 / 空气变成了天然气。/ 一场狂野的决斗 / 警告我 / 入口已近在咫尺。/ 在巨大的世界中 / 我感受到自己的脆弱。我们爱死这首歌了。我们总是把重音放在“脆弱”这个词上。我的脆弱。她的脆弱。接着我们说，当我们在一起时就能变得强而有力。

我不记得具体是在哪天，莉莉亚娜借给我一本她小时候读过的书：玛加蕾特 · 布贝-诺伊曼[1]的《米莱娜》（*Milena*）。这本书对她来说很重要，黑色的平装封面被摩挲过无数次。这本书讲述了杰出的作家和社会活动家米莱娜 · 耶森斯卡的故事。不知是幸运还是不幸，现在更被后人铭记的，是她作为弗朗茨 · 卡夫卡的情人的身份，而

1 玛加蕾特 · 布贝-诺伊曼（Margarete Buber-Neumann，1901—1989），德国作家，因其政治回忆录而闻名。

她深爱着那个男人。

故事始于集中营，也在那里结束。玛加蕾特和米莱娜在集中营相识，尽管遭遇了各种悲剧和不幸，尽管饥寒交迫，尽管有着时代的重压，两人还是成了亲密的朋友。我们惊奇地发现，两人都能以一种饱满而轻盈的爱，来对抗周遭环境中的专制主义和敌意。“米莱娜”这个名字的含义就是“心爱的人”。她敢于违抗集中营的规定，更多是出于自己的习惯，而非基于什么原则：她没有独来独往，也没有变得沉闷、孤僻，而是用一种有时看似愚蠢的简单方式来表达自己的决心。可这就是她的准则：爱。

对这样一个视友谊为最高信条，为了朋友不惜付出一切（尽管她也要求对方以同等的态度作为回报）的女性，莉莉亚娜深感共鸣。同样，书中对人物所处环境的描写，也让她联想到我们生活的大环境。有时，在最黑暗的时刻，我们也会将其比作集中营。我们的生活处处受到限制，或者更确切地说，未来可预期的前景是如此狭隘，以至于我们常常感到，自己像是被束缚在一件紧身衣里。这种压抑并非来自我们的父母。我指的是周遭的一切。你必须以特定的方式行事。你付出的一切都要经过精心算计，不能太多。亲疏和利益是必须首先考虑的问题。相比之下，莉莉亚娜却热爱生活、街道、电影、她的朋友、建筑、马诺洛、我，甚至安赫尔。这是她的超能力，也是她的致命弱点。

我一口气读完了这本书。它给我留下的印象极为深刻，以至于多年之后，当我有了第一个女儿时，我给她取了莉莉亚娜的另一个名字，也就是“米莱娜”。这就是那时的我们：米莱娜的女孩们。她的学徒。莉莉亚娜周围的所有人都变成了这样的存在，无论是男是女。

我相信可怕的幽灵／来自某个陌生之地／相信我的愚蠢／能让你开怀大笑。／在巨大的世界中／我感受到自己的脆弱。

第 六 章

来自陌生之地的可怕幽灵

FANTASMAS TERRIBLES DE UN EXTRAÑO LUGAR

[莱蒂西娅·埃尔南德斯·加尔萨]

莉莉亚娜在上高中的时候认识了安赫尔。她对他的第一印象并不太好，但他总能用一堆傻事逗她开心。安赫尔很风趣。他邀请她去看电影，给她送花，说自己没有她就活不下去。他很殷勤，无论她要去哪儿，他都开着自己的红色小车热情接送。他的热情最终征服了她。最后，到高中快毕业的时候，他们成了男女朋友。

但安赫尔相当善妒。他会因为任何小事大吵大闹。有一次，就因为游泳队的一个队友送了莉莉亚娜一件礼物，他就大发雷霆。他不能容忍这样的事。她渐渐意识到，安赫尔的控制欲太强，而且相当独断专行。他们在一起一年左右的时候，他第一次扇了她一个耳光——我记得是这样。从那以后，莉莉很长一段时间没有再和他说话。我不知道他们后来是怎么和好的，也不明白莉莉亚娜为什么又会回到他身边。一开始，莉莉亚娜把这一切视为一场游戏，一种无害的表现，只是他表达激情的某种方式。但在她进入大学后，安赫尔变得更加暴力了。莉莉亚娜不断拓展自己的社交圈，认识新的朋友，而他无法监控他们。她的世界已经发生了翻天覆地的变化，而他的世界还一成不变。安赫尔会经常用力拽她。她也会还手，但这不一样。他们扭打在一起，可男人的力量和女人有着本质的差异。

更有甚者，他还会说她太胖。

[劳尔·埃斯皮诺·马德里加尔]

那天，看见她沿着走廊跑过来的时候，我正准备离开。我已经等了她将近一个小时，开始怀疑她可能放我鸽子了。我心烦意乱，以为我们没法及时赶去看电影了。但我还是走到她面前。“怎么了？”我问她。她拼命向我道歉，解释说她遇到了点麻烦。她说自己刚接待了一位不速之客。她没有详细解释到底发生了什么，所以我有些恼火。我问她，那人是不是她的亲戚。随后，等她喘过气来，才解释说是一个旧相识。我不太记得她到底用了什么词，但她既没有称那人为“我的前男友”，也没有说出他的名字。相反，她用了些相当笼统的描述，比如“曾经和这人有一些纠葛”“和这人的事情已经成为历史了”，或是称其为“某个属于过去的人”。她不想透露更多细节，我也不想多问，因为我不想听到涉及另一个男人的事情，所以我保持了沉默。

等我们都稍稍平静下来之后，她说自己别无选择。那家伙直接来到她家，而且不肯离开。她不得不听他说话。她说那个人情绪非常激动，她必须想方设法安抚他。“你应该直接让他见鬼去，莉莉亚娜，”我说，“我们有我们的安排。为什么是我一个人在这里等你？”她没有回答我，看起来似乎完全沉浸在自己的思绪里。最后我问她，那家伙到底是怎么回事。她直视我的眼睛。“我告诉过你，那只是一段属于过去的纠葛，”她重复道，“那个人的事情已经是历史了，如今对我来说毫无意义。”接着，她又补充了一句:“我们才是当下，劳尔。过去的已经过去了，所以无所谓。”

但她随即又承认，还有些更为严重的情况。那家伙带着“某种能发射子弹的东西”。我一字不差地记得这句原话，因为我当时听了大为震惊。莉莉亚娜边说边做了一个奇怪的手势：她从夹克里伸出了自己的拇指和食指。我僵在原地，大脑一片空白。对她迟到的愤怒顿时烟消云散，我开始严肃地思考几秒钟前她告知我的这个事实。我很担心她，问她是否还好。她点了点头。“据我所知，他是用这个来威胁要伤害自己的。”“你是指他威胁说要自杀？”我又问了一遍，只是为了确保自己没有理解错。她又点了点头。她说，就是因为这个原因，她必须等他冷静下来，然后再尽快赶来见我，因为她知道我在等她。

我没有再追问她是怎么安抚他的。我也没有继续追问那个人在哪里，或是后来去了哪里。我也没有想到要四处看看，确保没有人藏在灌木丛后偷窥我们。

那一刻，一切都很奇怪。我心中的愤怒和嫉妒交织在一起，没有弄清楚我们究竟在谈论谁。怎么会凭空冒出这么一个人物？更重要的是，这对她的生活，或者对我和她的未来，究竟会造成怎样的影响？武器是另外一个问题。对我来说，枪当然是完全陌生的。我从来没有接触过任何类似的东西，哪怕是以最间接的方式都没有过。我的世界中根本不存在枪支。有人拿着枪出现在这个城市里。我对莉莉亚娜卷入这样的事感到震惊，但她告诉我不用担心，一切都在掌控之中。“你确定吗？”我问她。“我确定。”她说。

而我相信了她的话。

过了一会儿，我们问自己，现在该怎么办。我们才意识到自己还坐在走廊的地板上，周围的校园已经空无一人。“还好你没事，这才是最重要的。”我告诉她。我们没精打采地笑着，仿佛刚刚跑完一场马拉松，感觉口干舌燥。我们看了看时间，想着还能做点什么来充分利用下午剩下的时间。忽然，我们几乎同时起身，飞奔向电影院，心里清楚我们肯定要迟到了。我们一下子切换了状态，开始全速赶往电影院，换乘地铁、公交车和出租车，穿过城市，冲进放映厅，在前排和朋友们会合。我们赶上了一小段朱迪·福斯特主演的《暴劫梨花》[1]，这部片子在那一周刚刚上映。那时应该是3月。没错，1989年3月。

[诺玛·哈维尔·金塔纳]

除了安赫尔，我不知道她还有别的男朋友。好吧，应该纠正一下：前男友，不是男朋友。我想我从没见过他本人。我知道他有时开车送她回托卢卡的家，有时会去大学接她，还有时会在米莫萨斯街的小公寓附近等她。我不记得自己是否只见过他的照片，但我对他的外貌有印象。他骑一辆红色的摩托车，声音很大。有时则会开一辆黑色轿车。一辆小轿车。我只记得她一直想要结束这段关系，但又无法成功。那个家伙死缠烂打。她当时已经和马诺洛在一起了，至少看起来是这样，但安赫尔仍然坚持说她是他女朋友。我从未见过发生在他们之间的暴力行为。

[安赫尔·洛佩斯]

我碰到过安赫尔几次。一个奇怪的家伙。我们从未直

1 《暴劫梨花》(*The Accused*)讲述了一名女服务员在工作的酒吧里被强奸后经历的伤痛，以及她艰难的维权历程，被认为是最早反映性暴力受害者生活的主流电影之一。——编者注

接交谈过。他有时会来学校，我远远地看到过他。有人跟我说过那是莉莉亚娜的朋友；我推断他是，或者曾经是她的男朋友。可她从未正式向我们介绍过他，也没有说过他是她男朋友。他从来没参加过我们在莉莉亚娜的公寓里举办的任何派对。在莉莉亚娜和我们一起度过的日子里，他没有一丁点存在的痕迹。她在这方面一直很谨慎。很久以后，她和马诺洛在一起后，情况也是如此：从来没有什么公开的亲吻和拥抱，连牵手都没有。什么都没有。

[奥顿 · 桑托斯 · 阿尔瓦雷斯]

我的优点不多，但我的确善于观察。如果我看到同伴中有人没精打采或是沮丧时，我就会给他们留言，比如写一些鼓舞人心的话或是引用一段诗。莉莉在这方面和我一样，所以我们经常交换小纸条和留言便笺。有一次，我刚要评价安赫尔，她立刻制止了我。莉莉亚娜很坦率，也很健谈，但她知道如何设定自己的底线。

我会注意到安赫尔是因为他很傲慢，他那高调的摩托车，还有他整个人的态度。我一点也不喜欢他。他会把摩托车停在莉莉的公寓里，放在内院。有一次，他正在停车时，我注意到他带着一把枪。我来自普埃布拉州[1]的内卡

1 普埃布拉州（Puebla）位于墨西哥中东部。

哈，我的家人习惯携带武器，所以我一眼就认出了他那件非常贴身的皮夹克下、裤子后面的那个凸起是什么。我顿时警觉起来，向莉莉问起枪的事，想提醒她注意。但她对我的担忧不以为意，说她对此一无所知。

安赫尔那种家伙，见人只会微微点头算作打招呼。如果他和我们待在一起，就会一个人躲到一边，从远处疑神疑鬼地看着我们。或者，如果他眼看我们会玩到很晚，就会消失一个多小时，直到我们准备离开时才回来。他从不试图跟我们接触。我一直都不喜欢他。那家伙消失了很长一段时间，其间，莉莉和马诺洛约会了两个学期。我只在大学里见过他几次。他会在停车场等莉莉亚娜，然后两人都不戴头盔，骑着那辆吵闹的摩托车呼啸而去。

[赫拉尔多 · 纳瓦罗]

我不知道莉莉亚娜有男朋友。事实上，我从来没见过她跟任何人在一起。我们一群人总是集体行动：一起做作业，互相帮忙完成设计项目，甚至一起开派对。她星期五要回托卢卡的家时，那个叫安赫尔的家伙会突然来学校接她。这就是我对他仅有的了解：就是那个星期五会骑着一辆很显眼的摩托车，来接莉莉亚娜回她父母家的人。我只见过他三次，但都没看到两人之间有任何争风吃醋或暴力冲突的场面。那家伙每次都只是匆匆路过，停留的时间很短。莉莉亚娜从不谈起他，连提都不提，就好像他并不存在，或者是个幽灵。无论如何，莉莉亚娜一直都很矜持。没错，我们交流很多，但聊的都是学校的事，或是她很喜欢的电影，或是互相开开玩笑，但很少会触及这样的私人话题。莉莉如果不是和大伙儿在一起，就是和安娜在一起，有时可能会去找费尔南多。而通常她会和他们俩一起出去。

[莱昂纳多·哈索]

有一次，我送莉莉亚娜回公寓时碰到了他。当时已经下课了，我还想继续跟她聊天，便主动提出陪她走到地铁站。“免得你在路上出什么意外。”我开玩笑说。她听到后笑了笑。我们没多想什么就一起出发了。我们在特索索莫克站下了车，我想在她身边多待一会儿，于是慢慢地陪她走着，漫无边际地和她聊天。我们穿过街道的绿化带，走到米莫萨斯街后右转。他在一辆黑色轿车里等着她。我近乎本能地停下脚步，踌躇不决。但莉莉亚娜跟我说没关系，说安赫尔是她朋友。她在托卢卡的朋友。她几乎是拉住我的手肘，拽着我一起往前走。安赫尔下车时，用一种很不信任的眼神打量我。尽管他和我握了握手，但我感到气氛非常沉重。我甚至觉得，自己好像欠他一个解释似的。不过我没有多说什么。无论如何，我陪莉莉亚娜走到公寓门口，在那里又聊了一会儿。

就在那天，我意识到莉莉亚娜并不是自由的。

[安娜 · 奥卡迪斯]

我见过安赫尔好几次，基本都是他们在墨西哥城的时候。只有一次，他和我们一起去了托卢卡，然后又一起回来。那次算是“逃学”，因为不管是我父母还是她父母都不知道我们有过这次行程。我只在莉莉在场的时候和他相处过。我对他的印象谈不上好坏，但我们对彼此很友好。他送过我一盘磁带，原因我不记得了，但我觉得，可能是因为里面有一首当时很流行的歌。不过，在那盘磁带里，他还夹了一张自己的照片，是护照照片的尺寸。后来，警方就是用这张照片来指认他的。他在照片背面写道：“你知道，我是满怀深情地把这个送给你的。”

有一次，我们和他一起运送了一批汽车检验合格标志，但我们知道那些都是伪造的、骗人的。我记得当时很害怕，莉莉和我都知道他在做违法的事，我觉得我们成了他犯罪的帮凶，但我们俩从来没谈起过这件事。“安赫尔是个造假犯。”我们从未说出过这句话，但我们心里确实都这样想过。他周围始终弥漫着一种危险的气息。我无法解释清楚，但这是一种持续的感觉，它让我恐惧。现在，回过头来看，我才意识到我们当时是多么年轻。我们没有恶意，也缺乏经验，才会将这种恐惧误认为是某种程度上的同谋，甚至是信任。

安赫尔的占有欲体现在他的外貌上：尽管他个子不高，但很壮实，身材引人注目。比如那次他来学校，走进设计院的时候，所有人都看着他。虽然他没有做什么特别过分的事，但他的气势总是很显眼。

他俩一直分分合合，但我不知道是谁提的分手，也不知道他们为什么会复合。他会坚持不懈地打电话给她，在某种程度上，甚至用自我伤害来勒索她。当他得知马诺洛对莉莉亚娜感兴趣时，就想出了给马诺洛的车胎放气的主意。通过这种方式，马诺洛就会明白自己最好退出。

[埃米利奥 · 埃尔南德斯 · 加尔萨]

我是在托卢卡遇见安赫尔的。就在莉莉父母家附近，街对面的小公园里。我从出租车上下来，看到远处莉莉亚娜和一个金发矮个子男人在争吵，那家伙穿着一条机车短裤。他一次又一次地推着她的胸部，迫使她向后退。我跑过去，猛地推了他一把，他顿时摔倒在地。他想要还手，但那时的我可是个大块头。莉莉亚娜求我不要打他，说那是她男朋友。那家伙在高中时就已经是她男朋友了，但在那之前我并不认识他。等我们稍微平静下来之后，我们三人一起向家的方向走去，因为他把自行车停在了栅栏边上。我嘲笑道，那家伙真是个侏儒。我说这话时他还没有离开。“你怎么会跟这种蹩脚货混到一起了，表妹？”我问她。那家伙又气得发抖，但他不得不冷静下来。然后我们就进屋了，什么也没跟姨父和姨妈说。那个星期天，莉莉和我一起回到了墨西哥城。

[安娜·奥卡迪斯]

有一次，为了给安赫尔庆祝生日，莉莉亚娜给他买了几张星座彩票，还顺便多买了两张，一张给我，一张给她自己。当时应该是4月中旬。接着，我们去了阿斯卡波察尔科的市场，买了用草莓、鲜奶油、柠檬冰激凌和大量蜂蜜制成的甜点。我们真的很喜欢这些甜食，但只能两个人分一份，因为实在是太大了。我们正要打道回府的时候，看到市场的入口处有个人在卖鸟。她立刻想到了一个好主意，无须多说什么，我也立刻心领神会。莉莉买了一只麻雀，那是她给安赫尔准备的第二份生日礼物：他将有幸放飞麻雀，看着它在空中飞翔。

我们把小鸟装进牛皮纸袋，然后冲出市场，直奔大学。我们要上课，要去图书馆查资料，还要整理笔记。但在我们忙于学业的间隙，莉莉会不时打开袋子看看，确保小鸟还活着。就这样，几个小时过去了，但安赫尔没有出现，也可能是迟到了。“我们得自己放生这只小鸟了。”午饭过后没多久，莉莉亚娜愁眉苦脸地说。我同意了。“去哪儿？”我问她，“就在这儿如何？”“别开玩笑了，”她说，“这地方太没意思了。我们得找个特别的地方。”她想了一会儿，突然眼睛一亮。“我知道了，”她说，“跟我来。”于是我跟着她走了。

我们很快就到了特索索莫克公园，那里离她家不远。一站地铁的距离。她希望举行一个小小的放生仪式。她总是提醒我，自由是生命中最重要的东西。当我们终于打开袋子时，我们以为那只麻雀会喘口气，然后振翅飞翔，但事实并非如此。它在草地上走了几步，然后倒下了。我们试图抢救它，但很快意识到，一切都结束了。麻雀的死让我们心碎。“它现在到一个更好的地方去了。”我对莉莉亚娜说。她呆立在原地，惊魂未定，仿佛有什么东西在她体内碎掉了。我们慢慢走向她家时，她说，它就要获得自由了。

“它现在已经自由了。”我告诉她，想让她重新振作起来。

第 七 章

不亦快哉?

¿Y NO ES ACASO ESTO LA FELICIDAD?

[劳尔 · 埃斯皮诺 · 马德里加尔]

瓦哈卡之旅。著名的瓦哈卡之旅。事情的起因是，我的高中同学想去海滩消暑。我们憧憬着埃斯孔迪多港[1]、米特拉[2]、阿尔万山[3]，这些名字如糖果般在唇边滚动。我突然想到，可以邀请莉莉亚娜。我向她提议，保证旅途会一切顺利，而且一起旅行有助于增进情侣之间的感情。我当时很自信，因为那阵子我过得顺风顺水，刚赢了一个本地的设计奖，也有信心能和莉莉亚娜稳定下来。大概是在1989年7月底，我终于说服了她。由于要提前买票，我们一起去了城东的汽车客运总站。“现在我们肯定要一起去瓦哈卡了。”我拿到票后告诉她。“别急，劳尔，”她回答我，“我完全不知道我的人生会发生什么。老实说，

1 埃斯孔迪多港（Puerto Escondido），墨西哥瓦哈卡州的港口城市，瓦哈卡海岸最重要的旅游景点之一。

2 米特拉（Mitla）位于墨西哥瓦哈卡州，是萨伯特克（Zapotec）文明最重要的考古遗址。

3 阿尔万山（Monte Albán）是瓦哈卡州的一处前哥伦布时期考古遗址。

我不能向你保证任何事。”这种回答是她的特色：逃避任何明确的承诺，让我悬着一颗心。

终于到了出发的日子。巧合的是，那天正好是我的生日，1989年8月9日。但时间一分一秒地过去了，她却杳无音信。我们本来约好打电话给对方，然后一起去汽车站，可我一直没找到她。我打电话到她家（她所住公寓的房东家），却只能在电话答录机里留言。我不知所措，不确定是该像以前那样，直接去她位于米莫萨斯街的家里接她，还是应该等她给我打电话。我试图说服自己，相信她会跟我一起走，但直到出发时间快到了，我也没有收到任何消息。最后，我只好一个人去了汽车站，心里既困惑又愤怒。

“你的女朋友去哪儿了？”朋友们看到我独自前来，不禁起哄道。我说不知道，叫他们不要再来烦我。这时，其中一个朋友指着远处说：“那不就是她吗？”

没错，那确实是莉莉亚娜，就远远地站在那里。我简直不敢相信自己的眼睛。她真的来了。我心里立刻充满幸福，忘记了之前发生的一切。我向她跑去，就像电影里那样，高高地举起双臂，欣喜若狂。我甚至没有注意到，她站在一堆背包中间一动不动，并没有向我走来。当我终于跑到她身边时，她没有吻我，只是向我伸出了手。“发生什么事了？”我问她，“你还好吗？”

“情况临时有点变化。”她说。

我顿时陷入沉默。

“抱歉了，劳尔。”她说。

“直接告诉我吧。”我回答她。

“我要去瓦哈卡，”她说，“和我建筑系的朋友们一起去。我在帮他们看包，但他们随时可能会回来。”

我愣住了。我再次张开嘴，却一句话也说不出来。“但我们买了票。”我最终结结巴巴地说，这话没经过思考便脱口而出。

“我几天前就把票换掉了。”她告诉我。

我的心跳骤然停止。我早就知道，莉莉亚娜喜欢我的程度远不及我喜欢她那么多，但我从未想过她会对我做出这样的事。我感觉自己仿佛正在开一个很糟糕的玩笑，不知道该怎么做，也不知道该说什么，但这不是玩笑：一切都如此真实。

“今天是我的生日，莉莉亚娜。”我说道，试图触动她柔软的一面。“就当是送我的生日礼物吧，”我已经顾不上脸面，苦苦恳求道，“拜托了，和我一起去旅行吧。你可以跟你朋友走，莉莉亚娜，等你到了瓦哈卡我们再会合也行。”可她对我的哀求不为所动。“至少给我一个拥抱吧？”我再次请求。她走近我，非常羞涩地伸出双臂搂住了我。我闭上眼睛。我不再置身于墨西哥城嘈杂、拥挤的汽车站，而是被带到了另一个地方。每当我闻到她身上的香气，就会感到置身远方。我感受着她的温暖，她的体香。她就在我身边。我百感交集，但我深爱着她，那个拥抱真的就像是一份礼物。

之后，我又多逗留了一会儿，和她聊天，但感觉很不自在，尤其是当她口中那些“小建筑师”朋友回来之后。于是我向她道别，感觉之前自己为了和她在一起所做的一切努力都毫无意义。

[安娜·奥卡迪斯]

我们准备了帐篷、探险背包、金枪鱼罐头和墨西哥辣椒罐头。我们的钱很少，旅行的兴致却很高昂，渴望去那些梦寐以求的地方：瓦哈卡、瓦图尔科[1]、埃斯孔迪多港。这些都是著名的景点，但我们谁都没去过。于是我们立即组织了这次行程。我们只是在一次闲聊时提出了这个想法，然后就付诸行动了。我们当然要去。费尔南多说叫我们带上他——我和他处得好的时候很喜欢他，处不好的时候则不然。莱昂纳多很喜欢莉莉亚娜，于是也说要去。卡洛斯，一个高个子的金发男生，也说要加入我们。我们搭乘夜间巴士旅行。当你才二十岁，并且即将获得美景和自由的时候，谁还会在乎身体不适或睡眠不足呢？

1 瓦图尔科（Huatulco）位于墨西哥瓦哈卡州的太平洋沿岸，是著名的海滩旅游胜地。

[劳尔·埃斯皮诺·马德里加尔]

第二天，我们到了瓦哈卡市。我们正在一家旅馆里等着分配房间时，我的一个朋友跟我说："看，你的姑娘就在那边。"他们正好经过那条街。我出去和她聊了一会儿，再次问她我们是否可以一起旅行，但她说最好就维持现状。她不肯松口。那天，我们去了阿尔万山。

第二天早上，我们去汽车总站买了前往埃斯孔迪多港的车票。我们计划晚上出发，第二天一早能到。我没精打采，两眼无神。这时，身旁有人推了我一把：是莉莉亚娜。她走过来跟我打招呼，让我大吃一惊。我们都被这场巧遇逗乐了：他们也来买票，不过是要去瓦图尔科。"我整晚都在想你。"我们在汽车站的塑料长椅上坐下时，我告诉她。"我也是。"她承认道。"我们都在想着对方的时候，却身处不同的地方，这有什么意义吗？我们为什么不能待在一起呢？"我问。这些话概括了我们之间的关系：想要在一起，却并没有真正地共处。

我和朋友们在市中心逛了一整天。其间，我们再次碰到了他们，我的一个朋友又一次指给我看。我们都大笑起来；显然，我成了所有人的笑柄。我感觉自己被朋友们困住了，我猜想她可能也有同样的感受。我想要摆脱这种困境，甚至不惜采取一些激烈或绝望的手段。我对自己说，要坚定地向前。

他们当时在一家工艺品店或是鞋店，我记不太清了。总之，我径直走向她，抓住了她的手臂。“我们不能再胡闹了，莉莉亚娜。你知道我爱你，我也知道你爱我。让我们彻底结束这个糟糕的游戏吧。”我本来是想这么说的，但最后设法用别的措辞表达了相同的意思，只不过语气更温和一些。

她叫我小声点，然后把我拉到人行道上，这样我们就能避开她的朋友们，单独说话了。也许是因为我的态度，也许是我的言辞打动了她；也有可能是她和朋友们玩得不太开心；总之，她最终答应和我同行了。“好的，我跟你走。”莉莉亚娜说。我感到眼前豁然开朗。我们去她的旅馆取了行李，然后拿到我的旅馆放好。

“现在我们干什么好呢？”我问她。“我想去阿尔万山。”她说。她还说，她的朋友们前一天不愿意和她一起去。“我昨天去过了，”我对她说，“不过我很乐意今天陪你再去一次。”那里值得一游，我补充道。于是我们出发了，终于只剩下我们两人，一男一女，一起踏上前往阿尔万山的旅程。

那真是旅途中最美妙的部分。我们找到一个绝妙的地方，度过了一段静谧的时光。经过这么长时间的规划和等待，我终于能和莉莉亚娜在一起了，这让我倍感幸福。莉莉亚娜和劳尔。就我们两个。尽管这地方到处都是游客，但我们不受干扰，仍然沉浸在自己的世界里。我们在一座金字塔顶端待了很长时间，俯瞰整个瓦哈卡山谷。翠绿的草地包围着我们，过了一阵子，在午后阳光的照射下，又染上了一片金黄色。和煦的微风轻轻吹拂着我们的头发。

我们没有走遍整个考古遗址，也没有观赏全景，只是爬上那座金字塔的台阶，就那么坐在塔顶，大部分时间都沉默不语，享受着当下这一刻。我们在一起。一个男人走了过来，他注意到我们在看风景，而不是在看古迹，就问我们是否喜欢这里。“非常喜欢，先生。”莉莉亚娜代表我们两人答道，同时仍在注视着眼前广袤的风景。

非常喜欢。那正是当时我对莉莉亚娜的感受。由于我的害羞和她的防备，我一直很难接近莉莉亚娜。这一次，我想和她手拉手。莉莉亚娜笑了。夕阳洒在她的头发上，闪闪发亮，她大大的眼睛露出温和的神色。她向我伸出双手。我们就这样并肩坐在古老的金字塔顶端，手牵着手。微笑着喃喃自语。其实谁也听不清对方在说什么。我不知道自己还能向这个世界要求什么。我感到很幸福。

永恒的时刻。就是这样：这一瞬即是永恒。

[莱昂纳多·哈索]

莉莉亚娜和我们一起开始了那次旅行，但在瓦哈卡短暂停留后，她就消失了。一切都发生得非常迅速，而且很低调。有些人甚至都没注意到莉莉亚娜已经离开了。但我加入这群人就是为了接近她，因此我立刻就注意到了。莉莉亚娜和她的一个男朋友一起离开了。那个男生又高又瘦，最近刚获得一个重要的设计奖项。他是学校的风云人物。我很想她，但我也不想毁了这次旅行。于是我继续和大家一起向海岸进发。

当莉莉亚娜出现在海滩上，重新加入我们时，我感到非常惊讶。

[费尔南多 · 佩雷斯 · 维加]

那是一次我们永生难忘的旅行。其中充斥着浓烈的情感；我们想要玩得尽兴，享受一切。离开瓦哈卡后，我们谈起那里的海滩，就好像在分享某个共同的小小信仰。我们都是墨西哥城的都市人，对海洋没有多少概念。我们背上背包，在夜色中步行前往汽车站。我们带了一个电池供电的随身听，是我父母不久前送我的礼物；还带了几盘磁带。在挑选音乐时，我们争执不休。莉莉亚娜讨厌时髦的流行歌曲。有些人喜欢英文歌。但最终，在麦当娜和宝拉 · 阿巴杜[1]之间，我们选择了《宛如祈祷》（ “Like

1 宝拉 · 阿巴杜（Paula Abdul，1962— ），美国著名女歌手、舞蹈编导、演员和真人秀明星。

a Prayer”）。路易斯·米格尔[1]的《无条件》（“La incondicional”）风靡一时，我们甚至不必自己放磁带；到处都能听到。

我不记得莉莉亚娜为何跟我们分开了一天，或者最多两天；我只知道，后来我们又在瓦图尔科遇到了她，当时她独自走在海滩上。她重新加入了我们的队伍，之后再也没有和我们分开过，即便我们回程时去了阿卡普尔科[2]——这项行程她从来没赞成过。

[劳尔·埃斯皮诺·马德里加尔]

夜幕降临时，我们回到瓦哈卡，和我的朋友们会合，准备当晚前往埃斯孔迪多港。到那里之后，我们直奔海滩。天刚蒙蒙亮，我们就穿着衣服跳进大海。然后我们找了一家旅馆，大家一起订了一个大房间。下午我们吃了些东西；莉莉亚娜有点感冒。我陪她去休息，希望她能恢复过来。

当地正在举办冲浪比赛，大街上放着音乐，于是我们也加入夜晚的狂欢中。人们都在高兴地跳舞。“你愿意和

1 路易斯·米格尔 (Luis Miguel，1970—　)，墨西哥著名歌手、唱片制作人。

2 阿卡普尔科（Acapulco）是墨西哥格雷罗州的一座港口城市，也是墨西哥最大的海滨度假城市。

我一起跳舞吗？”我伸出手，问道。莉莉亚娜无精打采、有些心不在焉地微笑着，对我说“不”。“我觉得很不舒服，劳尔，”她说，“你该去找个更好的舞伴。”但我还是陪着她，享受着音乐，看着人群。“我想我还是去睡觉吧。”过了一会儿，她说道，随后起身准备离开。她的独立总是让我感到不知所措。“我送你吧。”我说，试图追上她的脚步。我们回到旅馆，她吃了几片感冒药，然后我们就睡着了。我们甚至没注意我的朋友们什么时候回来的；第二天一早，他们离开房间时我们也没醒。“要我给你带点早饭吗？”我问她。“其实，劳尔，我只是需要一些时间独处。”她答道。我理解她需要一些私人空间，于是离开了房间。

当我再次回到房间，想看看她情况如何，是否还需要什么东西的时候，莉莉亚娜已经不在了。她留下了一张字条，字迹非常工整，解释说她身体不太舒服，想独自一人继续旅行。我不知道她是要回墨西哥城，还是要去别的什么地方，但我知道，不管她去哪里，她都不打算和我一起去。她还留下了一些钱，用来支付她那份房费。我又一次崩溃了。这样来来回回很多次了。我已经心力交瘁了。在那里，在她不久前还待过的房间里，我手里握着她的字条，心知不能继续这样下去了。我决定不再坚持。

我回到朋友们身边，在海滩上待了一会儿。之后，我们看到她的朋友们也在附近闲逛，莉莉亚娜也跟他们在一起。我一直在担心她，害怕一个女孩子独自出门或是去海滩会出什么事，所以远远地看到她时，我不禁松了一口气。她和朋友们在一起时显得很放松、很开心。她看起来就和平常一样容光焕发，从远处很难看出她内心的煎熬。“你感觉好些了吗？”我走近她，问道。我已经不抱任何期待，只希望她能告诉我到底发生了什么，以及她是否感觉好些了。

我们坐在沙滩上。我看着她，她望着远处的大海。“昨晚我感觉很不舒服，劳尔，”她说，“我感觉不对劲。”她犹豫了一下，又说：“这一切都不大对劲。”她直直地看着我，眼睛睁得大大的；仿佛我能走进她的双眼。“我想抛下这一切，”她说，“但我在海滩上碰巧遇到了我的朋友。”“他们不是去瓦图尔科了吗？”我吃惊地打断她。“没错，但他们不喜欢那里，于是又回到了埃斯孔迪多港。你能相信吗？”“我不相信。当然不。”“他们邀请我和他们一起继续旅行，就是这样。”

我重新打量她。她的皮肤上沾满了沙子。她的嘴唇上下蠕动，说着那些道别的话语。她的牙齿。她的发梢。那双有时对我如此温柔的眼睛。我知道，我一生中再也不会这样看她了。“就是这样。”她的话一直在我脑海中回荡。

就在那时我才明白过来。就是这样了。

[安娜·奥卡迪斯]

在埃斯孔迪多港，我们受到了不小的惊吓。

莉莉亚娜和我下水时，没注意到海浪有多高。我们当时正好拍下了照片，后来还把它裱起来了：她在泳衣外面套了长罩衫；我则身穿一条宽松的沙滩裙，显得很滑稽。那衣服本来就碍事，被水打湿之后变得更累赘了。我们沿着海岸线慢悠悠地走了很久。我们经过一片岩石区，那里有人在练习冲浪。我们决定从那里下海。海浪很大，暗流开始把我们卷入水中。莉莉亚娜以前练过游泳，还在不少竞赛中得过奖；但在那里，在海滩上，我们只是两个疯疯癫癫的女孩，惊恐万分地互相咧嘴笑着。有那么一瞬间，我担心我们都会性命不保。但莉莉亚娜始终保持着冷静。我原本可能会惊慌失措，但当我看到她镇定自若的样子，也冷静了下来。紧张的几分钟过去之后，我们几乎同时游出了漩涡，向岸边游去。我们从未谈论过那段经历。但正是因为看到她在漩涡中依然那么自信，我们最终才得以顺利脱险。

[1989年8月]

我想要留住这个瞬间，也许能实现升华。岂不快哉？

一个瞬间，一个画面，一种色彩，一个姿态。我写下这些文字，不知它们会将我带向何处。你知道吗，安娜？我喜欢你，现在说出来是那么容易，能够意识到这一点真是太好了。也许是因为阳光，因为这如此蔚蓝的天空，近在咫尺的大海和沙滩。一截孤零零的树干。该死！如此轻易就能感受到这一切。

我重读了自己写下的文字，感觉像是一份爱的宣言，我忍不住笑了出来。我很讨厌这种陈词滥调，但今天我忍不住了。我想我永远不会把这封信寄给你了（骗你的）。我希望能亲手交给你。也许等我敢这么做的时候，这个瞬间已经被消化了。无论如何，我想我永远都不会忘记，在你身边，在海边，我感到多么幸福。

爱你的，莉莉亚娜

1989 年 8 月，瓦哈卡州埃斯孔迪多港

[1989 年 8 月 19 日]

我想你是已经罢工了吧，因为我们没有收到你的来信。我们认为这是一种施压策略。是吗？

我试过从瓦哈卡写信，但没有成功。我发现自己忽然之间看了那么多，心里有那么多感受，以至于反而不知道

该如何将这一切诉诸笔端了。现在看来，我在那里度过了非常美妙的六天。我去了首府瓦哈卡，去了瓦图尔科和埃斯孔迪多港，最后，还不情不愿地去了阿卡普尔科。你知道瓦哈卡吗？

[1989年8月24日]

我正在打扫我的“房子”。房间脏得不得了，我都不知道从何入手。我还在抽烟，尽管我知道自己不该这么做。此外，我还在看一本很无聊的小说。东西扔得满地都是：那边有一只鞋子，还有油、酱汁、剪刀、袜子。家里还有股难闻的气味：放了很久的花瓶水、堵塞的浴室、潮湿的空气。

但我并不觉得难受。

事实上，我感觉很好。我感觉非常好。

[安娜·奥卡迪斯]

1989年10月4日，星期三

1969年10月4日……

已经二十年了……

生日快乐！

今天，所有认识你、爱你的人都欣喜若狂，因为我们知道，你还能再陪我们一天。

当你在我身边时，我有千言万语想对你说，有千百种感受和思绪要和你分享。

你知道吗？我意识到，你的确是我生命中的重要人物……我可以跟你畅谈我的经历，直言我的恐惧和困惑，而你不会评判我，只会倾听并支持我。我想让你知道，我衷心感谢你成为我的朋友，感谢你在我需要的时候给予我支持。

我还想祝愿你幸福、平安、健康，不只是在今天，而是在你的一生中，直到永远……

啊，希望我们能再做三百九十四年的朋友，好吗？

暂时说再见了。

爱你的

安娜

[1989年10月6日]

亲爱的、永远夸不够的安娜：

首先，我用黄色的纸写信，是因为玫红色实在太俗气了（非官方评论）。

你知道吗？我有点难过，又有点困惑。我能告诉你一个秘密吗？我觉得我恋爱了。又掉进这种陷阱！我不知该如何脱身。爱会让我受伤，然而，不也正是这一切才让我们感受到幸福吗？

总之，这不是重点。重要的事！令人惊讶的事！不寻常的事！那……那……就是如果你没别的安排，我们可以一起去坦皮科。希望明天晚上8点半，我们能在北边的汽车站碰头，就在“三颗金星”号巴士对面（如果你能找到三颗金星，记得告诉我，我们去把它们偷走）。

好了，这只是一张便条，我就说这些。

爱你的

莉莉亚娜

又及：一群传教的女人朝我扑过来；煤气工把我当作已婚妇女。尽管发生了这一切，我却并没有感到难过。

[马诺洛 · 卡西利亚斯 · 埃斯皮纳尔]

我知道莉莉亚娜不想交男朋友。她对此很反感。我当然希望她能做我女朋友。或者说我能成为她男朋友。“我不想要这些闹剧和抱怨，马诺洛，”她曾对我说，“我受不了任何形式的嫉妒。我想要自由。”我耐心听着，满怀深情地希望她能尽快改变主意。

她和安娜一起去坦皮科的那天，我答应送她们去汽车站。我去她家接她时，她还没收拾好，于是我进门去等她。她家还是老样子，乱糟糟的：这里丢着一本书，那里放着几件衣服，行李也满地乱放。“别走，莉莉。”我突然对她说。她坐在床垫上，忙着把几支铅笔塞进一个小布袋里。“为什么？”她几乎头也不抬地问。“因为我会非常想你。”我边说边在她身边坐下。我尽可能地靠近她，把一缕头发掖到她耳后。然后我吻了她。

那是在 10 月。下午 5 点左右。在她家。我们的第一个吻。送她们去汽车站时，我仍然不敢相信发生了什么。独自开车回来的路上，我一直用手指抚摸自己的嘴唇。当时我一定笑得像个傻瓜。

我们本来就经常一起活动，在那之后，我们变得更加亲密了。我们一起做小组作业，一起去电影院（她很喜欢看电影）；我们无时无刻不在聊天，有说不完的话。又过了一阵子，我们从亲吻过渡到爱抚。她会咬我的肩膀，而我有时会轻抚她的胸部和腰部。但我们从未在公开场合接吻，也从未在校园里牵过手。她觉得那样太老套了。我们也没发生过性行为。莉莉亚娜非常小心，而且有些害怕，但她从未告诉过我原因。我很爱她，也不想给她压力。我不急于和她有身体上的亲密接触。我想要一点一点了解她，越来越深入地了解她的一切。

[莱蒂西娅·埃尔南德斯·加尔萨]

我看到那两个人时，她们浑身沾满沙子。我猜她们是先去了海边，然后才到家里来的。她们在坦皮科和我们一起住了大约六天。这次来访让我很不舒服，因为安娜表现得过于热情。她不让我和莉莉亚娜像平常那样单独聊天，每次我问我表姐问题时，安娜都要抢着答话。她表现得好像比我更了解莉莉亚娜，明明我从小就认识她了。莉莉非常单纯、亲切、耐心。显然，安娜的占有欲很强。这对莉莉的生活没有任何正面影响。事实上，认识安娜之后，莉莉亚娜变得孤僻了很多。她做什么事都要和安娜一起。两人到哪儿都形影不离，就像一对连体婴。也许这就是安赫尔如此生气的原因之一，我不确定，但她们之间的亲密真令人窒息。

在 10 月的那次来访中，莉莉亚娜出现了疑似阴道感染的症状。我帮她预约了妇科医生，本想陪她一起去，但在最后一刻，她们连招呼也不打一声就离开了。那次，莉莉亚娜甚至没有跟我说再见。

[赫拉尔多 · 纳瓦罗]

马诺洛和莉莉亚娜确实在约会，但两人一直偷偷摸摸的。他们从未公开过恋情。这事隐藏得很深。她很神秘。她一向如此。我可以说，我从未见过她和任何人在一起。我知道马诺洛的事，是因为这是他自己告诉我的。

[奥顿 · 桑托斯 · 阿尔瓦雷斯]

她和马诺洛在一起时，两人是一对非常讨人喜欢的情侣。马诺洛的性格就是这样，很爱笑，而莉莉亚娜的幽默感很强，所以无论他们走到哪里，都能带来欢乐的气氛。

[安赫尔 · 洛佩斯]

他们断断续续地约会。有时候在一起，有时候又会分开。如果哪天马诺洛看起来很伤心，就说明他和莉莉亚娜分手了；而当他们重归于好时，他的眼里会冒出火花。但有件事我记得特别清楚，就是莉莉亚娜在马诺洛生日时的举动。那天，莉莉亚娜带着一大捧用报纸包裹的万寿菊来到学校。那束花真的很大。“那个浑蛋在哪儿？”她问。“谁？”“马诺洛，还能有谁？”就在那时，马诺洛出现了，脸上红一阵青一阵的，那份礼物让他又羞涩又激动。

那天是 3 月 7 日。

[马诺洛 · 卡西利亚斯 · 埃斯皮纳尔]

我在学校里见过安赫尔一次；有时在她家附近的街道能看见他的身影。他就像一个幽灵。一片乌云。听到摩托车驶来的声音时，我就知道他在附近。莉莉亚娜曾经摇摆不定。有时她似乎和他相处得很融洽，有时则不然。但过了一段时间后，她终于鼓起勇气，告诉他不要再来找她了。她告诉过他好几次，不要再来找她了。她说：“我和他重申过了。”

然而有一天，我们一群朋友聚在莉莉亚娜的公寓里时，他出现了。那天肯定是为了庆祝什么事情，因为气氛很欢快。我当时感觉很糟，因为她之前说，自己给安赫尔下过最后通牒了。他经常在周中招呼都不打一声就出现在她家里，说是来看她，这令她备受困扰。“我已经跟他说得很清楚了，”她又一次向我保证道，“我叫他不要再来找我了。一切都结束了。永远不许再来了。”但他那天又出现了。蹲在角落里，从远处观察着我们所有人，带着某种荒谬的猜疑，或是压抑的怒火。他真的没有任何理由出现在那里。很明显，他根本不想和我们互动。我愤怒地离开了公寓。我想，莉莉亚娜并没有真正确认我们的关系。过了一段时间，我开始跟一个校外的女孩约会。有一次，我和她一起去大学礼堂参加一个会议，莉莉亚娜和安娜看到我们后非常生气。那时莉莉亚娜和我已经有些疏远了，所以她们其实没有理由那么气愤的。可就在第二天，莉莉亚娜和安娜联手，把我那台红色旧普利茅斯梭鱼车胎的气放掉了。

[1989 年 10 月 27 日]

亲爱的莱蒂：

噢，好白痴的问候啊，好了，别介意，我是爱你的，但这问候还是很白痴。我的猫在嬉闹，我却沉浸在回忆中。我非常伤心，想要借酒消愁，但眼下还没有喝醉。我还能在第六学期的笔记本上写字。哈，真是个浑蛋！还有很多酒要喝，很多烟要抽，很多泪要流。童年到哪儿去了，莱蒂西娅？我到处都找不到它。我在荒谬与混乱中寻找，在黑夜和孤独带给我的这种近乎恐惧的感觉中……该死的烟灭了。我在抽“德利卡多斯”牌香烟。我还没吃饭，我没有钱。忧愁比酒精更醉人。我只是渴望过去，渴望阳光明媚的午后，渴望尘土飞扬，渴望暑假。我很孤独，孤独得可怕。时间把我们变成了怎样的怪物啊！

我又拿起一瓶啤酒，思绪万千。

我擦去旧鞋子上的灰尘。我不会想把这种东西寄给你的，对吗？

[1989年10月31日]

亲爱的安娜：尊敬的安娜：挚爱的安娜：

安娜，你觉得哪个更好听？总之，安娜。再来一次，安娜。啧啧！

是的，安娜，一切终将发生。我们终于也到了二十岁这一天。

我想完全清楚地表达自己，但我能对你说什么呢？激起你内心的活力，鼓励你隐秘的梦想，让你的身心自由飞翔。我能说的，你一定早已经感受到，因为这一切本就扎根于我们每个人的内心深处。它就在你心中，安娜，坚强的安娜，亲爱的安娜，孩子般的安娜。勇敢地去实现愿望吧，无视时间的限制（无论是拿破仑时代之后的四个世纪，还是秋季之后的两天），无视距离的限制（因为如果有必要，我们将从最遥远的非洲钻石矿区飞到北极的冰原），无视任何阻碍和困难。

带着强烈的预谋追寻愿望，这样我们就能容忍自己的信念和缺陷。这样的话，我们还有什么好怕的呢？无论你做出何种决定，只要不放弃，我会始终支持你。因为没有比迫使我们做自己更神圣、更难以忍受的责任了。

爱你的

莉莉亚娜

又及：啊，我忘了，生日快乐！

[安娜·奥卡迪斯]

来自爱你的安娜

弥漫开来，在我整个感官世界中扩散。我很高兴能依靠这种支持来告诉你……我爱你，这将使我……我肯定会这么做的，不是指请你和我结婚，而是在不久的将来我会向你求婚，把明确的定义变得模糊……好吧，好吧……看来我理解了（或者说我自认为理解了）你的本质，我看着你，我也离开了……我无时无刻不在想着你……想要跑向你，拥抱你……看着你离开，而我只剩下……莉莉……多希望你知道我对朋友的渴望，我一直想要的朋友，我能感受到如此伟大而具体的爱，是你作为一个人给予我的……你知道吗？我从没想过我会尖叫，你的一切，你的所思所想，你的感觉，你的疯狂，你的深不可测，还有你的沉默，你的……我明白你对我有多重要……我多希望时间能静止在那一刻，那一刻在公交车上见到你，向你道别……这一切已经发生，却仍在持续……比如说昨天，当剩下的只是一个画面时，“根据这个”……你知道吗？有时候，要找到合适的词句并不容易……（不要说废话），我希望你在读这段话的时候非常兴奋……你好莉莉……你感觉如何？对于这些话？……是的……或者至少是

你能创造出立体的连贯性吗？用真诚的态度、色彩、形式……

你好，这是一次写一封旧信的健康尝试

1989 年 11 月 24 日，星期五

HELLO KITTY

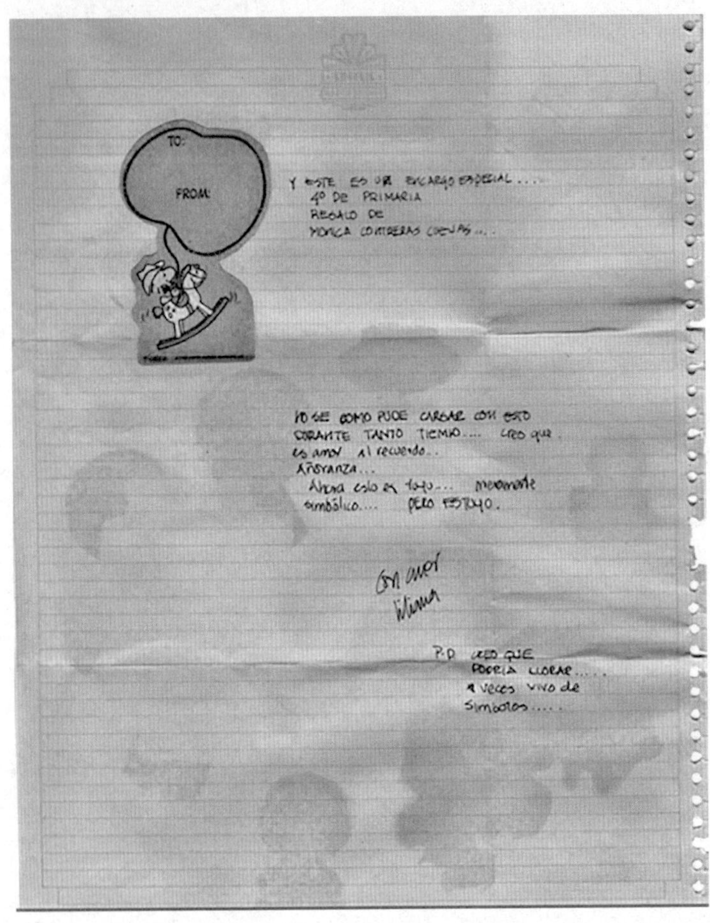

TO:

FROM:

Y ESTE ES UN ENCARGO ESPECIAL....
4º DE PRIMARIA
REGALO DE
MONICA CONTRERAS CUEVAS....

NO SE COMO PUDE CARGAR CON ESTO
DURANTE TANTO TIEMPO.... creo que
es amor al recuerdo..
Añoranza...
Ahora esto es todo... meramente
simbólico.... PERO ESTUPIDO.

Con amor
Liliana

P.D creo que
podría llorar.....
a veces vivo de
simbolos.....

第八章

不想再当冰之国度的仙女

QUÉ GANAS DE DEJAR DE SER HADAS
EN UNA TIERRA DE HIELO

[4 月或 5 月]

要重建莉莉亚娜生命中的最后几个月并不容易。她是个聪明、开朗的女孩；是一位值得信赖的朋友，有时候充满保护欲；是个健谈、爱开玩笑的年轻女子，懂得如何用语言治愈和伤害别人；是个年轻的学生，对自己学习的领域越来越感兴趣；就像她的一位朋友描述的那样，她是个精明而有魅力的领导者；也是个越来越相信自己的女人。除此之外，还有一个莉莉亚娜——即使她找遍全世界，也找不到一种语言来描述紧紧跟随自己的暴力。

莉莉亚娜的一位朋友（不是最亲密的那位）声称她有一本日记。但我在她的遗物中没有找到。我找到的是她在学校笔记本上随处涂写的大量笔记，夹杂在关于拱形支架、住房规划、艺术史和其他待办事项的各种思考和讨论之间。在笔记本的纸页间，在密封的锡盒中，或是在手提袋和皮质钱包里，我还找到过她写给自己，或是别人写给她的各种便条。它们是一幅非常复杂的拼图的碎片，我永远也无法将其拼凑起来。这些文字层层叠叠，是随着时间沉淀下来的经验。我现在的任务是去打捞它们。我像考古学家一样，小心翼翼地触摸，掸去上面的灰尘，同时确保不要损害或破坏这些文件。我试图拆解，同时也努力保存这些文字：从当下的视角重新剖析和梳理这些内容。

无论是莉莉亚娜，还是我们这些爱她的人，都并未掌握任何一种能够用来识别危险信号的语言。这种忽视从来都不是自愿的，而是社会性的现象。正是这种社会层面的视而不见，导致墨西哥和世界各地成千上万的女性被谋杀。正如斯奈德在《看不见的伤痕》一书中论证的那样，20 世纪 90 年代初，在一个针对女性的暴力案件数量持续增长的国家，我们对家庭暴力、亲密恐怖主义一无所知。那天晚上，正是这种无知闯入我妹妹位于阿斯卡波察尔科的家中，用枕头捂住她的脸，夺走了她的生命。她死于窒息。但这种威胁，这种隐秘的、持续的暴力行为早在很多年前就开始了，那时我妹妹还是个十几岁的女孩。而莉莉亚娜勇敢且充满爱心，她想尽一切办法，尝试了许多处于相同境地的女性做过的事：她反抗过这种暴力，试图逃避它，否认它，将自己与它联系在一起，抵制它，削弱它，与它协商。她已经做了自己能想象的、能做到的一切。在那场夺去她性命的谋杀发生前不久，她离开了他。她彻底离开了安赫尔。无论是在情感层面还是身体层面。

根据斯奈德针对以亲密恐怖主义为特征的关系所提

出的危险递增年表，女性在分手后的三个月内遭到谋杀的风险最高；或者说，如果操纵者意识到这一次的分手是真的、不可改变的，那么此后的三个月内，其前女友更有可能面临被杀害的风险。如果这是真的，如果专家们根据数以千计的定量数据，以及成千上万受害女性的宝贵证词得出的结论具有一定的准确性，那就意味着在 1990 年初，莉莉亚娜和安赫尔之间一定发生了某些事。一些新的、令人震惊的事——这些真实发生的事足以为杀害女性的暴力敞开大门。这些事也许发生在3月到4月之间。也许在5月。

[笔记本和零散笔记构建的系统]

我在一个纸箱里发现了莉莉亚娜的四本笔记本，和许多其他东西装在一起：画笔和贴纸、钢笔、刻刀、描图纸和水彩纸，卡片、书籍、耳环和手镯，还有各种小盒子。有两本是信纸大小的“抄写员”牌笔记本，还有两本是竖版笔记本。这些笔记本都是螺旋装订的，内页是小方格纸。从第五到第八学期，莉莉亚娜用它们来做笔记，但她未能读完最后那个学期。这些笔记本上的笔记很多都标有日期，因此可以作为一条主轴，用来系统整理其他地方出现的各种零散笔记。莉莉亚娜喜欢收藏东西，特别是小物件。比如说，她按时间顺序整理了自 1988 年以来自己在卢门文具店购物的所有收据：对折起来有厚厚的一沓，体现了她井井有条的一面。这一习惯也反映出，她在管理档案时，不仅关心抽象的思考或私人的剖白，也关心物质生活中最琐碎的部分。不过，笔记本中的部分笔记没有注明日期。如果遇到这种情况，我会通过墨水的颜色或书写的笔迹来大致估算书写日期。

在确定好基本的年表，至少是比较明确的那些时间节点之后，我便开始将各种其他笔记依次穿插进去。这些笔记是我在零星的纸片、餐巾纸或地铁票上找到的。其中一些附有日期，另一些则没有。我使用了同样的方法来判断日期：墨水的颜色、笔画的类型、涉及的话题。我还补充了信件，以及她在那段时间收到的各种零散的笔记和便条。之后，我开始抄录所有内容，试图整理出一份相对清晰的年表，又要让各种蛛丝马迹都鲜活起来。我自己也在彩色便利贴上做笔记，然后将它们贴在我按时间顺序整理好的材料旁边。办公桌的空间不够用时，我就在矩形餐桌上继续工作。

最终形成的是一幅地图，或者更准确地说，一张蓝图。一些线条标出了地基和墙壁，另一些则为窗户和天窗留出了空间。在重建莉莉亚娜的生活时，很容易会将她描绘成一个在男性压倒性的力量面前无能为力的受害者。因此，我更愿意让她自己来阐述。我能够感觉到，在她人生道路上的每一个转折点，即便在那些最黑暗的时刻，莉莉亚娜也从未放弃过主宰自己人生的权力。像许多面临类似处境的女性一样，莉莉亚娜试过了所有办法——结交许多朋友，以更自由的方式和其他男孩恋爱，全身心地投入建筑系的学习中，为独立生活做准备——然而，在每一个转折点，在那些最意想不到的时刻，安赫尔总会一次次冒出来，说他爱她，向她道歉，向她保证他会悔改。安赫尔不仅仅在乞求。他也在索要一个答案，而如果这个答案与他的意愿相悖，他就会大发雷霆，表现为嫉妒、殴打、持续骚扰、自杀威胁，也许还会威胁要伤害她的亲人。莉莉亚娜很清楚这一点。至少六年来，她对这种循环了如指掌。她所处的环境将她束缚在大男子主义的紧身衣里，用父权制最锋利的刀刃割伤她。直到最近，这些暴力行径仍被视为正常。有时，莉莉亚娜会将自己的状态描述为“悲伤”或“失望”，但她直到最后都坚持不让自己倒下。字面意义上的屹立不倒。或者说，就算跌倒了，她也能重新站起来。我深深地相信这样的莉莉亚娜。我深爱这样的莉莉亚娜，爱着所有不同版本的莉莉亚娜。但在这里，重要的是她的声音和她的文字，她自己的文字。

[绿色浪潮]

一号笔记本是“抄写员”牌的双面笔记本，信纸大小，内有一百页方格纸，螺旋装订。在笔记本的红色封面上，有自由女神像的图案，旁边是一轮淡黄色的圆月。有人在笔记本上用巨大的黑色字母写下“**第五学期**”，在月亮上画了一副墨镜，还留下了另一个小标记：在左下角的位置画了一张小蜘蛛网。一个星期天的早晨，我在阳光下偶然瞥见了一些用蓝色墨水写下的模糊字迹，之前的几个月我都没有发现。莉莉亚娜写道：

我很无聊，奥顿不着急（**催他**）。奥顿写得好慢（我要喊叫了）。不行，这里是图书馆，我不能喊。（他终于写完了。）89 年 7 月 24 日。

封面上画满了各种符号。打开笔记本后，零散的纸页掉了出来，有些笔迹比较陌生，有些则是我已经非常熟悉的字迹。这些都是课堂笔记。是友情的标志。

笔记本的第一页上再次写着“**第五学期**”几个大字。标题下面是课程表和两位教授的名字：

技术课　7 点—8 点　KB17 加夫列尔 · 希门尼斯
跨学科课　8 点 30 分—10 点　EB10
实践课　10 点—下午 3 点　L013 吉列米娜 · 洛佩斯
理论课　7 点—8 点 30 分
方法论　8 点 30 分—10 点
实验室　10 点—下午 3 点

笔记自此开始。莉莉亚娜同时使用铅笔和钢笔，笔迹严谨。其中包括草图，还有一些文字，有些是小写字母，有些则完全使用大写字母，以强调内容的重要性。过渡性房屋。顶级拱形结构。黄油纸。10 点 15 分交付。然而很快，与学业相关的记录被打断了。1989 年 6 月 13 日，她写下了第一条私人笔记，字迹与前面的一样，仿佛还在说同一件事情：

……然而

多么渴望不再是冰之国度的仙女。

多么需要陪伴。

下面有一份名单，可能是她的同组同学（胡安·卡洛斯·谢拉、阿曼多、安娜、费尔南多、爱德华多）。除此之外，没有其他关于这些句子的解释。第一行中的省略号和并列结构创造出一种连续性，暗示之前发生的事是积极的。尽管如此，或者说正因如此，仍存有愿望，另一种渴望。尤其渴望超越刻板印象下的女性形象，不想在这片充满敌意的国土上继续做循规蹈矩的乖巧仙女。此外，还有第三行写到的需要陪伴的愿望。

由于这张字条的来源不明，它看起来仿佛是凭空冒出来的。

但文字不会凭空而来。

那是一个普通的下午。跟往常一样，莉莉亚娜和劳拉在图书馆前的广场碰头，但情况似乎有些不一样。当时正值整个学年的最后一个学期。1988 年的那个秋天格外干燥、晴朗。莉莉亚娜犹豫不决的样子引起了劳拉的注意。

“你怎么了？”她忍不住问。莉莉亚娜一直在絮絮叨叨地绕圈子，却始终不讲重点。

“我觉得我怀孕了，劳拉。”她最后说。她费了很大的劲才承认了这个事实，拐弯抹角，半真半假。唯一可以确定的是，她很焦虑，而且很难掩饰这种情绪。她很害怕，也不知道该怎么做。但她不希望别人知道这件事。她不想跟任何人分享这个消息。

“孩子是安赫尔的，对吗？”劳拉说，她问这个问题并不是对此有所怀疑，只是单纯不知道在这种时刻还能说什么。

莉莉亚娜点了点头。“不然还能是谁的？”她耸了耸肩，又补充道，“我不想当妈妈，劳拉。我还没准备好当妈妈。而且，”她又加重语气说，“我们才上了不到一年大学。”

“一年多一点。”劳拉叹了口气说，仿佛才意识到时间过得有多快。

“未来，”莉莉亚娜说，“未来还很广阔。”

两人坐在石柱上。过去，她们曾无数次在这里互相打趣、闲聊，嘲笑生活本身。但这一次，莉莉亚娜低着头，眼睛直勾勾地看着地面，仿佛她想在干枯的草地上找到答案。

“一切都会好起来的。”劳拉低声对她说。尽管周围充斥着学生的喧闹声，莉莉亚娜还是听到了这句话。“无论你做出什么决定，最终都会是正确的，而且最终都会是勇敢的决定。”劳拉对她说。

“我知道。”莉莉亚娜无精打采地答道。她停顿了一下，然后抬头看着那片蓝得恼人的天空。“我知道这是我的决定，”她说，“只属于我自己的决定，劳拉。可我太孤独了。”

20 世纪末，在墨西哥堕胎并非易事。直到 21 世纪，阿根廷女性主义者仍在组织“绿色浪潮”运动，这清楚地表明，争取堕胎权的斗争远未结束。高举绿色方巾以示对堕胎权的支持，这样的标志不管是现在还是未来都一样重要。越来越多的女性走上街头参加游行，要求获得免费、安全的堕胎服务，这些抗议活动成功地将整个美洲大陆的女性聚集起来，公开支持堕胎权。然而，仍有无数女孩孤零零地站在地下诊所的门口，惊恐万分。年轻的中产阶级女孩可以求助于医生，那些医生愿意在看起来很不合法的昏暗诊所内为她们堕胎，尽管价格不菲。但这些女孩的身体还是会遭到伤害，在心理上也备受折磨。而那些贫困的女孩，则不得不采取更不正当的方法，这些方法有极高的概率引发感染或大出血，甚至可能终结她们的生命。由于堕胎是非法的，对怀孕的女孩们来说，这始终是一个巨大的风险。

在我们的公立学校体系中，性教育被大幅简化，成了用抽象、不知所云的语言和拙劣的插图进行的寥寥几场讲座。与此同时，在钱包里携带避孕套被视为道德败坏的表现，尤其对女性而言。在这样的大环境下，自然会有很大一部分年轻女孩，在追求自己欲望的过程中意外怀孕。尽管现代人大致了解现有的避孕方法，但服用避孕药或植入宫内节育器都意味着或多或少地承认，性行为并非年轻人一时冲动的产物，而是一种持续性的行为。一种新的生活方式。许多年轻女性还不愿意向自己和伴侣承认这一点。此外，避孕用品从来都不是百分之百安全的。很少有女孩公开谈论自己最私密的欲望、体内荷尔蒙的变化和性欲的波动，更不用说在家里了。一般来说，人们希望女孩能保证绝对端庄得体，如果出现纰漏，就要格外谨慎，不能在外表上显露分毫。的确，她们被期望成为仙女——在这片始终充满敌意的土地上。

直到 2007 年，墨西哥城才将堕胎合法化，米非司酮被批准用于终止十二周以内的妊娠。作为“绿色浪潮”运动的成果，截至本书写作时，只有墨西哥城和瓦哈卡州推行了堕胎非罪化，而且几乎是从 2019 年才开始的。瓜纳华托州和克雷塔罗州仅在强奸案中允许受害人堕胎。在其余各州，只有在遭受强奸以及孕妇生命或健康受到威胁的情况下，才允许合法堕胎。在某些州，例如尤卡坦州，若母亲在经济上无法承担养育成本，可视为合法的堕胎理由。放眼整个拉丁美洲，只有古巴、圭亚那和乌拉圭的女性享有堕胎权。2020 年 12 月 30 日，经过无数次声势浩大的民众示威游行后，阿根廷也成了允许合法堕胎的国家。如果莉莉亚娜仍然和我们一起生活，如果她怀孕并决定堕胎，她只能继续待在墨西哥城，或是搬到瓦哈卡或布宜诺斯艾利斯。情况几乎没有得到改善。每年仍有约四十五万名女性终止妊娠，由于这种行为被定性为刑事犯罪，她们不得不铤而走险。堕胎需求始终存在。尽管一部分偏执的保守人士——男权主义的忠实盟友——仍将堕胎视为道德问题，但越来越多的人认同堕胎是一个公共卫生问题，也认可最终的决定权应该交给女性。当年，阿根廷女性主义者第一次高举绿色方巾抗议时，喊出了如下口号：性教育保障决心，避孕措施避免堕胎，堕胎合法化避免死亡。这句口号如今依然有力。

1988 年 11 月中旬，莉莉亚娜以一种极不寻常的风格写下了一首自由诗，诗中的留白处爆发出一种毁灭性的力量。在那里，在断断续续的诗句中，能看出她内心的激烈挣扎：既有渴求获得解脱的强烈希冀，也有面对失去之物的深切怀念。诗中出现了“绒毛膜促性腺激素”一词，这是一种通过验血检测出的妊娠激素。这个词在她的一本通讯录的最后一页，也在 1988 年 12 月上旬的一张地铁票的一角出现过。这表明，这段文字和她的堕胎可能有关联。这些诗句在表达孤独、被遗弃的感觉，以及摆脱束缚的渴望之间不断徘徊。

1988 年 11 月 15 日

如果解脱仅仅意味着举起双臂呢？

如果螺旋式上升的时间进程不过是埋葬自己
并存活下来的自动扶梯的进化史呢？

让我们历数那些未曾升起的太阳
那些毁灭了完满今日的事物
让我们历数无限
那些没有触摸过我们的手
以及我们从未填补的空洞。
让我们历数这些 11 月的午后，
历数那些不在场的孤独，
属于我们的，
属于缺席者的

如今，我该何去何从？

历数那些没有发生的时刻

被排除在外的爱

最羞怯的亲近

那些拒绝

对既定之事的补充

以及这立体的、集合的、黑白的风景。

历数缺失的空气

失落的云朵。

历数能观察到的行动

距离

你的缺席发生了多少次

让我们数一数。

如今泪水从眼中滚落

浅浅的云

令人痛苦的汗水。

我不想再数下去

不想再这样。

它们让我充满当下

明确且始终如一。

因此，我已成为你宇宙的一部分。

让我们历数已不存在之物

把我也算进去吧。

如今，你可以做到了。

跟其他的一些段落一样，这首诗在几本笔记中出现过好几次，有时是部分段落的重复，有时经过了细微的修改。可她之后花费数月努力润色的初稿，是在她担心可能怀孕，或刚刚得知怀孕的那个 11 月写的。

1988 年底，莉莉亚娜独自经历了整个堕胎过程。她还算幸运。一位医生让她遭受了极其糟糕的手术体验，但她至少保住了性命。如今，我想象着那时她该是何等的绝望，小心翼翼地发问，寻求根本无法获得的信息。我仿佛能看到她如何走下地铁站的楼梯，走在瑙卡尔潘狭窄、坑坑洼洼的人行道上——瑙卡尔潘是墨西哥州的工业市镇，位于首都东北部。她站在满是五颜六色的涂鸦和小广告的墙壁面前，正努力寻找诊所的联系方式。我多希望自己能陪她一起，走进那个阴暗、潮湿的房间。在那里，她被反复询问是否已经做好决定。“我确定。”她轻声说道。而我在一旁握着她的手，用手臂搂住她的肩膀。你并不孤单，莉莉。我与你同在。从此刻到永远。我完全、绝对、全心全意地支持你。多年以来，你一直倾听、接纳，并爱着我本来的样子。如今，我也会这样爱你，不带任何评判。我在这里支持你。我希望你坚信这一点；我希望你记得。我与你同在，完全赞同你的决定。

几周后，就在莉莉向劳拉吐露困境的那个广场上，她告诉劳拉，事情已经结束了。她们看着对方的眼睛。劳拉轻轻把一只手放在她的前臂上，之后她们再也没有提起过这件事。“我上课要迟到了。”莉莉亚娜离开时说。劳拉看着她，像以前的无数次那样注视着她：她匆匆穿过那些长长的走廊，两人之间的距离越来越远。一个自由的女人。莉莉亚娜选择的未来既不包括孩子，也不包括与安赫尔的结合。在接下来的日子里，她独自舔舐着伤口。尽管她对堕胎的事情讳莫如深，但还是找机会把这件事告诉了安娜。马诺洛试图说服她和自己发生性行为时，她也向他透露了这件事。但他们都不知道这段经历的细节，甚至连确切日期都不知道，只是把这件事说成是“过去”发生的事。如果说，莉莉亚娜曾经当过什么仙女的话，从那以后，她很确信自己再也不想当仙女了。

[我只是想尽量诚实]

1989 年的春天和夏天，一号笔记本里的便条继续交错着出现。一方面，笔记上的图画和数字反映出莉莉亚娜越来越关注课业，她成绩的提高也证实了这一点；另一方面，笔记上那些匆匆写下的潦草字迹也反映了她的内心：她越来越犹豫不决，想要抛下自己的过往，接受新环境带来的新诱惑。在这一切之间，莉莉亚娜追求的是最基本，但又最复杂的品质：诚实。在 1989 年 6 月 16 日的笔记中，她再次回归悲凉的基调：

89年6月16日

我是悲伤之上的女孩

我是变成苹果派的人。

但很快，就在一周之后，她在给我的信中描述了自己的学术热情，那算不上是一封正式的信：

1989年6月27日

星期二

我最亲爱的姐姐：

没有早点给你写信，我有些愧疚（我觉得自己好像总在用同一套说辞，我也记不清了），但我确实有很多作业。我已经预感到这个学期会非常忙（同时也会非常有趣）。我手头的项目是设计一个位于克雷塔罗州特基斯基亚潘的度假区。我已经完成了所有实地考察工作，很快（今天）就要开始动工了。我也终于开始学习墨西哥建筑史了，我很喜欢这门课。星期四我们要开始实地参观了。我在想……确切地说，我计划毕业之后去学古迹修复。事实上，这是我离开实验室（这门课就叫这个名字）时的想法，上完理论课和方法论之后，我又会考虑城市规划方向。我也不知道。

1987年夏天，莉莉亚娜第一次得知安赫尔出轨，这导致两人分手长达数月。自那以后，每年的7月就成了她的创伤纪念月。1989年7月也不例外。月初，她写了一张晦涩的便条，从中隐约能推断出，她精心维护的安全感遭到了侵犯，一个令人不安的存在再次出现，不祥的气息若隐若现。

89年7月3日

我的隐私遭到轰炸，我的独立性被侵犯。我感觉有人在监视我、观察我。曾经保护着我的孤独感出现了裂痕，我精心呵护的屏障正被刺穿。所有这些入侵都来自我自己（这才是最糟糕的）。我入侵了自己。我不能忍受。真恶心。

1989年7月6日或7日

（我不确定是否已经过了午夜12点）

我感觉这会儿给你写信很傻，尤其是我手头还有这么多作业要做。但我感觉很奇怪，也许是因为我爱你。

89年7月10日

当我们活着，当我们在空洞的宇宙间漫游，日复一日地生活在这个匮乏的鱼缸中；当这个世界没有失去它愚蠢的引力中心，一切看起来都如此正常，如此温和。随后，不经意间，恐惧出现了。那种瞬间的惊恐，几乎无法感知另一种可能性——那一直在渴望、一直在期待的——另一个无法辨认的面孔为我们提供了一个幽灵，一个被诅咒的巫师，在我们无人居住的孤独空间内出没。

我还是我，仍在吃着苹果派，吞噬着悲伤。

然而，我多么需要陪伴。

尽管没有标注具体日期，但在1989年7月写下的笔记附近，再次出现了她与安赫尔新一轮的痛苦决裂：

我本来希望一切能有所不同，但我们都已如此心灰意冷，我们的关系已如此复杂，以至于如今没有别的出路了。我很难过，非常难过。我想逃离这一切，逃离过去的三年，逃离我的邪恶，逃离我的不解，逃离对你的回忆。我不知这一切会将我们引向何方。尽管如此，尽管从逻辑上、情理上可以理解，尽管。我感觉糟糕透顶。两年前的这时候，你和阿拉塞利见了面。我觉得我们之间所有悲剧性的时刻都发生在7月。以后不会再有我们在一起的7月了。也不会再有争论，不会再有尊重。为什么？为什么事情非要变成这样呢？

看到了吗？我告诉过你了。没有什么是永恒的。我想这就是让我绝望的原因。这种愤怒，超越了理性和逻辑。

*

回忆。我淹没在影像中，无脸的怪物吞噬着我。都结束了。安赫尔，我跟你说过多少次了？没有什么是永恒的。这种愤怒，超越了逻辑，超越了理性。如果我说这样更好，那就太残忍了。我无法想象。难道这就是痛苦的原因吗？难道童年的可怕终结已经到来？难道青春已经结束了？是这样吗？安赫尔，为什么？疯狂的安赫尔，善良的安赫尔，天使安赫尔[1]。我怎能不一再重复你的名字？没有怨恨的余地。没什么可恨的。你永远不会再听到我的消息了。我成了一个模糊的小点。让我们历数那些未曾升起的太阳。浅浅的云。令人窒息的汗水。让我们历数被排除在外的爱。

这些主题不断出现，如同病态的旋律。情感印记。1987 年夏天发生的事与 1988 年冬天的诗句交织在一起。让我们历数被排除在外的爱。让我们历数那没有发生的，那没有实现的一切。这次分手终结了两人的关系，这段关系持续的时间远不止大学三年，还覆盖了两人的高中时代。安赫尔也随之变成了一段既令人怀念又糟糕的回忆。他们太了解对方了。他们熟悉彼此的暗语。但这次，导致

1　安赫尔（Ángel）在西语中有“天使”之意。——编者注

两人关系破裂的根源不仅是性格不合，还存在某种更宽泛的因素。莉莉亚娜将之称为“后现代”，建筑系和其他系的学生都流行用这个词来指代父权制。在这个月，与过去那些总是出于同样原因的分手不同，莉莉亚娜的笔记中出现了另外两个名字：劳尔·埃斯皮诺·马德里加尔和莱昂纳多·哈索。她曾在托卢卡，在私密而熟悉的环境中与这两个男孩有所接触。她告诉过他们，她不相信男女朋友那一套，也不想成为任何人的所有物。从高中时代起，自由就一直是她写作中反复出现的主题。如今，这个主题以新的方式清晰地显现出来。

89 年 7 月 30 日

我介于一个有自杀倾向和受虐倾向的疯子、一个脆弱而抑郁的伪知识分子，以及一个大脑空空的话匣子之间。

89 年 7 月 30 日

对于“发生了什么”这个问题，我希望答案能像问题一样随口而出。我做不到。我不能说我不再爱你了，只是我不再是十七岁了。也许我不再像当时那么脆弱，也可能我变得更脆弱了。我对这一切已经厌倦。一切都是后现代的产物。我是这个时代的产物。这一切都是井然有序的混乱，而我是混沌的产物。你在我面前逢场作戏。我在你面前亦然。这就是后现代关系。好吧，如果你这样理解的话。

可你必须把所有那些关于感觉、关于忠诚、关于特殊情况的(狗屁)理想主义都弄明白。我受够了自己,我是个该死的谎话连篇的浑蛋。一切背后都没有原因。而你居然不知道。

我想见你。为什么不呢?为什么想呢?因为不想。为什么想?因为不想。因为想。

安赫尔·冈萨雷斯·拉莫斯。莱昂纳多·哈索·奥尔特加。劳尔·埃斯皮诺·马德里加尔。

从写作之初,莉莉亚娜就很小心地避免透露她笔下人物的真实姓名。随着时间的推移,她变得越来越谨慎;她的表妹莱蒂西娅建议她在信件中隐去人名,这样,那些爱八卦的人即便偷看了信,也没法获取具体信息。在她的笔记中,安赫尔的名字出现得最为频繁,仿佛是不由自主而为之;其他收信人的姓名却不常出现。因此,1989 年夏天的一封信尤为引人注目。在将那封信寄给劳尔·埃斯皮诺·马德里加尔之前,她还仔细修改过两遍。当时,劳尔已经追她很久了。莉莉亚娜虽然有时也会动心,但还是一再拒绝了他的追求。他似乎不明白莉莉亚娜心中那个非常明确的原则:她不喜欢游戏、操纵和计谋。当时的她从远处就能识别出这些行为。在她的私人语汇里,诚实是一个基本概念。

我本来没打算给你写信，但我面前正好有一张纸，这可能是最后一次给你写信了。

你知道的，对吗？我永远不会和你在一起。我永远不会属于任何人。有时，这一点会令我感到难过。你也许会把它解读成自以为是，但你要知道，事实并非如此。为了做自己，为了尽可能自发地去感受事物，为了不给自己的生活设限，我付出了很多努力。结果，我的生活始终处于一种不确定的状态。你一直认为这是一种傲慢，却没有意识到，这只是对你计划落空的回应。仅此而已。

也许早在开始之前，一切就已经结束了。当我第一次读你的日记时，我感到很厌恶，因为那个我认为在寻求某种类似自由的东西的人，却在计算机会、密谋，受制于完全自私的爱。我试图忘记这件事，或至少淡化它的影响，但也许事实就是这样。

*

我本来没打算给你写信，但我面前正好有一张纸。这可能是最后一次给你写信了。

我一直想变得更坦率、更诚实。你知道的，对吧？

我永远不会完全和你在一起。

无论如何，我绝不是最适合你的人。

我感觉不管我说什么，你都会把它解读成自以为是。你的偏见太深了。你把这个世界分成了绝对真理的持有者、无异议者和浑蛋。劳尔，那我呢？我又该置于何地？在中间，也许就在一切之下，接受着各类人士的各种反应。是的，我夸张了。我夸张了吗？

我努力了很久，才在几乎一无所有的情况下走到今天。你会说我在自夸，对吗？但你真的明白吗？你肯定会认为我是在走捷径，但我希望这成为一种生活方式，你却无法理解。我不知道你为何认定，可以把我从现在的位置上引去别的地方。不，我觉得你根本就什么也不懂。你认为这一切都是为了与众不同而拼命挣扎，你会这么认为，是因为你自己就是在为此而挣扎。我不是；我只是想尽量诚实。

[被熊袭击时该怎么做？]

1990 年初，莉莉亚娜给安娜·奥卡迪斯写了一封信。她用打字机把信写在一张白纸上，上面有折叠过的痕迹。要阅读这样一篇文字并不容易，因为所有单词之间都没有空格，所有字母都密密麻麻地连成了一条条直线。事实上，想凭借目光匆匆掠过纸面来读这封信完全不可能。莉莉亚娜在这里使用了一种加密手段，不仅需要读者下定决心，还需要理解和共谋。多年前，少女时代的莉莉亚娜就写过，总有些事需要我们守口如瓶。对于该说哪些，我们必须掌握好分寸。在这封信中，莉莉亚娜写下了希望被人看到和理解的信息，但同时又拒绝简单或工具性的解读——她极为忠实于自己。

过去的一年在很多方面改变了她。她经历了 1989 年夏天那次温馨的瓦哈卡之旅，经历了 10 月中旬去坦皮科之前与马诺洛的吻，经历了与安娜持续到年底的、热情洋溢的信件往来——其间，她察觉到并接受了两人之间真实存在的爱意。在这一切之后，安赫尔的名字再次出现了。在这封迎接新一个十年的信的第四行[1]，模糊的名字就在那里，藏在一堆纠缠不清的字母之间。

1990 年 1 月 4 日。这是我在这个新十年伊始写的第二封信第一封是写给马诺洛的其实那真的很蠢安娜你知道吗？有时候我觉得我既然知道安赫尔还在那里怎么还能和别人纠缠不休真是厚颜无耻最糟糕的是我并不觉得自己这么做很可怕在某种程度上我甚至觉得这很正常甚至是完全健康的尽管这可能会引起一些糟糕的感受但我会诚实地面对这些感受摆脱愚蠢的道德束缚是健康的可我仍然深受煎熬你要知道这些事吸引了我很多注意力因为感觉很糟糕我

1　指西语原文，中文译文在第三行。——编者注

Enerocuatrodemilnovecientosnoventa.estaeslasegundacartaqueescribo
enladecadalaprimerafueparamanoloyesoenrealidadesestúpido¿sabes
ana?avecespiensoquesoylosuficientementesinverguenzacomoparaenrre
darmeconalguiensabiendoqueangelestaahílopeoresquenomeparecemoun
struosohastaciertopuntomeparecenormalypensandolobienestotalmente
sanoapesardeloqueunopuedallegaraprovocarsentirperosentirhonesta
mentesentirengrandeliberarsedemoralinasestupidasessanoapesardeto
dosequemeentiendestodoesteasuntomellamalaatenciónporqueparece
malomegustaporqueescomounjuegoporquenosecuantopuedallegaraperder
nosecuantopuedallegaraganarbuenoestohastaciertopuntoesmorboso
¿peroacasonotenemostodosciertacantidaddeeso?todoesunjuegoaldecir
sentirnohablosolodeamorhablodesentirtodoloquesepuedaesjugaraser
amantessinserlorealmenteesalgomuycomplejoyalavezmuysimpleenfin
elcasoesjugarseganeosepierdaveolasillaquemeregalasteeldiaque
cumpliveinteañosveomismuñequitosenlaventanaoigoelcassettemilveces
escuchado(nosecomoseescribecaset)veoelmanualdelarquitectodescal
zodescalzoesunapalabrabonitatantocomoquizameverasvolarporlaciud
addelafuriameverascaercomounaflechasalvajemeverascaerentrevuelos
fugacesmedejarasdormiralamanecerentretuspiernassabrasocultarme
bienydesaparecerentrelanieblaesaesunacancioncachondaymegusta
bastantehoymesentiamuydeprimidaporesonofuialaescuelanoqueriaver
anadielimpiemicasaunseñuelohayalgoocultoencadasensasionquizapar
ecesospecharparecedescubrirenmidebilidadlosvestigiosdeunahoguera
micorazónsevuelvedelatorpordescuidofuivictimadetodoalgunavez
esacanciontambienmegustatequieromuchotequierotequierotequiero
tequieroaunqueavecesseaslaescusaparamistontoscelosyestoenrelidad
estontoporqueyomismamehagopendejaestoesserconvenencieraenrelidad
soncelosmuycomodosnohayproblemaenellosmesentimuyidiotaaquella
vezqueaunqueunpocoebriameencontrabaenmiscincoenqueunotratade
darsecuentahastaquepuntounomismopuederesultarjoditivohastaque
puntounosepuedeautodañarchingandoalosdemasyasabessiemprehay
disculpasnosabialoquedeciaestababorrachaocosasasiperoesonoesla
ideayonoquieroquemedisculpesquieroquemeconozcassequenosoymala
yesoeslopeorlosetequieroynohaypruebamaslatenteparamiyparatiqueea
lalibertaddesentirmevulnerableesonopasatodoslosdiaselconocer
aunqueseaunpocoaalguienespeligrosoelconocimientodeotrapersonaes
algomuygruesoeslaoportunidaddelavulnerabilidadyesoesterribley
hermosonohablodelconocimientototalniconcretoaesonuncasellega
perohayalgomasvaliososegunyoenesodelsemiconocimientoodelconocim
ientoabstractoyasonlasdiezyyonomehabiapercatadodeesonotefijes
muchoenlasfaltasdeortografiaconamorliliana.

喜欢这样做也可能是因为我只是将它们看成一场游戏你不知道你会失去多少也不知道你能赢得多少好吧这在某种程度上有点病态但我们多少不都有点这样的病态吗？一切都是游戏我只是指爱情我们扮演恋人可实际上不是但在这个过程中我会尽力感受这种情况很复杂同时也很单纯总之关键是享受游戏本身不论输赢我看到你送我的椅子了我二十岁生日那天透过窗户看着我的玩偶我也无数次听着那盘磁带翻来覆去地听（我不知道怎么拼写“磁带”）我光着脚看建筑学教材没穿鞋子多么美丽的词就仿佛你能看见我在城市外飞翔你能看到我像狂野的飞箭般坠落你会看见我在飞行过程中坠落你看见我在黎明时分入睡躺在你腿间躺在你怀抱中然后消失在雾中这是一首很好听的歌我今天特别喜欢它我感觉没精打采所以我没去学校我谁也不想见我打扫了我的屋子也许在每种感觉之中都藏有什么征兆也许是为了引起怀疑发现我的弱点为它做证我的心又变得麻木了有时我觉得我是这一切的受害者这首歌我也很喜欢我如此爱你我爱你我爱你我爱你我爱你虽然有时这会成为我做那些蠢事的借口而这一切真的很蠢因为我自己是个傻瓜事实上是为了自己方便这种嫉妒让人舒适没有问题在这一切中我感觉自己真是个傻瓜我不知道自己在说什么我可能喝醉了或是处于类似的状态但这不是借口我不希望你因此而原谅我我希望你认清我我知道自己不是个坏女孩这一点才是最糟糕的我爱你能够感受到我们的脆弱对你我来说正是证

据这种事不会每天发生对另一个人的了解哪怕只有一点点也可能是危险的但了解另一个人也是美好的我不是说需要了解这个人所有具体的细节这永远也不可能但这其中在我眼中的这种自我认知或抽象认知中还存在某种更有价值的东西我才注意到现在已经10点了请别太在意我的拼写错误爱你的莉莉亚娜。

我既然知道安赫尔还在那里怎么还能和别人纠缠不休。就在柏林墙倒塌的前几天，这个名字如同幽灵般再次萦绕在她心头，令人不安地出现在二号笔记本的第一页：

1989 年 11 月 6 日

……尽管发生了这一切，我仍在这里。

我们仍在这里，进入愚蠢的核心。有出口吗？门？也许吧，要是有扇窗就好了。

发生了什么？世界颠来倒去，而我仍在此处，一动不动，仿佛什么都没发生。无动于衷。

至少在旁观者看来，莉莉亚娜与安赫尔的关系并不稳定，只会给她带来伤害。既然如此，她为何还会一遍遍地回到这段关系中呢？在《看不见的伤痕》中，斯奈德提出了两个问题。第一个问题：为什么施暴者会一次又一次地回来？第二个问题：有人被熊袭击时，最合乎逻辑的反应是什么？

关于第一个问题的探讨开拓了一个新的领域：父权制社会中有毒男性气质带来的后果。斯奈德补充说，第二个问题则直接将我们带到一个抉择的时刻，而这个抉择生死攸关。如果你被熊袭击了，而且你知道它可以轻而易举地伤害你，你会反过来袭击它吗，还是会让步屈服，倒地装死？斯奈德阐述了其中最根本的原理："受害者待在原地，是因为她们知道任何突然的举动都可能会激怒熊。她们留下来，是因为多年来她们已经掌握了一些方法，有时这些方法能让愤怒的伴侣冷静下来：她们乞求、恳求、许诺、奉承、公开展示自己对施暴者的感情，以及公开表示声援——包括共同对抗那些有能力拯救她们生命的人，如警察、律师、朋友和家人。被虐待的女性留下来，是因为她们看到熊正在逼近。而她们想活下去。" 应对家庭暴力和亲密恐怖主义的制度性体系常常失效，而且声名狼藉，这助长了施暴者的暴力倾向和他们拥有的象征性力量。当时是 1990 年，还没有人探讨这些议题。亲密伴侣间的暴力行为，仍被视作一种在不经意间演变为犯罪的激情爆发。那时，无论是受害者还是她们的亲人，甚至是施暴者，都无法用确切的语言来描述和定义这种暴力行为，更不可能用语言来抵制以爱之名、打着爱的幌子实施的暴力行为。更令人痛苦的是，人们很容易忽略这种暴力行为带来的致命风险。在那封晦涩难懂的信中，莉莉亚娜将其描述为一场游戏。她知道自己可能会赢，也可能会输。在愤怒之城中对抗巨人的战斗。直到最后一刻，我妹妹仍然认为自己能赢。直到最后一刻，莉莉亚娜仍然认为自己能单枪匹马地抵抗父权制，靠自己战胜它。

[浮士德与拉金斯基]

人口普查和住房普查每十年进行一次。1990 年初，莉莉亚娜和安娜决定加入普查员队伍，挨家挨户收集信息。她们参加了规定的培训。在一个星期五的中午，天空乌云密布，两人拿到一张地图，遵循负责官员的指示，前往分配给她们的区域。那段时间，她俩做什么都形影不离。她们来到圣巴勃罗－哈尔帕，这是一个毗邻大都会自治大学的住宅区。她们打算在下周一（3 月 12 日）正式普查之前先熟悉一下环境。到了那里，两人沮丧地发现自己被分配了不同的楼房，不得不分头行动。

她们在一楼重新碰头时，莉莉亚娜怀里抱着一只小猫。她解释道："我正好看到有户人家打开门，把它强行推了出来。"接着，她戏剧性地描述了那些人是如何将小猫扔下楼梯的。莉莉亚娜生气地和那户人对质，但他们轻蔑地答道："这不是我们的猫。""你们真的不要它了吗?

那我就把它带走了。”她最后威胁道。可那些人只是无动于衷地耸耸肩。莉莉亚娜找不到其他体面的解决办法，只好抱着猫转身离开。

“你打算怎么处置浮士德？”安娜惊讶地问道。她想起了莉莉亚娜以前养过的那只神经兮兮、半疯半傻的猫。浮士德经常会突然袭击她们，然后又装成什么都没发生过的样子，在她们看电视的时候蜷缩在她们腿间，仿佛之前的暴力行为只是她们想象出来的。“我该怎么办呢？”莉莉亚娜带着调皮的笑容重复道，“那么，安娜·玛丽亚·德洛斯安赫莱斯·奥卡迪斯·埃吉亚·利斯，你打算怎么处理克莱门蒂娜·卡米拉·纳塔夏·奥戈尔曼，又名拉金斯基？”

安娜没多考虑就欣然接受了这份礼物。之后，两人在墨西哥国家统计和地理研究所的办公室里等待进一步指示时，她也用打字机写了一封由没有空格的单词组成的回信。在信中，她非常愉快地向莉莉亚娜表示感谢。那段时间她的成绩下滑，心情也很低落。不和莉莉亚娜待在一起时，她常常垂头丧气。“亲爱的、可爱的莉莉亚妮塔，”她写道，“我非常非常非常爱你。”安娜住得离校园很远，拉金斯基来到这片她口中的蛮荒之地后，给她寂寞的生活带来了些许欢乐。

[孤立无援]

1990年3月21日，纳米比亚宣告独立。莉莉亚娜联想到了德意志统一，不禁自问："德国的统一会再次孵出蛇蛋吗？"那个初春，她列出一份待办事项清单：

给猫打疫苗、猫粮、猫砂、和莫妮卡谈谈、门把手、水彩纸、方法论作业、技术课报告（合同工作）、交电费。

然后，她在下面签上了自己的全名，仿佛这是一份正式的官方文件。此外，她还给安赫尔写了一条留言：

春日

我希望我能说话。

我有耐心。

你在余生将我视作同样受诅咒的人。

有缓解的办法（对你来说）。

我不是其中之一。

4月，莉莉亚娜意外收到一封高中同学写给她的信。写信人是她在游泳队的队友，她们曾一起训练多年。而她的回信更像是写给自己的：在信中，她不断问自己究竟经历了什么变化。她已经认不出三四年前的那个女孩了。但她喜欢这种变化。她匆匆写了一段话，几乎隐藏在其他杂乱的字迹之下。她想知道4月5日安赫尔会在哪里。就在那段时间，她开始更频繁地出现在我们的表哥埃米利奥的咖啡馆中。她想找个伴儿，顺便通过收银工作赚点小钱。有一次，安赫尔出现在那里，但埃米利奥一看到他就把他赶走了，甚至没问莉莉亚娜的意见。埃米利奥怀疑安赫尔在打她，还担心他私藏武器，尽管他没有确凿的证据。为了以防万一，他指示大楼的保安，当他表妹来店里时，如果他们看到一个矮个子、金发碧眼、坏脾气的男子来访，绝对不许他进来。他们就这样把他赶走了好几次。有几个晚上，莉莉亚娜没有回米莫萨斯街658号的住处，而是跟埃米利奥和伊莉亚娜一起去了墨西哥城外的圣洛伦索－阿科皮尔科，住在他们合租的房子里。他们在那里抽烟、讲笑话。他们烤肉、喝葡萄酒，一起谈论电影。伊莉亚娜是一名心理医生，但莉莉从未和她讨论过自己的困境。透过客厅的窗户向外望去，整个城市灯火通明，星星点点的灯光如萤火虫般闪烁。

1988年夏天，我离开墨西哥去了休斯敦，但在12月的假期回了家。1990年春季学期结束后，我在5月的第一周回来了，还和莉莉亚娜一起在阿斯卡波察尔科住了几天。我用红墨水给她写了一条简短的留言，放在桌子上：

1990年5月（我忘了具体日期）。现在是下午1点部分空闲时光。马诺洛开着家里那辆白色的旧达特桑四门轿车，帮忙送我们的父母去了机场。在那里，他们克制着自己的情绪，轻轻地互吻脸颊告别。“我为你们感到高兴。”莉莉亚娜一边拥抱他们一边说。之后，跟之前的很多次道别一样，莉莉亚娜看着父母走向登机口，他们和她之间的距离越来越远。他们最后一次回头，向她挥手告别。“照顾好自己，莉莉。”他们说。然后，马诺洛和莉莉亚娜把车开回了托卢卡，之后乘车返回墨西哥城。尽管出于莉莉亚娜的愿望，他们当时没有正式在一起，但他们一点点地越走越近，最终成为一对情侣。他们一起做作业，一起在大学里散步，虽然没有手牵手。他经常开着自己的红色梭鱼车，在早上 8 点前去她家接她。

据街上的目击者称，1990 年 7 月 15 日凌晨[1]，安赫尔跳过栅栏，偷偷溜进了米莫萨斯街 658 号。当时，莉莉亚娜并非完全与世隔绝，但除了马诺洛之外，她身边没有最亲密的朋友和家人。早在 5 月，也就是第八学期初，危险评估的风险指数就已经很高了，但现在，也就是 7 月初，风险指数又上升了一个等级。这一指数已经表明，她面临的危险将是致命的，然而当时，这项评估在墨西哥还根本不存在，人们甚至想都没有想过。

莉莉亚娜最亲密的几个朋友都不在，她的所有家人都

1　联系上下文，似乎应为 7 月 16 日凌晨，原文如此。——编者注

左右，我还没出门。看看接下来会发生什么。如果我出去了，我们就晚上再聊。如果我没出去，你就会再次在这里看到我。拜拜。

你最爱的姐姐。

我不记得那次和她一起待了多少天，但我记得自己没有注意到任何异常。莉莉亚娜的声音、举止和情绪都没有引起我的警觉。我完全没有感受到危险的信号。她从未跟我提过安赫尔给她造成的种种痛苦，甚至没有表现出一点相关的迹象。她感觉到危险了吗，还是说，正因为她意识到了，才知道透露这些信息会给自己带来危险？她从来没暗示过自己感到孤立无援，或是感到害怕，或是担心自己的生命安全。在那个5月，在我们一起度过的那些日子里，我们一起欢笑，一起做三明治，然后走出家门，各自忙碌。

短暂停留后，我返回休斯敦上夏季学期的课程。去机场之前，我们一起拍了几张照片。照片中，莉莉和我站在老房子的门口，先是冲着对方做鬼脸，然后转向镜头。莉莉亚娜身材苗条，双手插在白色长裙的口袋里，头发扎成马尾辫。我闭上眼睛，对着镜头伸出舌头，她则在一边仔细观察。接着，在下一张照片中，我盯着她看。她把脖子歪向左侧，扭着嘴角，这动作引得我俩哈哈大笑。我们在取笑什么吗？也许吧。也许是在笑我们自己。阳光洒满房子的白墙，照在门廊顶棚的砖柱上，呈现一片金灿灿的黄色。那是雨季来临前，天空泛起的干燥光泽。照片中没有拍到天空，但天空想必是恼人的蓝色。

在四号笔记本中，在宣布跨学科研讨会开幕的折页后面，莉莉亚娜于 5 月 24 日记下了一张歌单。据表妹莱蒂西娅说，她们上次打电话的时候，莉莉亚娜在听那些歌。当时，她在电话中哭了。莉莉亚娜位于阿斯卡波察尔科的公寓里没有电话，而 5 月 24 日又是星期四，所以莉莉亚娜要么是在公寓之外的地方，要么就是莱蒂西娅把回忆中的日期和地点搞错了。

跨学科

1990 年 5 月 24 日

*

我的处境既荒谬又悲惨。好吧，仍在我可承受的范围之内。

—小丑

—来到你身边。

—多么美好的爱情。

—她。

—亲爱的帕洛马。

—奇异世界。

—爱的眼泪

—街头手风琴师朋友

—阴影。

—完全奉献。

—心

—苦涩圣诞

—骑士

—四条道路

—我们走吧

~~—很慢很慢~~

—善良的爱

—无月小夜曲

—来到你身边

—三桅帆船

—铁窗不杀人

—吻我，忘了我

—奴隶与主人

—放弃

—疯子

—在我古老的圣胡安

过去几十年来，哈维尔·索利斯[1]与何塞·阿尔弗雷多·希门尼斯[2]雄浑的嗓音一直伴随着墨西哥情侣们的分手旅程。这些歌曲俗气、伤感、充满戏剧性，甚至到了有些不体面的地步。歌曲中赞颂的大多不是爱情中的怨恨，而是那种不求回报的爱。尽管得不到回报，或者也可能正因如此，这种爱不会逝去。被羞辱、被抛弃的爱人沉浸在痛苦中，并发誓永远不会放弃对心爱女人的感情。5 月 24 日，莉莉亚娜听着这些歌，流下了眼泪。

5 月 26 日，星期六，在一张米色活页纸的顶端空白处，莉莉亚娜用异常小的字体记录下了一天中发生的事，那是她听了何塞·阿尔弗雷多·希门尼斯和哈维尔·索利

1 哈维尔·索利斯（Javier Solís，1931—1966），墨西哥歌手、演员。

2 何塞·阿尔弗雷多·希门尼斯（José Alfredo Jiménez，1926—1973），墨西哥知名创作型歌手。

斯的浪漫歌曲之后的一天：

昨天终于发生了。而今天，它似乎消失了。兴奋感结束了。没有失望，我依然很开心。依然如此。尽管发生了这一切，你还在那里……我找到了你。你就是知识。你就是，对吗？你是爱、激情和对知识的渴望。就是你。是你。——莉莉亚娜。

她变化很大。在又一次分手后，她不再寄希望于别人，而是把赌注押在了自己身上。她自己和她的知识。她自己和她的未来。也许，正是在那个5月，莉莉亚娜终于准备好放手了。也许，正是在那个5月，安赫尔意识到这次是认真的，她要离开的意志很坚定。也许，正是在那个5月，他知道自己再也无法控制她了，他已经失去了她。四天后，莉莉亚娜称自己感到孤立无援，这是她在墨西哥城生活了那么久以来，第一次这样描述自己的状态。那是一条简短的笔记，写在四号笔记本的最后一页。这行细密的铅笔字迹以一个用紫色墨水写下的惊叹号作结：

1990年5月30日

这几乎无法忍受。在地铁上感到如此孤立无援。我到家了，这是我的地盘！

在她的笔记本或那些零散的便条中，找不到任何信息来帮我们解开这个谜题。显然，威胁来自外部。它并非来源于公共交通系统本身，而是在那里爆发出来，造成了她的无助。莉莉亚娜没有详细说明情况，因此我们无从得知其中的细节。而她自己呢？她是否看到了那种威胁有多么深不可测？几天后，6 月 4 日，她给劳尔·埃斯皮诺·马德里加尔写了一封信，但没有寄出去。在信中，她再次使用了同一个词：孤立无援。

1990 年 6 月 4 日

我突然想拿起笔记本写点东西（写给你）。现在，我不知道该说些什么。我到处翻找之前你写过的一封信，但没有找到……我感觉很糟糕。我知道你在那张纸上写过东西……我在发抖，不是因为冷，而是因为紧张。我想，我终于明白了你我之间发生了什么。我不知道该如何解释，而且我觉得这种理解也不够客观。但我只是感受到了温柔，因此我颤抖着，不是因为冷。

那张纸到底在哪儿呢？我不再执着于过去。我终于意识到，时光在流逝（“而我们在渐渐变老”）。我知道它一定在这里！

我不能再这样歇斯底里下去了。

我想你，我想你，我想着你。这让我害怕，因为你的形象总是伴随着怀疑、痛苦和不信任出现。当自己想到你的时候，我多希望你身后只有一片纯洁的蓝。昨天，我去看了《圣血》，到现在还深受震撼，十分激动。

我怎样才能让你相信，有些事情并非我装腔作势。

有些事情不会让我烦恼。

我怎样才能告诉你，我感到孤立无援，怎样才能告诉你……什么？

我还记得在阿尔万山的那一天。那一刻，你我之间那永恒的时刻。其实，我认为那已经不重要了。我讨厌那种想要别人了解我的感觉，那总是有风险的。我曾经爱过你，也许现在依然爱着你。这太蠢了，不值一提。

[还有谁能让我如此渴望？]

……我仍能听到海浪在我们身边拍打的声音，安娜。我仍能闻到大海的气息。然而，我们却发现自己身处另一个时空。你发现了吗？事物一成不变，却有所不同。新的人出现在我们的生活中，我们也有了新的认知和感受。也许我们已经改变：一年，一天，甚至一秒钟，都不可能一成不变。我从来没有跟你说过，也许你从来都不知道，无法和你同行给我带来了多大的痛苦。你会说，我们并没有分开。你确定吗？你也许会觉得，学校和课程都过于世俗，无法真正影响我们的生活，但我们不正是在这段时间，在学校这个空间里变得熟悉起来的吗？没错，我仍然痛苦，仍然恼怒。也许我正是因此而改变的。你感觉到了吗？恐怕有时我甚至会变得暴躁。就像昨天，喊叫和指责最终变成了一句简单的“你把事情搞砸了，我不喜欢这样”。为什么不能大喊“你不在我身边”，“你既不和我分享痛苦，也不和我分享快乐”？你为什么不和我在一起？为什么你没有为那一门课——一门简单的课程——而努力呢？为什么？是的，我知道，也许大学并不是生活的唯一，也不是最重要的（套用米格尔·穆里略的话），但这难道不是我们自己选的吗？有时我的评判可能很严厉，有时我在镜子前狠狠批评你。有时我并不公正。难道不是只有你才应该这样做吗？我太自私了，竟自认我的痛苦比你更多。

我害怕自己会不再渴望。我觉得自己永远不该说出这样的话。我已经不知道该说什么好了。我想道歉，想责骂你，想爱抚你，想打你，想吻你，想感受你在我身边，想尖叫，想扯你的头发。还有谁能让我如此渴望？

你知道我喜欢你。你知道我爱着你。

莉莉亚娜

[因为在阴影中，有些事物永远终结了]

斯奈德在《看不见的伤痕》一书中分析了危险诊断测试。其中，除强烈的嫉妒、持续的骚扰、肢体暴力和性暴力的痕迹、持有枪支、施暴者的自杀威胁等特征之外，还有一大危险信号是受害者日益孤立无援。

1990年，莉莉亚娜的社会支持系统逐渐瓦解，尽管还没到彻底分崩离析的地步。在过去的一年里，安娜一直是她的伙伴、她的左膀右臂，她生命中最亲密、最温暖的存在，但她却在一门课上遇到问题，决定改上晚课，导致两人能在一起的时间大大减少了。“你不在我身边。”莉莉亚娜曾在一封信中责备安娜。但她始终未能下定决心把这封信寄出去。劳尔和莱昂纳多都在离大学很远的地方找到了兼职工作，而且两人都开始和女孩子约会，那两个女孩日后成了他们的妻子或稳定的伴侣。从1988年起，我便一直住在美国。而就在6月底，我父母踏上了他们期盼已久的欧洲之旅。这是父亲第一次负担得起母亲的机票钱，尽管还是借着他去德国和瑞典等地出差的机会。两人打算趁机一起旅游。这是他们在一辈子的牺牲之后给自己的犒劳。二十多年前，两人永远离开棉花田的时候，他们就给自己定下了这个目标，而如今，哪怕是象征性的，他们终于算是能够实现这个目标了。马诺洛曾经和莉莉短暂地分开过一段时间，但之后两人又很快在一起，共度了大

远在海外，她最好的朋友正因为学业和个人问题而焦头烂额。然而，莉莉亚娜并非独自一人：就在她公寓的楼上，住着阿尔瓦雷斯一家；而在储藏室隔壁的房间里，住着负责家务的年轻女孩巴西莉亚，她的房门正对着餐厅，莉莉亚娜的床垫就在那里。一个男人怎么可能在这种情况下杀害一个女孩，却没人听到呢？

不过，6 月并不算糟。根据费尔南多·佩雷斯·维加的回忆，当时莉莉亚娜瘦了很多；自她成为大都会自治大学的学生以来，她第一次不再穿皮夹克、宽松的衬衫和裤子了。相反，她开始穿起了连衣裙。其中一条白底粉蓝小花的连衣裙，配上浅色芭蕾舞鞋，凸显了她的腰身和肩膀，让她看起来非常苗条、漂亮。发现莉莉亚娜有这种好身材真是太棒了！她生活中的一切都焕然一新。她走路更轻快了，笑得更多了。在三号笔记本中，她简要写下了自己硕士和博士项目的备选。6 月中旬，她写了一张便条，不过有趣的是，她把日期错写成了 1986 年。写成了四年前。便条上的字写得很不规则，歪歪扭扭，按她平时的标准来看，字体显得很大，分成两列横着写在竖版笔记本上。跟许多其他笔记不同，这张便条很难破译。

86 年 6 月 16 日

我还处在酒精的影响下，不过我不是因此才写东西的，而是因为公交车正在前进（我正前往托卢卡）。我仍感觉自己被微妙地关注着，我不知道这是写给谁的，也许是写给你的，安赫尔（安赫尔兄弟），或是写给你，何塞·路易斯（新的幻梦何塞·路易斯），或是你，塞尔希奥（官能上的完美主义者）。

今天我爱你。我爱你。

何塞·路易斯？

到目前为止，莉莉亚娜的朋友中，没有一个能帮我确认这两个人的身份：何塞·路易斯和塞尔希奥。他们在一个星期六的下午遇见了她，就在她去托卢卡前不久。无论如何，当时莉莉亚娜很兴奋。她甚至萌生出关于新恋情的想法。安赫尔则彻底改变了以往的形象，变成她的兄弟，不再是一个浪漫关系或是肉欲的对象。在这里，也许又是一眨眼间，前所未有的情感疏离暴露出来。安赫尔不再扮演情侣或欲望对象的角色了。安赫尔变成一位亲人。可能甚至是一个被同情的对象。这也许能解释安赫尔为何会突然加倍努力，试图重新侵占爱的语言，赢回她的心。也许正是这种行为让莉莉亚娜在 6 月 25 日愤怒地写下了一张便条，只用了大写字母，从笔迹来看，她仿佛把全身的重量都压在了笔尖上：

1990年6月25日

我不理解你，

我真的不懂你！

你是在玩弄我的感情吗？

我不喜欢这样！

现在爱我，明天又会怎样，谁知道呢？

多么勇敢的处境！

25

年6月25日

几页之后，莉莉亚娜用同样的墨水，但用更克制的笔触，写下了阿尔贝·加缪的那句名言，她曾用这句话安慰过一个遭受背叛的女孩：

在隆冬，我终于发现，我体内有个不可战胜的夏天。

——阿尔贝·加缪

她是否正醒悟过来？这一次，她是否找到了自我安慰、自我劝解的方法？她自己的隆冬是否即将结束？在这条作为导语的笔记下方，莉莉亚娜尽情抒发着自己的不安，用语言描绘自己脑海中的场景：

光将凝结……

只能放进我的一只耳朵。

蓝色将进入我嘴里

而我们将沐浴其中，在它之内。

它？

蓝色不是“它”，甚至不是“她”，而是“我们”……

不是“我们”。

不。脂肪。脂肪杀死脂肪？

这合理吗？

胃会是一口大锅吗？

女巫的大锅……鼻子上长疣的女巫。

她的心情像坐过山车一样，而6月28日给她带来了惊喜：

6月28日

我突然发现——说“突然”是在撒谎，其实这个念头在我心中潜伏已久——眼睛、场景、手、眼睛、目光，是谁的想法并不重要，上周我不也是这样想的吗？它孕育在一个又一个人身上。我并不是真正想要爱情。反复出现？6月。6月。6月。神奇的1990年6月28日。6月。6月。6月。6月。6月。6月。6月。6月。6月。6月。

很难得知当时发生了什么。但这份自我坦露至关重要：那个曾经为了爱情勇于面对重重困难的女孩，现在对自己的立场产生了怀疑。如果正如她不久前所言，爱情给她带来过伤害，那目前这种对爱情的抗拒，则让她坚定地选择了快乐和自由。另一种爱是可能的。另一种亲近彼此的方式。一天后，她收到了一份礼物，一张没有署名的字条，用绿色墨水写下大写的“惊喜”一词，并用了引号。“送给‘非常特别’的你。90 年 6 月 29 日。”

也许是对爱情突然产生的质疑迫使她变得勇敢起来。到了 7 月初，莉莉亚娜似乎下定决心，要把命运掌握在自己手中。在当时使用的一本小小的、棕色塑封的方格纸笔记本上，她用自己惯常的那种整齐而优美的笔迹写道：

1990 年 7 月 9 日　星期一

我希望今天是顺利的一天。我希望明天一切都会好起来。有这么多事情要做，我担心无法完成……我怕自己生气，担心自己的坏脾气。实践课复习。跨学科课作业。风力数据……教材。实验室研究。实验室论文。技术课复习。~~砌筑。~~上漆。安装。准备技术课。绘制草图和俯视图。

如果朋友们的证词可信，这就是莉莉亚娜与安赫尔最终分手的日子。莉莉在担心自己的坏脾气，但她并不害怕安赫尔。就像她在 1987 年 7 月分手后写的信中说的那样，莉莉愿意承认，安赫尔咄咄逼人、脾气暴躁，甚至有点儿傻，但不相信他是个坏人。莉莉亚娜不知道，也无从得知，安赫尔这个声称爱她胜过世间一切、声称崇拜她的人，竟然能夺走她的生命——她未曾知晓有哪种语言可以清楚地描述这种威胁。莉莉亚娜仍然没有嗅到紧追她不放的危险气息。

不久之后，7月11日，莉莉亚娜收到一张用铅笔写的便条，上面只有大写字母，写在一个讲座通知的传单背面：《16世纪墨西哥宗教建筑的昨天与今天（起源）》。建筑师卡洛斯·利拉·巴斯克斯，6月13日，星期三，上午10点，K-001。安赫尔用铅笔和大写字母写下落款："献给莉莉亚娜的爱，90年7月11日。"

我至今仍未能确定，那天莉莉亚娜是在校园里遇到了安赫尔，还是安赫尔在她家留下了礼物和便条。从纸张的选择来看——一张很可能是从教学楼墙上撕下来的旧传单——这似乎并不是一个事先计划好的举动。便条上包含"献上爱"的字眼，由此可以推断，它可能是和其他东西一起送来的：也许礼品上没有文字，或是没有地方写字。爱，执着而致命，恶毒而残暴——它依然存在。

莉莉亚娜在米莫萨斯街的公寓里度过了她的最后一个周末，与胡安·卡洛斯·谢拉和马诺洛·卡西利亚斯合作一个项目，必须在7月16日星期一的清晨交付。那门课要求很高，他们都很清楚，完成这项作业需要长时间的投入，还得熬几个大夜。7月13日星期五上午，他们在等亚历杭德罗·米拉蒙特斯教授的技术课评分时，莉莉亚娜在教室里用紫色墨水在四号笔记本上写道：

1990年7月13日

技术课项目审核前

从画板后，望向你的身影
温柔的面容
孩子般的脸庞
圆圆的眼睛
脸上的雀斑
凌乱的头发
半遮半掩的头发
灵巧的双手
怎能将这双手与孩子
第一次涂鸦混为一谈？
我可以说出你的名字
我可以说今天我爱你
但两者都是谎言
你的名字，爱，皆是虚妄。

名字会变，因为爱情左右摇摆，我永远无法视其为绝对。

我爱。

对象是什么，名字，时间，空间，都不重要。

我回首，你仍在那里。那表情令我不知所措，令我魂牵梦萦，充满我的脑海。半遮半掩的头发。

莉莉亚娜坐在画板前，心不在焉、百无聊赖地等着教授给她的项目评分时，看到的那个身影是谁呢？代词的缺失导致我们难以识别。即便文中提到了“孩子”一词，这个称谓也实在过于宽泛，缺乏特定的性别特征。在莉莉亚娜的朋友中，只有安娜的脸上有雀斑。莉莉亚娜远远看到的，是安娜那头蓬乱的鬈发吗？她亲切地称其为“凌乱的头发”“半遮半掩的头发”。那不会与孩子混淆的“灵巧的双手”，是安娜灵巧地绘制图纸的双手吗？对于这些问题，我没有答案。我仍然不知道此人是谁——这个在莉莉亚娜质疑过爱情后，声称她所爱的人。就像多年前我们在市场门口的车里吵架时一样，莉莉亚娜再次毫不犹豫地站在了爱的这一边。但此时的爱已不同于过往。爱是她的致命弱点，没错，但正如安娜所说，爱也是她的超能力。

莉莉亚娜在这里提到的是一种自由的爱；从童年起，她就一直在谈论这种爱。不是那种将情侣紧紧绑在一起的自私的爱，而是一种如此宏大、如此绝对的爱，这种爱不屈服于任何事、任何人、任何时间、任何空间。一种无常的、流水般的爱，它随心所欲地将自己与世间万物连在一起，又将自己解脱出来。这就是莉莉的爱。

但事情变得有些不对劲了。有些事让她警觉起来。因为到了第二天，也就是7月14日星期六上午，莉莉亚娜写道，她决心不让自己跌倒，也有能力再次站起来。也许她这些关于爱的布道，她对自由穿梭于身体和心灵的爱的坚持，正是她对某种自私之爱的回应——某人正试图将这种自私之爱再次强加在她身上。就在那时，她才第一次提到某种针对自己生命的威胁，而且是通过引用歌词的方式隐晦地提及。

愤怒和不安，怀疑与讽刺，这些情绪与她抄写的每句歌词交织在一起。尽管我努力寻找，却始终没有找到这首歌的出处。歌里的人乞求爱人不要威胁自己的生命，因为自己已经成为对方生命的一部分。在这种情况下，爱人真的会尝试谋杀自己吗？莉莉亚娜以一句颇具讽刺意味的评语结束了这段摘抄：这首歌很美，不是吗？

1990年7月14日

我刚醒。

醒来时，我感到很紧张，很难过……但我不断对自己说，我不能倒下……我不能，为了我，也为了你……你昨天说的话伤害了我，你不能就这样离开我……而且，我也不会允许。

“因为不管你怎么说

如今，我已成为你生命的一部分，

你不会尝试伤害你自己。”

（这首歌很美，不是吗？）

那个星期六下午，整整工作了一天之后，胡安·卡洛斯·谢拉邀请马诺洛和莉莉亚娜去墨西哥州的埃切加赖参加一场派对。他们都想在星期天最后冲刺之前放松一下。他们玩了一会儿，喝了几瓶啤酒，就提前离开了。晚上，马诺洛把莉莉亚娜送回了米莫萨斯街。7 月 15 日 10 点 30 分，莉莉亚娜醒来后写道：

1990 年 7 月 15 日 10 点 30 分

多么渴望不再是冰之国度的仙女！多么需要陪伴。

由于胡安·卡洛斯太累了，那个星期天他没有来。马诺洛很早就到了，他和莉莉亚娜立即开始工作，努力按时完成项目。两人一边有一搭没一搭地聊天，一边交换着使用画板，并一起复习笔记。他们打开随身听，又听了一遍《愤怒之城》[1]，也许还喝了几瓶啤酒。晚上 10 点左右，

1 《愤怒之城》（“La ciudad de la furia”）是阿根廷的苏打立体声乐队（Soda Stereo）创作的一首歌曲。

天已经黑了，马诺洛告诉莉莉亚娜今天可以收工了。项目已经完成得差不多了，他很满意。尽管有一两个地方仍有待改进，但最重要的部分都已经完成了。“留下来，”莉莉亚娜提议道，“这样明天一早我们就可以一起出发了。”马诺洛犹豫了。这是否意味着，现在莉莉亚娜选择了他，还是说，莉莉亚娜只是因为感到孤独，才随手抛出了一份邀请？“不行，莉莉，”他说，“我跟我妈妈说好了今晚要回家的。”莉莉亚娜似乎很失望，但没有再坚持。她看起来很累，精疲力竭，但即便如此，当马诺洛走过来跟她吻别时，他还是觉得她很美。“别难过，美女，”他告诉她，“我明天一早就来接你，就跟平时一样。等着瞧吧，我们一起把这东西带去学校，这个学期就结束了。”

那是个阴雨绵绵的夜晚。我们很难确切得知，从那天晚上 10 点到第二天凌晨某个不确定的时间，安赫尔再次闯进她的住处之前，莉莉亚娜具体做了些什么。从墨迹判断，她可能利用深夜独处的时间，抄写了自己正在读的诗。她在四号笔记本的方格纸上誊写了何塞·埃米利奥·帕切科[1]献给罗萨里奥·卡斯特利亚诺斯[2]的《在场》（“Presencia”）——这位女诗人在耶路撒冷因台灯故障触电身亡。在下一页笔记中，她抄写了一节乔叟的诗，

---

1 何塞·埃米利奥·帕切科（José Emilio Pacheco，1939—2014），20 世纪最重要的墨西哥诗人、小说家之一。

2 罗萨里奥·卡斯特利亚诺斯（Rosario Castellanos，1925—1974），墨西哥著名诗人、作家、外交官。

没有标题；还抄写了帕切科的《光与寂静》（“Luz y silencio”），出自诗集《夜的元素》（*Los elementos de la noche*）：

在场[1]

致敬罗萨里奥·卡斯特利亚诺斯

有什么会留下，当我死后
不过是这把未受伤的钥匙，
这些短暂的词语，日子曾用它们
在狰狞的阴影间播撒尘埃？

有什么会留下，当我伤在
那把最终的匕首？或许将属于我
幽惨而空洞的夜。
春天再也看不见她的光。

再也不会有因相信或爱而生的
辛苦和悲伤。时间开敞，
如同海洋与荒漠，

1 本诗译文据《不要问我时间如何流逝》，何塞·埃米利奥·帕切科著，范晔译，北京联合出版公司，2022 年，第 6 页。

必将从模糊的沙地抹去

那一切拯救或捆绑我的。

如果有人活着，我也将醒着。

[何塞·埃米利奥·帕切科]

我躺在床上，睡意全无

我躺着，但不知为何

无法安眠，因为世间没有生灵

（像我一样，我想）比我更痛苦

因为我并无病痛缠身

[乔叟]

他们告诉我，你失去的一切都属于你。

但没有任何回忆能证明那是真的。

他们声称，你摧毁的一切都会伤害你。

遗忘也无法抹去它留下的伤痕。

他们宣告，你爱的一切都已死去。

因为在阴影中，有些事物永远终结了。

他们重申，你相信的一切皆为虚妄。
你的时间启动时，那些言语已经崩塌。

他们断言，你失去的一切都属于你。
一束转瞬即逝的光将淹没寂静。

[J. E. 帕切科]

法医判定的死亡时间是1990年7月16日凌晨5点。当时，我父母正乘坐一架小型飞机穿越北海。

当时正值暴风雨。

第九章

黑暗罪行

OSCURO CRIMEN

如果你捡起一朵花，如果你抢走一个手提包，如果你占有一个女人，如果你掠夺一个仓库、蹂躏一个乡村或占领一座城市，你就是一个掠夺者。你在攫取。在古希腊语中，指代这种行为的动词是“ἁρπάζειν”，而后在拉丁语中演变为“rapio”“rapere”“raptus sum”，在我们的英语中则是“rapture”“rape”——这些词沾染着远古女孩的鲜血、近来城市的鲜血，以及世界末日的歇斯底里。有时候，我觉得语言在发声时应该捂住自己的眼睛。

安妮·卡森，《战争史：第三课》

（*History of War: Lesson 3*）[1]

1 该段引文为英语。安妮·卡森（Anne Carson，1950— ），加拿大诗人、翻译家、古典学家。《战争史：第三课》也出自卡森的戏剧作品《特洛伊的诺玛·珍妮·贝克》（*Norma Jeane Baker of Troy*），融合了特洛伊的海伦和玛丽莲·梦露的故事。

[结论]

那天下着雨。马诺洛如约在早上7点10分来到莉莉亚娜家。他起了个大早，洗了个澡，整理了一下乱蓬蓬的头发，发梢还带着童年时那种微红的发色。他甚至还有时间悠闲地吃了顿早餐。坐上父亲送给他的红色梭鱼车时，他满脑子想的都是这个学期快结束了。周末完成的最后这个项目并不容易，但他很满意。他已经为即将到来的一切做好了准备。准备好了要迎接未来。当他把车停在莉莉亚娜家门口时，脑子里响起了奥斯卡·查韦斯[1]的歌声。真俗气，他自嘲道。然后他冲自己笑了。她也会这样说他：真老土。

他敲了敲大门，巴西莉亚过来开了门。她是阿尔瓦雷斯家新雇的女佣，莉莉亚娜几周前刚介绍他们认识。“早上好。”她说。马诺洛穿过庭院，打开了莉莉亚娜公寓的

---

1 奥斯卡·查韦斯（Óscar Chávez，1935—2020），墨西哥歌手、作曲家、演员，因其作品中的社会关怀和左翼思想而著称。

门。门关着，但没有上锁。由于没看到她的身影，他便在客厅里喊了几声。他很着急。他们花了那么多时间完成的项目必须交付，而且不能迟交。

在客厅的另一侧，原本用作餐厅的那个房间里，放着莉莉亚娜的床。在被子下面，她身体的轮廓若隐若现。家里的一切似乎都没什么变化。没有整理过，但也并不杂乱。两人在一起久了，马诺洛已经习惯了莉莉亚娜的杂乱无章，他也知道他们前一天工作到很晚，猜想她还没来得及整理房间。“赶紧的，美女，我们要迟到了。”他见她还没起床，于是对她喊道。他看了一眼厨房，发现一切都和前一天晚上离开时一样。他注意到莉莉亚娜没有回应。他向她走去。慢慢地。这一定是个玩笑。肯定是莉莉亚娜时常用来逗乐大家的那些小把戏之一。

莉莉亚娜的整个身体，包括头部，都被方格被子盖住了。这让他感到奇怪。“莉莉。”他再次说道，同时掀开被子，让她的脸露了出来。他已经准备好迎接她的笑声。他几乎可以肯定，那天她会笑着对自己说：“骗到你了吧！”

莉莉亚娜闭着眼睛，嘴微张着。她枕在左臂上，直发蓬乱，遮住了她的脸。她看起来像是睡着了，但她一动不动的样子显得很奇怪。有一种既松弛又沉重的感觉，他从没在她身上看到过。“莉莉。”他再次喊道。他把被子又往下拉了一点，才发现她衣着整齐，身穿牛仔裤，衬衫的扣子也扣着。但她没有动弹。出于本能，他用手指拂过她的脸颊。一股难以忍受的寒意，一种他一生中从未感受过的寒冷，紧紧地抓住了他的指尖，并在一瞬间传遍了他全身的每一个细胞。随后，突然间，一阵绝望涌上了他的脊梁。他尖叫起来。他这才开始大喊大叫。他大叫她的名字，高声呼救。很快，何塞·曼努埃尔·阿尔瓦雷斯和巴西莉亚就赶过来了，两人站在他身后，他们的呼吸重重地压在他脖子上。“莉莉亚娜出事了。”他提醒他们。他们面面相觑，然后看向她躺在床垫上的肿胀的身体，不知道该做什么。“莉莉亚娜死了。”他想都没想便说出了这句话。他不确定自己刚才说了什么。他们又看了看她，但谁都不敢碰她。房主慌忙上楼去叫救护车。“莉莉亚娜死了。”马诺洛喃喃自语。难以置信。整个人都呆住了。“莉莉。”他蹲在她面前，再次叫道。这时，他才注意到她脖子上的伤痕和脸上的两处瘀青。她的嘴唇发紫。

接下来的事情发展得很快。救护车来了。马诺洛不知道护士们是在试图抢救，还是仅仅确认了从他嘴里蹦出的结论。他的身体比他自己更早意识到发生了什么。接着，他们又打了其他电话，这次是报警。很快，法医和警察就到了。“你是谁？”他们问他。“我是她大学同学，来接她去上课的。”“同学？”那些人带着抑制不住的讥讽语气重复道。

当警局的警员们在房间里四处搜查，并开始在街上走访目击证人时，马诺洛上楼借了电话，联系了他一位当律师的堂兄费尔南多·卡西利亚斯。他慌慌张张地讲述了事情的经过。“你是最后一个见到她还活着的人吗？”费尔南多问道。“好像是的。”“那是你发现她已经死了吗？”“是的。”“你有麻烦了，”他总结道，“在我来之前，不要回答任何问题。”

离开前，费尔南多拨通了大学办公室的电话，设法联系上了安娜·奥卡迪斯。“出事了，”他说，“你得立刻赶去莉莉亚娜家里。”与此同时，马诺洛也联系上了安赫尔·洛佩斯。他尽可能向安赫尔概括了情况，并要求他也立即赶来。几分钟后，在校园里，安赫尔·洛佩斯抓住赫拉尔多·纳瓦罗的胳膊肘，把他从其他学生身旁拉走了。“听说了吗？”他说，“莉莉亚娜被人杀了。”“你开玩笑吧。”他答道。“不，我没开玩笑。我们走。”他们在路上遇到了胡安·卡洛斯·谢拉——星期五和星期六，莉莉亚娜还在和他一起工作。他向他们打招呼，听闻此事后，也开另一辆车跟着他们走了。

司法人员开始向邻居询问情况。他们了解到，前一天早上，有个金发碧眼的矮个子年轻人曾在街区附近徘徊。他们经常看到他，所以很容易就能指认。那人不是在车里等着莉莉亚娜，就是骑着一辆声音很大的摩托车从街区呼啸而过。马诺洛告诉他们，这人叫安赫尔。“他是她男朋友吗？”“不是，”马诺洛犹豫了一下，说道，“莉莉亚娜已经不想再见到他了。”“你确定吗？”在沉默中，他开始思考：也许整个周末，安赫尔都在莉莉亚娜家附近转悠，看着他们从星期五下午开始进进出出。等他们消失在墙壁后面，他看不到发生了什么，这令他无法控制情绪。也许这激怒了他。安赫尔坚信莉莉亚娜是属于他的，只能属于他一个人。他会怎么做？他是一个控制狂，一个懦夫。他只会在她家门口等着，直到确认她终于独自一人，难过、焦躁地坐在那里。这不是可以想见的吗？

马诺洛的大脑飞速运转着。他颠来倒去地反复思考，有时则任由思维发散。有些念头转瞬即逝，让他喘不过气来。也许安赫尔看到他们在星期六晚上出去参加派对了。也许他看到马诺洛在星期日早上 10 点 30 分左右进了莉莉亚娜的公寓，直到晚上 10 点才出来。安赫尔想象着他俩在一起，举止亲昵。这一切会不会是他的错？如果安赫尔的嫉妒和仇恨是他引起的呢？

在马诺洛反复梳理这些猜测的同时，他听到人们说，安赫尔给了街区里的几个醉汉三千比索。那是些少年瘾君子，就在米莫萨斯街 658 号门口的街头露宿。安赫尔和他们交好，用毒品收买他们，作为交换，他们向他汇报莉莉亚娜的日常行踪。“他一直在监视她。”马诺洛低声说着，感到自己手腕上的脉搏在加速跳动。他又听到另一个目击者说，夜里，天快亮的时候，安赫尔发现大门锁着，于是让一个瘾君子帮他翻过入口处的墙。那墙一点也不高，他可以踩着那人用双手搭起的落脚点爬上去。马诺洛猛地转过头，看了看清晨阴云密布的天空，又看了看街道：尽管安赫尔只是偶尔来一次，尽管他还住在很远的托卢卡，他还是设法将她置于自己的控制之下。马诺洛的手腕、太阳穴和鼓膜处都能感到脉搏突突跳动。

安娜赶到时，莉莉家已经完全按照犯罪现场管控起来了。她证实了安赫尔·冈萨雷斯·拉莫斯与目击者描述的嫌疑人外貌吻合。她的鬈发散乱地披着，目光悲戚。她想尽快见到莉莉亚娜，这样她才能相信这一切。她想抱抱她，这样才能感觉到自己并没有永远失去她。“这不可能，”她一遍遍地重复道，“这不可能是真的，对吧？”即便到了这个时候，她依然想要相信，这一切都只是个糟糕的玩笑，或者充其量只是个精心策划的误会。人们问她，你是谁？她注视着他们，重新控制住颤抖的嘴唇和声音。“我是她的朋友。我是莉莉亚娜的好朋友。我们亲密无间。”

人们让她在院子里等着。安娜听到有人说，凌晨时分，安赫尔向街对面房子里的一个醉鬼借了一把扫帚，用它打开了大门的门锁。一进院子，他就小心翼翼地拆下了百叶窗的一块玻璃板，以便从里面打开莉莉亚娜公寓的门。“你认识他吗？”司法人员问道。“认识。”她说。“能描述一下他长什么样子吗？”“我家里有一张照片，希望能有所帮助。”

当赫拉尔多匆匆赶到现场时，他满头大汗、嘴里发干。他震惊不已。他听到的版本是街对面的邻居，而不是那些瘾君子，在深夜把扫帚借给了安赫尔。他想，如果那个邻居没醒，这一切就都不会发生了。之后，由于没人注意到他，他溜进了尚未被封锁的莉莉亚娜的房间，仔细检查了一番。正如马诺洛描述的那样，莉莉亚娜躺在床垫上，衣着整齐。乍一看，她的脸上并没有明显的瘀伤，但皮肤微微泛着紫色。赫拉尔多更仔细地看了看，发现她衬衫的一颗扣子被解开了，裤子的拉链半开着。她的臀部有一块污渍，这说明莉莉排过尿。其他一切都井然有序。这是莉莉亚娜的房间，完好无损。他对这里记忆犹新，因为他曾长时间地在这里工作，也曾在这里参加过很多场聚会。他想："这里是我第一次喝醉的地方。"那一刻，他泪流满面。

马诺洛成了这起案件的主要嫌疑人，他被带到警察局接受进一步审讯。与此同时，司法人员已经收集了关于安赫尔的信息，分析了安娜提供的照片，并要求她陪同他们一起去托卢卡，前往皮诺·苏亚雷斯街 2006 号，那个她曾经去过的地方。"你知道，我是满怀深情地把这个送给你的。"那张照片背面还有这样一句献词。时间是 1990 年 3 月。

一位中年女性打开了铁门。可当他们问起安赫尔时，她说自己最近都没见过他。安娜向屋里张望。她认出车库里停放着安赫尔常开的那辆黑色轿车。随后，她本能地看向大院的屋顶。几天后，她得知一位邻居曾宣称，安赫尔得知警察正在逼近时，就是从屋顶上逃走的。他措手不及，没想到莉莉亚娜的朋友会在清晨发现她的尸体，那时距他作案后逃逸还不到几个小时；他也没想到，警察会如此迅速地找到他。

《新闻报》的记者托马斯·罗哈斯·马德里赶到米莫萨斯街 658 号时，时间还没到中午。这位身材瘦削、业务熟练的记者以专业的眼光观察着犯罪现场。他已经目睹过太多血腥的场面、充满愤怒的凶杀、被斩首的尸体。年轻女孩——尤其是女大学生——被谋杀的新闻有潜力登上报纸头版。但女孩衣着整齐，家里也井井有条。“作为头版照片的冲击力不够。”他一边听着警方的审讯，一边嘀咕道。侧耳倾听了一会儿之后，他提出了自己的问题，并认真听了回答。由于辨认尸体需要亲属在场，安赫尔·洛佩斯带领一行人前往托卢卡通知莉莉亚娜的父母。另一组人则出发去寻找莉莉亚娜住在城里的表兄，安娜只记得他在阿尔瓦罗－奥夫雷贡开了一家咖啡馆。

到达托卢卡后，他们很快发现家里没人。他们敲了一阵子门，却无人回应。“你们是谁？”街对面的邻居问道，“你们来这里做什么？”“我们是莉莉的同学，她大学里的朋友，”他们说，“我们有话要和她父母说。”“说什么？”那邻居再次打断他们，心存戒备。“发生了可怕的事。”他们笼统地说道。于是，邻居给了他们房子的钥匙，并和他们一起进屋寻找电话号码和地址，或是任何有助于联系上莉莉亚娜父母的线索。他们埋头猛翻记事本和文件，还翻阅了几本笔记本，读了散落在电话旁的一些便条。但他们一无所获。

“我可能有一个号码，”邻居最后说，“不是她父母的，是一个亲戚的。”她又补充道：“也许能帮我们找到她父母。”他们拨通电话，联系上了母亲住在塔毛利帕斯州的一个姐姐。打完电话后，他们才起身回程。他们快崩溃了。他们越想着刚才做的事，就越觉得难以置信。他们的肾上腺素耗尽了；他们挤在一辆旧车的座椅上，感觉自己的身体就像装满石头的麻袋。在烟味弥漫的车里，只能听到发动机的杂音。其中一个人大声问，她唯一的姐姐不是住在休斯敦吗？“没错。”他们注视着拉马克萨国家公园阴郁的松树，异口同声地说。

[奥尔本斯路 1703 号]

时间变得模糊不清。昏暗得不像是夏日的午后，又亮得不像是真正的夜晚。指关节与白漆木头的撞击声。一次，又一次。敲门这个动作本身就很奇怪。在美国，没有人会这样不请自来。没有人会连招呼也不打一声，就出现在一栋位于死胡同[1]尽头的小楼底层公寓门前。除传教士和圣诞节期间卖饼干的女童子军[2]以外，没有人会这样做。透过门上的猫眼，可以看到两个女人乌黑笔直的头发，她们左右转动着脑袋，焦躁不安，眼神迷离。两人的前臂上挂着皮包。“请问您是莉莉亚娜·里韦拉·加尔萨的家人吗？”第一个问题是用西班牙语小心翼翼地问出的，就足以让人意识到事情非同寻常。发生了超出日常范畴的事。

这两位女士是墨西哥驻休斯敦领事馆的工作人员。在断断续续的话语和躲闪的眼神之中，她们的名字和职务都被我抛在脑后了。她们说，非常抱歉。她们或低头不语，或面面相觑，试图决定下一句话由谁来说。“发生了意外。”话说了一半，她们便陷入沉默，无法再继续下去。不，她不在医院。她已经……去世了。她们轻声说。她们也不知道更具体的情况。在这个7月的午后，她们只有这一个任务：通知她们唯一能找到的亲属。我们的任务是通知你，让你尽快了解情况。

必须有人按下七个方形数字键，才能拨出第一通电话。必须有人小心翼翼地说出那些词句。与此同时，有人注视着将黑色的电话和话筒连在一起的螺旋电线。电线绷紧了。必须有人讲出这个消息，让它从另一只黑色听筒中传出去。有人挂了电话。有人把几样东西放进随身携带的

1 原文为法语“cul de sac”。——编者注

2 原文为英语“girl scouts”。——同上

手提箱，然后等待着。有人走近车门。有人启动引擎。有人在柜台购买机票，提供了个人信息、出入境文件和一张支票——支票上有一个签名，因为过度紧张，字迹几乎难以辨认。有人坐在登机口的单人座位上，过了一会儿，又坐在机舱内靠过道的座位上。膝盖并拢。双手放在大腿上。有人来回走动。有人粗鲁地快速甩开试图抓住她胳膊的一只手。有人直视前方。有人看向窗外，想着："我曾全心全意地爱过墨西哥城。"有人闭上了眼睛。握紧双手。充耳不闻。后背靠在仿真皮革的靠背上，脖颈微微偏向左边。有人用英语腼腆地低声说，希望她曾有过一段伟大的爱情。有人猛地睁开眼睛。双手再次紧握。咬紧下颌。仿佛一股电流穿过脊柱，她忽然意识到了：一下子明白了一切，没有丝毫怀疑。意识有时候就是这样运作的。有人想起了过往的点点滴滴。想起了她的眼睛。她不安的眼神。冬日的阳光洒在她棕色的头发上，她的脸在背光处，几乎看不见她脸上的表情。金丝边眼镜的镜片后面是那双大眼睛。难以置信。悔恨交加。迫切的疑问。她的眼睛，我妹妹的眼睛，还有飞机发动机的轰鸣。还有空姐们奔忙的脚步声。还有许多人的呼吸混在一起形成的污浊空气。

[认领遗体]

7 月 16 日下午 5 点，埃米利奥 · 埃尔南德斯 · 加尔萨收到了这个消息。里卡多 · 埃雷拉和奥斯卡 · 德洛斯雷耶斯是他哥哥费尔南多的朋友，也是律师。他们试图去咖啡馆找他，可等他们赶到时，咖啡馆已经打烊了。于是，两人直接去了他位于圣洛伦索－阿科皮尔科的家，他们对那里非常熟悉。埃米利奥刚远远看到他们的脸，就知道出大事了。里卡多拥抱了他，说道："我得告诉你一个坏消息。"一阵麻痹感迅速爬上他的脖颈，令他动弹不得。接着，他听到的声音仿佛从另一个世界传来。他们在说，作为她唯一的近亲，他得去阿斯卡波察尔科认领遗体。他哥哥在米却肯州，但已经在回家的路上了。

两位律师直接把他带到了位于米莫萨斯街的房子，当时那里已经被封锁了。莉莉亚娜的遗体被送去了法医鉴定中心，那里负责保管在可疑或暴力情况下死亡的受害者的尸体。里卡多和奥斯卡办理手续时，埃米利奥没有多想，径直走进了大楼。多么冰冷的地方啊！他的鞋在积满水的地板上打滑，那些无人认领的尸体有时也是这样被运进去的。直到凌晨 1 点，他才见到了她。他的表妹。那个曾经拍下他在公园长椅上熟睡的照片，然后用欢快的笑声唤醒他的女孩。那个和他一起去看电影，有着共同爱好的女孩。那个女孩走在路上时，会搂住他的脖子，只为告诉他

"你是我最喜欢的表哥"。那是他的表妹。她赤身裸体，死后和生前一样美丽。他能不能说，透过她紧闭的双眼，他感受到了一丝平静？无论如何，她的脸上没有一丝痛苦或恐惧。他担心她纤细、年轻的身体会遭到伤害，于是一直守在她身边，目不转睛地看着她。他的表妹。他看着她长大。多年前，他曾给她写过一封信，以他对她的了解，他确信这封信至今仍被妥善保存在某个地方。他询问司法人员发生了什么事。他们毫不体恤地用最直接的语言告诉他，凶手用一个枕头蒙住了她的脸，使她窒息而死。她死于窒息。他们说，谁会对一个女孩做出这样的事？他问，什么样的事？比如先杀后奸。工作人员捂住口鼻，一边把无人认领的尸体的胳膊和腿摆放好，一边低声哼着歌。他的表妹。

7 月 17 日星期二，下午 2 点，莉莉亚娜的尸体被移交给家人。可能还要晚一点。甚至可能晚了几个小时。埃米利奥通宵未眠，也没有吃东西，但他必须坚持下去。他身上还穿着前一天的衬衫和裤子，腋窝和裆部散发出汗味和悲伤的气味。法医鉴定中心有个好心的秘书允许他用办公室的电话，他这才得知，阿里斯特奥叔叔正从阿纳瓦克赶往托卢卡，而他自己的家人，包括他父亲，已经坐上一辆破旧的汽车从坦皮科出发了。他们家的一位老邻居拉斐尔·鲁伊斯·佩雷特也来自托卢卡——他及时赶到，还雇了一辆灵车，把莉莉亚娜从法医鉴定中心送到火山脚下的墓地。多年前，她母亲就买下了这块地，那时她根本不会想到，家里最小的孩子，她的小女儿，竟然会最早在这里下葬。

[你想看看她吗？]

有人穿过机场的人群走了过来。有人拥抱她，将沉重的下巴抵在她脖子和肩膀之间的凹陷处。有人在说话。有人沉默。声音穿过由肉体、距离和更多噪声组成的阀门和鼓。无法辨认从半张半闭的口中跃出的词句。扭曲是一个失控的动词。牙齿从不停蠕动的嘴唇里探出头来，但伴随这些话语的声音需要很长时间，才能在我们呼吸的空气中成形。我们的确在呼吸。我们的确还活着。一张张同样崩溃的面孔被摆放在一起。信号受到干扰的电视频道。杂音。有人沉默、麻木。有人因为害怕听到答案而拒绝提问。有人将肩膀向前推，驼着背，两只手从背后触碰胳膊肘。有人听从指示：我们走这边吧。有人注视着地板，看着地板上磨损的大理石，默默跟从。我们离开这里吧。有人透过车窗看着夜景。从选民大道离开墨西哥城，驶向托卢卡。很快，城市被抛在身后，山上稀疏的小村庄开始出现。过了一会儿，松树和欧亚梅尔杉映入眼帘。就像变魔术一般，我们已经置身高原。维斯基卢坎[1]。拉马克萨国家公园。国家核能研究所。圣马特奥–阿滕科[2]。托洛坎大道。我们曾多少次走过这条两侧布满路灯和交通标志的道路？垂柳的枝条小心翼翼地触及路边。你还记得那些垂柳吗？你很喜欢的那些柳树。头顶是夜色中斑斓的云朵。雨是夏天的承诺。

有一间办公室。有人打开了办公室的门。一扇锈迹斑斑的金属门。曾经可能是金色的。门后是一个昏暗的房间，天花板很低。很快，又出现了更多房间。空间中弥漫着一股霉味，一股坚固而无用的工具的气味，一股时间的气味。随后，突然传来一种气味。某种未知的东西，某种尚未命名的东西，直奔鼻子而去。未经许可，也不做解释，这股气味突然直冲鼻腔，以巨大的冲力迅速到达嗅觉黏膜，再从那里出发，通过微孔滑向大脑前部的嗅球。这个过程需要多长时间呢？边缘系统。下丘脑。大脑皮层——颞叶和额叶。我们称之为意识。我们称之为：觉察。一根化学针穿过大脑，穿过神经系统，引起情绪波动。一切都处于警戒状态。你想看看她吗？

有人这么问我。

你想看看她吗？

---

1 维斯基卢坎（Huixquilucan）是墨西哥州的城市。

2 圣马特奥–阿滕科 (San Mateo Atenco)，墨西哥州市镇，与梅特佩克市接壤，是托卢卡城区的一部分。

[1990年7月17日，星期二，《新闻报》]

托马斯·罗哈斯·马德里立即意识到，这则新闻将成为报纸的头版头条。他已经为《新闻报》的犯罪新闻部门工作了相当长一段时间，如今已不再会轻易感动或震惊，但看到那个女孩孤零零地躺在地上的床垫上——这一场景仍令他感到揪心不已。在墨西哥城的街区，大学生被谋杀的案件并不常见。他早早赶到案发现场，以一如既往的冷静和专注，一点一点收集写稿所需的素材。他做事有条不紊，不放过任何细节。时间掌控得很好，在确定新闻标题之前，他甚至还有时间吃了个三明治，喝了两杯饮料。这是一桩令人发指的罪行，这一点毫无疑问，但所有的细节仍不明确。如果是激情犯罪，为何房间里的一切仍井井有条？如果某个邻居为虎作伥，帮助罪犯闯入女孩的家，怎么会没人听到屋内传出的动静？这栋房子面积不大，声音可以通过共用的墙壁传播。如果她遭到了袭击，为何临终时还衣着整齐？黑暗罪行，就是这样。形容词置于名词之前。报纸编辑决定用“地震”作为头版头条的标题，因为前一天菲律宾发生了地震；然后用一张“花花公子”形象的罪犯肖像照作为头版图片。不过，考虑到读者的习惯和偏好，他在头版的右下角用浅蓝色字母写下了报道的标题，与照片中那名男子的黑色毛衣形成鲜明对比，突出了主题：窒息而死的学生。

黑暗罪行

一名年轻学生被发现在自己的公寓中窒息而亡。这名年轻的建筑系学生被人发现死于她在城北租住的小公寓内，警方正在她的朋友中寻找凶手。

现年二十岁的莉莉亚娜·里韦拉·加尔萨被发现死于帕斯特罗斯区米莫萨斯街家中的卧室。该地区位于阿斯卡波察尔科周边。

当天早上8点左右，她的邻居们发现了这起案件。他们很惊讶没有看到她像往常一样在8点前出门。他们注意到公寓的大门紧闭，但有一扇窗户被砸碎了。

该公寓的业主何塞·曼努埃尔·阿尔瓦雷斯住在楼上，他不断给这名年轻女孩打电话，然而始终无人接听，因此他立即决定报警。几分钟后，警方进入房间，发现女孩已经死亡。据她的朋友和邻居称，她独自居住，靠打工维持学业。

该辖区的法医表示，莉莉亚娜·里韦拉死于扼杀，死前很可能还遭到了袭击。来自阿斯卡波察尔科总检察长办公室的地区凶杀案检察官办公室探员们，目前正在现场展开调查，尚未透露房间内是否存在暴力痕迹。

不过，警方报告确认，这名年轻学生的尸检结果显示，犯罪发生在凌晨。

邻居们无法解释的是，为什么他们都没有听到玻璃被打碎的声音，也没有听到被害女孩的尖叫声——如果她曾呼救过的话。

检察院的工作人员随后赶到现场，并要求专家严格检查房间内的指纹，以确认这位年轻女子是否遭受了袭击。

莉莉亚娜·里韦拉在邻里间享有良好的口碑，邻居表示她举止得体，朋友不多。

一名正在调查米莫萨斯街658号罪案的探员表示，嫌疑主要集中在她的朋友身上；也许是个被抛弃的男友来找她谈话，然后趁机杀了她。

针对这名年轻学生的罪行引发了众议，因为这里是阿斯卡波察尔科一个相对平静的街区，警察的巡逻也很频繁。但此类事件令当地居民日益恐慌。

当局已发布该案的报告，编号为40/913/990-07。

[英国的玉米很好]

费尔南多咬着嘴唇，慢慢走近诺玛。“过来，我有话跟你说。”他搂着她的肩膀说。时间在她的血管中翻转。校园里的树木变了颜色。她又看了看他，仿佛不知道紧挨在自己身边的这个黑眼睛、黑鬈发的高个子年轻人是谁。“不可能，”她说，“莉莉亚娜不可能就这样死了。”接着又纠正道：莉莉亚娜不可能死。她立刻开始在自己的记忆中搜寻。是否有任何预示着悲剧发生的迹象被她遗漏了？她眼前首先浮现出莉莉亚娜温柔的样子——她用各种方式保护着自己。莉莉亚娜告诉了她加缪的那句话，也曾多次妙语连珠，逗笑了她。人们常常觉得莉莉亚娜很坚强，因为她向来直率，而且在必要时不会隐瞒自己的想法。但莉莉亚娜对她——这个来自教会学校，经常看《读者文摘》的女孩——一直很温柔。没错，就是这个词。莉莉亚娜一直对她很温柔，仿佛把她当成自己的小妹妹。费尔南多仍然抱着她不放。两人的脸颊贴在一起。忽然间，她认出了眼前的人。“这不可能，费尔南多，”她对他说，“这根本不可能。”接着，她开始放声大哭。她就这样哭了一个多小时，浑身发抖，难以置信。

渐渐地，等她喘过气来，才想起尽管莉莉亚娜从未直接提到过任何暴力或骚扰，但她确实暗示过有这么一个人，这个人来自她的过去，与她有过一段历史，而且非常执着地想要复合。是否真有人对她如此着迷，以至于如果得不到她，谁都别想再得到——是这样吗？许多流行歌曲都触及了同样的主题；那些都是莉莉亚娜不喜欢的歌。她想起自己甚至听到过安娜劝说莉莉亚娜离开安赫尔。但无论她多么想深挖这些回忆，从记忆的迷雾中浮现的并非任何线索，而是莉莉亚娜和她在一起时的画面：她说话、大笑、抬头看着树、玩闹。她的朋友，她的守护者。

不久之后，她的同学们开始计划前往托卢卡的行程。

他们知道葬礼将在那里举行，莉莉亚娜将长眠于那片高原。所有人都毫不犹豫地决定参加葬礼。学校授权他们使用一辆校车，一位与这些学生关系密切的教授——建筑师加夫列尔·希门尼斯——与他们同行。

在前往葬礼的途中，车内一片寂静。有时，车窗仿佛变成了时光隧道。诺玛把膝盖顶在前面座椅的靠背上，裹紧了外套。车窗的另一侧，莉莉亚娜的形象浮现出来。她戴着小框眼镜，披散着头发，穿着彪马运动鞋。上次在校园见面时，莉莉亚娜问她："你和我这么不同，为什么还能相处得如此融洽？"莉莉亚娜喝了一杯黑咖啡，懒洋洋地瘫坐在食堂的座位上。"我有一份作业要交，"诺玛匆匆告诉她，"我得走了。"但莉莉亚娜坚持要她留下。"你可以拜托其他人帮你交，"她说，"你和他们待在一起不会这么开心的。"于是诺玛留下来，两人一起抽烟，一起随心所欲地聊天。"听着，这一切结束之后，我们要去读硕士，对吧？"她想起两人之前讨论过的话题，对莉莉亚娜说道。"我们一毕业就去英国。"莉莉亚娜举起塑料杯，坚定地答道。两人都沉默了一会儿。"我们去英国读硕士。"她又笑着说，试图说服诺玛。而此时此刻，诺玛坐在不舒服的座位上，坐在开往一座死火山脚下的大巴上，对自己笑了。莉莉亚娜如此轻而易举地说服了她。莉莉亚娜到底施了什么魔法，才总能如愿以偿？夏日，公路两旁浓郁的绿色，让她回想起莉莉亚娜多么热爱大自然，热爱田园的气息。“那边有好吃的玉米，”她曾开玩笑地对诺玛说，“英国的玉米很好。”

[1990年7月18日，星期三，《新闻报》]

抓捕学生谋杀案凶手的线索确凿

莉莉亚娜·里韦拉·加尔萨最后一次被人看到活着，是在星期日晚上10点左右；星期一上午，她被发现死于窒息。经初步调查，警方表示已有抓捕凶手的确凿线索。

星期日，这名正在建筑系就读第八学期的年轻学生与几位朋友在一起，朋友们当晚离开，让她独自休息。

警察局凶杀调查大队的副队长贡萨洛·巴尔德拉斯负责调查此案，他与十几名探员一同前往案发现场，检查了年轻女子遇害的房间。

警方表示，女孩的某位前男友具有重大作案嫌疑。也许是出于仇恨，他决定夺去她的性命，并在星期日晚上实施了犯罪。不过，这一假设仍有待证实。

墨西哥城地区检察官办公室的专家们预计将于今日中午提交一份报告，就这位不幸的女士是否遭受袭击，以及死因究竟是被勒死还是窒息而亡发表意见。

令探员们极为不解的是，这名学生的邻居在当天凌晨并没有听到尖叫声或吵闹声。

警方还注意到另一个细节，即这名学生公寓门上的玻璃曾被打破。

[拼命寻找一个角落]

许多人。人山人海。一张张面孔不停地涌现。眼皮耷拉着，手臂伸向空中，双手试图抚摸。有可能摆脱围困吗？有可能一劳永逸地就此消失吗？有人在寻找角落。有人在拼命寻找一个角落。一个突出的棱角，万物的边缘。一个角落。呼吸突然间完全停止也是可能的。有人在询问文件、档案柜、家庭登记系统。有人要求签名，并把褪色的表格放在面前的小木板上。有人提到了“钱”这个词。需要钱。这里有钱。我们需要钱。有人想知道一个电话号码、一家航空公司的名称、一场国际会议的名称。必须打几个电话。必须接听电话。必须关注眼前发生的一切。必须表现得好像自己知道这一切在哪里发生，发生了什么，接下来会怎样。在远处，在窗户的另一侧，可以瞥见乌云密布的天空。卷积云。积雨云。近处，车辆缓缓驶来，老旧的轮胎缓慢地滚动着，仿佛在永无止境地游荡。黑色的灵车、巴士、小轿车。有人在寻找角落。有人在拼命寻找一个角落。

他们很年轻。年轻得令人难以置信。他们如此年轻，以至于在岁月中不断焕发青春。这是他们的优势，也是他们的悲剧。晒斑、干燥的皮肤、干裂的嘴唇，这些都是年龄的标志，也是活着的绝对象征，却在时间的冲击下消失得无影无踪。已经开始的未来又重新开始。前进。倒带。前进。[1]他们仍不知道等待着自己的是什么，当葬礼结束，当陪伴、无尽的倾诉和拥抱结束时，等在另一端的是什么。当耳语停止。当泪水干涸。在这个四面都是窗户的房间一角，我们用记忆编织起一个圈。当它支离破碎时，我们会怎样？有人会看到。当这层薄薄的膜，这层由话语和摩擦构建的黏膜，在空旷的地方，在冷漠的阳光下，在浩瀚的狂风下独自分崩离析时，会发生什么？有人会听到。当我们必须离开这个满是镜子的胶囊，回到另一个房间里时，会发生什么？在那个房间中央，孤岛一般安放着她安眠的棺材，把她与我们隔绝开来的棺材。有人会闻到。感官活动发生的距离，这些感官用自身的行为开创的距离，是唯一与记忆相符的东西。其余的都是残迹。碎片。一张嘴。一只手。分叉的发梢。痘印。湿润的舌背。崩裂的牙齿。闭合的眼睑。有人说：她被爱过。有人说：墨西哥最优秀的建筑师。有人说：有几次，我们曾一起咀嚼那些小花。有人说：这不公正。有人说：我会想她的。更多的人

1　原文为英语“forward”“rewind”。——编者注

则沉默不语。

剩下的就是这片空旷的空间。从五千米的高度俯瞰，一座死火山的山峰。

[悼文]

而我们不想离开。

灰色的棺材已被放入墓穴，碰到深坑底部时，从深处传来最后一声回响。

在寂静中，石头发出尖叫声，与陪伴她走完人生最后一程的朋友们的啜泣声交织在一起。

掘墓人的汗水滴落在钢质棺盖上。他们奋力劳作，将一层层陶土撒在棺材表面。尘土层叠，碎石碰撞发出声响，在寂静中尤为刺耳。只有这三个人在匆忙地工作，他们是唯一想赶时间的人，也是唯一想要尽快结束这项差事的人。

墓穴周围汇聚了许多人的目光，他们曾见证她的行为，看到过她的爱情。他们视线交错，茫然地望着地平线。有些人默不作声地凝视着黑暗的深坑，另一些人则移开目光。他们的瞳孔被那种失落感浸透了。

葬礼上的祷文再次令在场的人热泪盈眶。那些词句犹如一根鞭子抽打在心口，撕心裂肺，让他们泪流满面。

仅仅过去了几分钟，感觉却像永无止境。只能听见啜泣声、叹息声和风的呼啸声，它们匆匆赶来，最后一次向这个美丽的生灵告别。我们都是沉默的旁观者。

大地母亲愤怒地接受并容纳了那个小女孩的遗体，永远地闭上了眼睛。大地收下了自己的贡品，与此同时，她的历史也就此封存。

大地用自己的身躯掩埋了她在人世间最后的痕迹。从此，我们与她天人永隔。她的灵魂飘荡在我们中间，安慰着在场的每一个人。她像往常一样和我们打招呼，对我们微笑。我们却再也看不到了。

我们在那片土地上摆放了用彩色花朵织成的挂毯，象征着她给予我们的爱。花朵也受到悲痛情绪的影响，很快便开始凋零。为了安抚它们，我们临时找来一个水壶，制造了一场人工降雨，滋润了这些花朵。

紧接着，她的朋友们与她交谈。他们手拉手围成一个能量圈，宣告自己在场，并为她祈祷。他们之间的交流如此恳切，痛苦带来的沉默构成了一种可悲的存在，压在每个人心里。在那片明亮而开阔的天空中，人们的心脏在痛苦中剧烈地跳动。

而我们不想离开。

显然，按照惯例，告别仪式已经结束。祝福语标志着仪式结束。然而。

在场所有人都岿然不动，谁也不愿向前迈出一步。全场一片寂静，没有丝毫匆忙。这是一场无声的哭泣，标志着终结。

而我们不想离开。

她的姐姐克里斯蒂娜喉咙哽咽，对大家的陪伴表达了谢意。我们不知道该怎么办。

而我们不想离开。

花儿也在悲伤地啜泣，但它们知道自己的特权：它们将成为她的庇护所。它们将永远、永远陪伴着她。它们将在那片土地上陪伴她，直至永恒。

在场的人开始逐一向克里斯蒂娜道别。他们不知道该说些什么。他们在她耳边喃喃自语，试图用拥抱来安慰她。这是他们唯一能做的。

克里斯蒂娜并不是独自待在那里。那一刻，阳光、风、花朵，还有莉莉亚娜的灵魂都与她同在。她与莉莉亚娜交谈，两人一起畅想未来，像往常一样。

这段不可磨灭的记忆将永远留在我们心中。一个上帝的造物离我们而去；上帝让我们有机会与一个非凡的生灵交流。她教会了我们许多，她唤醒了我们的疑虑，教会我们如何爱人，并向我们展示了该如何照亮生命的道路。

愿你安息。与此同时，我们知道，你的灵魂将与我们同在，就像蜡烛的火焰般照亮我们的生命。直到我们与你重逢。

谨以此文献给这个最美丽的生灵的父母，是他们用耐心、爱和智慧抚养她长大；献给她的兄弟姐妹，献给她所爱之人，献给所有深爱她的朋友。

谨此纪念

加夫列尔·希门尼斯

敬上

1990 年 7 月 18 日

[1990 年 7 月 19 日，星期四，《新闻报》]

案情报道已不再占据报纸的头版头条，但记者托马斯·罗哈斯·马德里一直在跟踪报道该案件。莉莉亚娜下葬后的第二天，他向读者保证，凶手的身份已经正式确认。尽管警方尚未公布凶手的身份，但他们持乐观态度。他们预计很快就能抓到凶手。

谋杀女大学生莉莉亚娜·里韦拉·加尔萨的凶手已查明

一群全副武装的探员正在追捕谋杀女大学生莉莉亚娜·里韦拉·加尔萨的凶手；据称，凶手目前藏匿在首都附近的一个州内。

经该区警察局凶杀调查大队的调查，已经确认了杀害这名建筑系学生的凶手的身份。

出于显而易见的原因，警方不愿透露凶手的身份。一名调查人员表示，这可能会有利于嫌犯脱逃。

据昨天的报道，莉莉亚娜·里韦拉·加尔萨并非如当局最初通报的那样独自生活。但她的父母正在欧洲旅行，迄今为止还未抵达首都。

过去一段时间的调查也证明，凶手或犯罪团伙在策划杀害这名年轻女子时，对周围的情况非常了解。

他们对莉莉亚娜的房子和邻居们的动向都了如指掌，因此才选择在星期日晚上出其不意地袭击她。

警方表示，如果她没有大声呼救，很可能是因为有人用武器威胁她，或是因为她认识凶手。

昨天，警方在警察局的走廊里对记者表示，预计在几小时内，犯罪嫌疑人或团伙就将被抓捕归案。

[斧头；膝盖]

孩童的残忍是出了名的。当父母的车缓缓驶近家门时，街上的孩子一拥而上。这和计划的不一样。亲戚们在料理家务和行政事务的同时，本来精心制订了方案。一切准备就绪。迎接他们的过程经过了精心安排，以免出现心脏病发作、精神崩溃或中风的情况。当有人宣布他们即将到达，当汽车终于拐过了最后一个弯，姨妈、表亲和街坊邻里都放下了手头的活计，默不作声地出门、穿过街道、打开隔壁的房门，开始逐个占据客厅里所有的空位：椅子、扶手椅、凳子、沙发扶手。父母从北海到墨西哥城，长途跋涉归来。途经大西洋。东马德雷山脉[1]。这是一段为其毕生的努力、毕生的牺牲加冕的旅程。他们想必已经很疲倦，但也兴致勃勃。他们想必精疲力竭，但也满心骄傲。很快，他们一生的努力和牺牲将化为泡影。顷刻间，他们将跨过一道门槛，走进一个未知的区域。一切都会令他们感到痛苦。声音。记忆。血液循环。指甲。肝脏。脖颈。他们的一举一动都将伴随着苦痛。牙齿。咽喉。脑膜。很快，他们和我们将在另一个世界重逢。那是一个由流沙构成的世界，而我们的双脚已经踏入其中，正一点一点地沉沦。

有人透过窗户窥视着他们的到来。当街区里的孩子们冲上前，扑向行驶中的车辆时，有人无力阻止。孩子们大声尖叫，发出一阵可怕的喧闹声。“她死了。莉莉亚娜死了。”车门打开时，他们叫道。父母的表情先是难以置信，然后是恼怒。这么多孩子是从哪里冒出来的？他们怎么都像苍蝇似的围在车旁？可当他们打开家门，他们看到我，我看到他们注视我的样子时，我意识到，一切都不可

1　东马德雷山脉（Sierra Madre Oriental）是墨西哥东北部的一座山脉。

能了。我必须说出那些没法说出口的话。他们的眼睛在说，告诉我这不是真的。他们说出口的却是：你在这里做什么？你不该来这儿。有人说：莉莉亚娜已经离开我们了。斧头；膝盖。重力。身体的重量。

哀号声从胃部、喉头和上颚发出。哀号声掠过书柜、餐桌和炉灶。哀号声撞开家门、穿过街道，很快就引来了姐妹、叔伯、表亲和街坊邻里。哀号声把我们凝聚在一起。我们仍共同置身于哀号声中。

[1990 年 7 月 21 日，星期六，《新闻报》]

谋杀建筑系学生的凶手落网在即

昨天有消息称，联邦区司法警察已经锁定了杀害年轻建筑系学生的凶手；嫌犯的身份已完全确认，并将很快被逮捕。

除地方警局外，阿斯卡波察尔科刑侦大队的探员也在协助调查，他们抱怨工作量很大。刑侦队的探员和凶杀案检察官办公室都在竭尽全力回避媒体对此案的问询。

星期一早上，二十岁的莉莉亚娜·里韦拉·加尔萨在首都北部的家中被发现时已无生命体征。

这名年轻女子是被勒死的。迄今为止，该案还存在很多疑点，负责调查的警方当局尚未对此做出澄清。

发现一名目击者

已经确认有一名目击者可以为逮捕凶手提供线索，但警方对此一直守口如瓶。

死者的一位朋友告诉警方，他在星期日晚上 10 点左右离开她的公寓，留下她独自在家。

第二天早上，邻居们没有看到莉莉亚娜像平常一样出门，因而感到奇怪并报了警。警察进入公寓后发现她已经死亡。

此事在邻里间引起了骚动。据邻居表示，他们居住的那条街一直相当平静。他们说，虽然时不时也有流浪汉和瘾君子出没，但这些人从不惹事。

警方也从这方面展开了调查，但被捕的瘾君子中没有一个是凶手。

[仍未成形的某物]

必须等所有人离开后才能这样做。有人打开了房间的门，一动不动，仍然握住门把手，一丝不苟地观察着一切，同时自问：我现在是谁？答案不得而知。答案并不存在。必须走近床边，在那里坐上好一会儿。必须触摸被子、枕头、玩偶。必须起身，抚摸衣服、书籍、笔记本。必须摸摸墙上的海报：玛丽莲·梦露、切·格瓦拉、金门大桥。接着，必须在房间的正中央猛地停下脚步，让墙里隐蔽的嗡嗡声传入耳朵，然后又立即从耳中流出。世间万物之间最微小的联系：声音的纵波和横波、挑战真空的电磁波、β 波、α 波、θ 波。必须成为一座象牙雕塑。一次，两次，三次。必须抽离自身。

而当斧头挥下——坚定、自信、灵巧——击碎你的膝盖，击碎冰封的海洋，突然间，你的内心只剩下那片冰封的海。你必须倒下。必须学会倒下。全身的重量。坚实的地板。

这一切都是真的。一切都在发生。一切都是事实。

哭泣是一种文明的行为。但在那个房间里发生的一切——在那里，过去永远无法成为过去，在那里发生的事情超越了文明。哀号是一种尖锐、刺耳的声音，以一种猛烈、暴力的方式发出。哀号通常表达痛苦或恐惧。然而，从那个孤零零的房间里扩散的东西，却没有人听到。与此同时，它却将空气撕成两半，撕成许多碎片。这声音来自一个未知的世界，它也能与尚未诞生的世界沟通。无论它是什么，似乎都没有名字。没有名字，没有形状，没有界限。这就是它的功能。因此，它踩住你的脚跟，贴着你的脖子呼吸。你必须捂住腹部，在地板上蜷缩成一团。你必须埋起脸。你必须乞求。

没错，最重要的是，你必须乞求。

[1990 年 7 月 24 日，星期二，《新闻报》]

这篇报道首次出现后仅一周，相关新闻便再次登上了头版头条。这一次，内页报道的预告写在一个黑色虚线边框的黄色对话框里，旁边是伊尔玛·塞拉诺[1]狰狞的面孔。她的红唇、浅色的眼睛，以及眉间那颗圆形的黑痣。此前，警方拒绝提供有关凶手的信息，但现在不仅决定向媒体公布他的姓名，还提供了他的照片。几天前，他们向公众保证几小时内就能将凶手抓捕归案，如今，这种乐观已经消失殆尽。

1　伊尔玛·塞拉诺（Irma Serrano，1933—2023），墨西哥歌手、演员、政治家。

勒杀案凶手身份已确认

警方已确认，谋杀年轻学生莉莉亚娜·里韦拉·加尔萨的嫌犯为安赫尔·冈萨雷斯·拉莫斯。据警方调查，这名学生是被她前男友杀害的。目前，警方正在全国范围内积极搜寻嫌犯。

昨天，警方公布确凿信息，学生莉莉亚娜·里韦拉系其前男友所杀。凶手作案后随即逃逸。

目前已确认，安赫尔·冈萨雷斯·拉莫斯具有重大作案嫌疑，全国各地的警局正在紧急追捕此人。

警察局凶杀调查组A大队队长贡萨洛·巴尔德拉斯说，有确凿证据表明安赫尔是这起案件的凶手。

能够证实该假设的一个事实是，从本月16日星期一，即案发当天起，安赫尔·冈萨雷斯·拉莫斯就从他的住所消失了。

警方证实："这人的背景不太好。"根据警方的说法，安赫尔进入了年轻学生的住所，与她交谈后，出其不意地杀害了她。

星期一，二十岁的莉莉亚娜·里韦拉·加尔萨被发现死在自己位于帕斯特罗斯区米莫萨斯街658号的家中。

探员、法医和检察官办公室的工作人员推断，她有可能遭到了袭击。

房间内没有打斗的痕迹，因此从案发当日起，调查人员就排除了袭击的可能性。

在屋外，数十人围观身穿制服的警察、检察官办公室和法医部门的工作人员进行调查。而在屋内，贡萨洛·巴尔德拉斯队长和他带领的探员们掘地三尺，仔细检查着犯罪现场。

有一扇窗玻璃被打碎了，但没有人听到玻璃碎裂的声音，因此可以排除这是罪犯所为的可能性。

勘察完现场之后，检察官办公室提交了一份编号为40/913/990-07的案件报告，要求缉捕谋杀莉莉亚娜·里韦拉·加尔萨的犯罪嫌疑人。

负责调查此案的指挥官之一伊格纳西奥·佩拉莱斯要求部下前往受害者的前男友安赫尔·冈萨雷斯的住所，但嫌犯已经从家中消失了。

奇怪的是，从那天起，安赫尔·冈萨雷斯就再也没在自己家中出现过。探员们指出，他就是这起残忍罪行的实施者。

贡萨洛·巴尔德拉斯说，这种说法并非基于简单的假设。有一名目击者看到安赫尔进入了莉莉亚娜的公寓。目前，安赫尔是全国通缉的头号杀人犯之一。

[如果终将受伤，也应是为了摆脱困境，而非沉沦其中]

那天黎明时分，安赫尔向一名瘾君子支付了三千比索后，在他的帮助下偷偷摸摸地打开米莫萨斯街 658 号的大门，擅自闯入了莉莉亚娜的私人空间。在这之后，究竟发生了什么？谁也说不清楚。一切都只能靠推测。这是只有凶手本人才知道的事，而他从 1990 年的那个夏天起就开始逃亡。1990 年 11 月 29 日，司法系统发出了对安赫尔·冈萨雷斯·拉莫斯的逮捕令，罪名是“《刑法典》第 302 条规定的谋杀罪，并可根据《刑法典》第 307 条依法判处监禁”。只有这份逮捕令彻底执行，罪犯被捉拿归案，才能揭开这一黑暗罪行的面纱。

记者托马斯·罗哈斯在为《新闻报》撰写的报道中屡次提出的问题，在当时和现在一样有效：发生了如此残忍的罪行，怎么可能没人听到任何声音？如果目击者的证词可信的话，马诺洛和赫拉尔多都听那个他们不记得名字的女佣说过，她曾听到抽泣声和低声的呜咽，但不记得确凿的时间。是谁在哭？为什么哭？此外，在夜间昏暗的灯光下，当罪犯试图用扫帚打开金属门闩时，也应该会发出声音。还有跳过栅栏后双脚落在水泥地上的声音。也许这些都是低沉而短暂的声音，但在黎明的那片寂静中，这些声音难道不会被放大吗？

7 月 18 日，星期三，也就是莉莉亚娜下葬的那天，一篇报道将凶手的行为描述为出于仇恨。这是一个转折点。在那个夏日的清晨，安赫尔去找莉莉亚娜时，是否已经有了周密的终极计划，打算完成男权主义的使命，杀死她，永远结束她的生命，还是说，当时安赫尔只是怀着某种残忍但模糊的念头，想给她一个残酷的教训作为惩戒，让她继续活着，但永远打上自己占有她的烙印？一切都是在沉默中进行的，没有吵醒任何睡梦中的人，这似乎证实了第一种可能性；但他曾在夜里向邻居求助，暴露了自己的身份，似乎又证实了第二种可能性。无论如何，结局都是一样的。安赫尔对我妹妹的身体实施了致命的、令人毛骨悚然的暴力。正如记者罗哈斯指出的那样，这种暴力是由仇恨驱使的。针对女性的仇恨。对女性的独立和自由表示仇恨。对莉莉亚娜的仇恨，一个始终支持爱的精神的大学生。

能解答谜团的答案寥寥无几，事实却无可辩驳：三十年来，我每天都在思念莉莉亚娜，每一天的每一小时。每一小时的每一分钟。每一秒。对那些因亲密恐怖主义而失去亲人的家属而言，失去挚爱的痛苦中带着扭曲。正如斯奈德在《看不见的伤痕》一书中分析的那样，幸存者常常以空前严苛的态度责备自己，责怪自己的疏忽或视而不见。他们没能保护自己所爱之人；他们没能注意到本该在眼前清晰可见的东西；他们没能阻止施暴者。痛苦与愧疚或羞耻紧密相连，甚至使他们在哀悼开始之前陷入困境。

他们仿佛滞留在无形的地狱边境，言语失去意义，与他人和世界的联系也将逐渐消失。受害者的家人只能向内逃离，甚至躲避自己。他们自己都无法保护家人免遭危险，又有什么权利要求国家伸张正义呢?

此外，受害者有罪论在事情刚发生时就开始流行，多年来从未停息。这是一台有条不紊、势不可挡的机器。它就在那里，在那些窃窃私语中完美地运行着：如果他们没有让她去墨西哥城；如果她不是早早就谈了男朋友；如果她能做出更明智的选择；如果她等到婚后再发生性关系；如果她做出更好的决定；如果她没有走上错误的道路。后来，无论过了多少年，这种论调始终一成不变：指责父母常年在外，指责母亲外出工作，指责父亲没有给她足够的钱，指责那些围着她转的男朋友，指责那些爱着她的女性。这台机器就在那里，在那些阴沉的眼神和虚假的笑容里。在惺惺作态中。在那些划清将“我们”与“你们”区隔开的道德界限，以此来寻找安全感的人群中。它咄咄逼人、不可避免、势不可挡地要求指责受害者，并要求你和她一起责备自己。它咄咄逼人、不可避免、势不可挡地要求，不惜一切代价为凶手开脱罪责。

人们不是自己学会沉默的；他们是被迫保持沉默。

有人让他们闭嘴。

多年来，我一直不知该如何回答“你有几个兄弟姐妹”这个问题。仅仅是想到可能会听到这个问题，我就会浑身发抖。而当我决定回答时，答案不过是一连串越来越离奇的胡言乱语：我曾有过一个妹妹，但现在没有了；我没有兄弟姐妹了，但我永远有一个妹妹；我有个妹妹；我本该有个妹妹。在一开始的尴尬时刻过去之后，如果提问者缺乏礼貌或同理心，问题便会接踵而至：是姐姐还是妹妹？我怕他们会继续深挖，发生了什么，什么时候的事，为什么会发生这样的事。于是，我选择低头走开。最终，我放弃了。我回答说，自己没有兄弟姐妹，因为我不想哭泣，不想建立虚假的信任，不想做出解释，不想为自己辩护——最重要的是，不想为她辩护。或者，我会选择根本不回答。转移话题是一项需要长期学习的技能。

多年来，我逐渐习得了这项技能。

《致悲伤的女儿》（“To a Sad Daughter”）是迈克尔·翁达杰[1]写给他十六岁女儿的一首诗。这首诗充满苦乐参半的怀旧情调，讨论的是父母和青春期子女之间典型的关系模式：道路的分歧；青少年远离家庭，寻找自己的身份；合理的叛逆或徒劳的反抗。莉莉亚娜恐怕会觉得这很老套，但或许她也能从这些抒情的词句中感受到一丝毋庸置疑的爱意。尽管诗中的父亲拒绝给出建议，可他不得不勉强承认，这首诗本身——也许是不情愿地——给出了人生的第一课。重要的人生指南。父亲向女儿建议：要渴

1 迈克尔·翁达杰（Michael Ondaatje，1943— ），斯里兰卡裔加拿大诗人、小说家、散文家，代表作为《英国病人》。

望这一切。如果终将受伤，也应是为了摆脱困境，而非沉沦其中。

时至今日，我仍然觉得，在 1990 年的那个夏天里，莉莉亚娜正在试图摆脱困境。莉莉亚娜已经准备好重新出发。在忍受了多年的煤气灯效应[1]之后，在学会了通过默许熊的要求来安抚它之后，在经历了多年的斗争、反抗、谈判和战斗之后，莉莉亚娜终于要离开了。

她渴望这一切，也热爱这一切。化不可能为可能是她的使命。这种精神是我们从自己家中学到的，是父母教给我们的，日后则通过书籍、诗歌、蓝图、建筑、歌曲、复杂的云朵、大学校园、旅行、无尽的聚会、亲密的朋友进一步发扬光大。当我们受到伤害时，当父权制的机器碾碎我们的身体和心灵，夷平我们的过去和未来时，莉莉亚娜的确在试图逃离。我对此深信不疑。她正在开拓新的道路，在更遥远的地方。她深深地、真诚地、桀骜地相信，另一种生活是可能的。

另一种爱。

在一个曾经装过圣诞礼物的三色狭长纸袋里，莉莉亚娜保存着那封她始终没有寄给安娜的信、几张从笔记本上撕下的纸条，以及我从美国写给她的信。3 月 9 日，我给她写了最后一封信，向她讲述了我的新生活，以及我在一

---

1 原文为英语“gaslighting”。——编者注

个更注重量化评估而非社会责任的大学体系中的挣扎。在这封长信的中段，我写道，我去电影院看了《卡米耶·克洛代尔[1]》，

她是一位雕塑家，在很多年里，罗丹一直以她作为自己灵感的来源。她最终被关进精神病院长达三十年。她生前默默无闻，其作品直到20世纪80年代才开始得到认可。这部电影在许多方面都给我留下了深刻的印象，包括卡米耶对艺术事业的狂热，她父亲对卡米耶所谓天赋的呵护，当然，还有她的毁灭。我相信，很多女性都认为，我们作为创作者的结局，就是像浪漫的烟花一样走向毁灭。这种罪行，还有许多我们甚至无法辨别的罪行，都令我充满愤怒。我意识到，我离开墨西哥，是在逃避那些煽动的声音：那里就是虚无，你难道没看见吗？跳下去。纵身跃入深渊。因为我希望，不论是我自己、你，还是任何人，都不要面对那样的结局；因为毁灭和心灰意冷并不代表真正炽热的浪漫主义，而是一种杀人的浪漫主义。因为我们的确才华横溢，但不是为了供他人吸血寄生，也不是为了盲目地坠入疯狂的深渊，更不是为了像圣热罗尼莫[2]那样背负着石头前行。我们背负的是存在的魔力和轻盈，感受

1 卡米耶·克洛代尔（Camille Claudel，1864—1943），也译作卡蜜儿·克劳岱尔，法国雕塑家，多部传记和电影的主人公。

2 圣热罗尼莫（San Jerónimo，约347—420），神学学者、修道院领袖、翻译家，以《圣经》的拉丁文通俗译本而闻名。

的是轻快、平和的梦想，因为我们有许多事要说、要做、要想、要再三思考、要重新创造；因为我们的观点是崭新的，而历史曾数亿次地否定我们、篡夺我们；因为我们必须说：到此为止了！无论是爱的教条、名誉的教条，还是金钱的教条，都无法摧毁某种更坚定、更纯真的东西，那就是愚蠢的、胆怯的、迫切的对生活的渴望——对活着的渴望，对创造另一种更美好、更公正的生活的渴望。我们正是为此而发声，为此而行动的。

劳尔·埃斯皮诺·马德里加尔记得，有一次，两人在大都会自治大学郁郁葱葱的花园草地上嬉闹时，莉莉亚娜借给他一本书。出乎意料的是，书页中还夹着一张明信片。他告诉我，那是我寄的明信片。“一张黑白照片，上面有几个赤身裸体的嬉皮士，他们坐在一辆有轨电车上。背面写着：有一天你会来到这里，我们将一起度过快乐的时光。”

演员瑞凡·菲尼克斯[1]于1993年去世。著名墨西哥裔美国歌手塞莱娜[2]于1995年遇害。得知他们的死讯时，我立刻想象出他们在一起的情景：莉莉亚娜、瑞凡、塞莱娜，还有那些赤身裸体的嬉皮士。他们站在绿意盎然的山

1 瑞凡·菲尼克斯（River Phoenix，1970—1993），美国演员，代表作有《伴我同行》《我自己的爱达荷》。

2 塞莱娜·金塔尼利亚（Selena Quintanilla，1971—1995），20世纪末最知名的墨西哥裔美国歌手之一，因谋杀身亡。——编者注

坡上，从那里仍能远远地看见太平洋的海浪有节奏地拍打着海岸。猫和狗在他们身边徘徊：浮士德走来走去，拉金斯基也在那里。他们正在聊天，从远处不时传来他们的笑声。那是个夏日的傍晚，金色的微光笼罩着大地，渐渐地，夜幕降临。我仍能听到他们在远处低语。

他们仍然活着。

第 十 章

我们的女儿

NUESTRA HIJA

[伊尔达・加尔萨・贝尔梅亚]

莉莉亚娜在子宫里横躺着。她并没有像正常胎儿那样，头部朝下准备出生；胎位横了过来。那时我们住在蒙特雷，靠蒙特雷科技大学给你爸爸的奖学金度日。我们只能勉强在附近租到一个小房间，因此，一想到分娩时所需的特殊护理，我们就很担心。考虑到我们作为移民在这座城市生活困难，一位非常好心的医生选择了一种更自然的矫正方法：他用自己的双手推着莉莉，将胎儿翻转成正胎位，最终成功后，他将两条卷好的毛巾放在我腹部两侧。为了防止胎位不正的情况再次出现，医生给我缠上了绷带。我就这样度过了孕期的最后几个月：在蒙特雷闷热潮湿的夏天，我的腹部两侧各放着一条毛巾，从躯干到臀部都缠着绷带。想象一下。

[安东尼奥·里韦拉·培尼亚]

我错过了你的降生，因为那时我正在马塔莫罗斯[1]上预科。不过我在蒙特雷见证了莉莉的出生。他们不让我进产房目睹全过程，但我第一个获知了母女平安的消息。我们本可以用你外婆的名字给她取名，但我和你妈妈都不想用“埃米莉亚”或“佩特拉”作为我们第二个女儿的名字。莉莉亚娜从出生起就是独一无二的——她的名字在家族中从未有人用过。一种全新的体验。

你妈妈说，她之所以选择“莉莉亚娜”这个名字，是因为那阵子卡洛斯·利科[2]的一首歌很流行，那是他献给自己的第三个或第四个女儿的，她的名字正是莉莉亚娜。我认为是我选择了这个名字，但我说不上来为什么这么喜欢这个名字。也许是因为她正如歌词中描述的那样：*你睡觉时的小脸，如天堂的天使般甜美。莉莉亚娜，我的爱。*歌里就是这样唱的。我至今还记得整首歌词。

莉莉从小就喜欢黏着你妈妈。你小时候一直很瘦小；与你不同，莉莉亚娜很快就变成了一个胖嘟嘟、红扑扑的小孩。但伊尔达并不介意她的体重，走到哪儿都抱着她。莉莉亚娜会吮吸着左手的手指，舒舒服服地躺在你妈妈怀

1　马塔莫罗斯（Matamoros），墨西哥塔毛利帕斯州的一座城市，对岸是美国得克萨斯州布朗斯维尔市。

2　卡洛斯·利科（Carlos Lico，1933—2009），墨西哥创作型歌手。

里，然后开始用右手拉她的耳环。她不停地拉扯你妈妈的耳环，最终把她的耳垂扯成了两半。

[伊尔达·加尔萨·贝尔梅亚]

我不该去偷偷看她，更不该把车开到幼儿园的后院。但我还是去了。我开车绕着幼儿园转了一圈，经过后院时放慢了车速。我猜她应该在那里。莉莉看到我就哭了起来。我再也忍不住了，冲进去把她带回了家。就这样，她在奇瓦瓦州德利西亚斯的幼儿园生涯戛然而止。

[安东尼奥·里韦拉·培尼亚]

“谁把一整个西瓜都吃了呀？”我常常一边这样问她，一边拍拍她的肚子。这是个暗号；我俩都开始大笑。我俩之间的小游戏。我会叫她“胖妞”或“小胖胖”。后来，过了几年之后，莉莉让我不要再这么叫她了。她脸红了。这个纤细高挑的少女，已经开始在当地的游泳队里训练了。她不想回忆起自己曾是个胖乎乎的小女孩。

[伊尔达·加尔萨·贝尔梅亚]

她一直都是那么善良，那么高尚。我这么说一点不夸张。她从小就是这样。如果有人需要，她会把自己嘴里的食物拿出来给别人。她从不忍心看着别人受苦，从不会无动于衷。我这么说不是想让你不好受，但你从来就不是那样的人。还记得她的那些笔记本吗？总是那么整洁。她房间的布置。她打理衣服和玩具的方式，以及她照顾自己的方式。莉莉总是很守时，这一点也和你不同。我们送你俩一同去学校的时候，她可受苦了。你们长大一些后，我们先送你去高中，再送她去小学，这就更要命了。真是个馊主意。太不公平了。我觉得那段经历使她产生了一种压力，最终导致她开始胃痛。患上了儿童结肠炎。

[安东尼奥·里韦拉·培尼亚]

当她长大一点，可以在厨房里走动时，她毫不犹豫地为我煮了咖啡。“这是给爸爸的。”她边说边小心翼翼地把还冒着热气的杯子放在桌上。过去从没有女儿为我做过这样的事。以后也不会有。

[伊尔达·加尔萨·贝尔梅亚]

我渐渐意识到，他们开始谈恋爱了。莉莉亚娜没跟我正式宣布过，但我们开始注意到他经常来接她。有时他会骑公路自行车来，有时开车来。他经常开车接送莉莉。无论她要去哪里，他都会送她去，还会去接她。我对此感到很安心。这是个好迹象，说明他很关心她，很关注她的需求。不过，他从没进过我们家。他从未正式成为她的男朋友。在我们看来，他不过是个深爱着她的追求者。

[安东尼奥·里韦拉·培尼亚]

远离家人时，我很后悔花了那么多时间出门在外。这一切到底是为了什么？是她的信让我坚持了下来。你只是时不时给我写封信，而莉莉的信从不间断。无论她是在忙于考试、在度假、在参加比赛，还是遇到了糟糕的天气，她都会给我写信。她在信中与我无话不谈。她的冒险。她的困惑。有时，她甚至会抱怨她的妈妈或者某个朋友。但那些信件都洋溢着快乐，洋溢着亲密感，拉近了我们之间的距离。当时，我离家去攻读博士学位，花了很长时间。那是我那个时候一直在追求的事，而如今，这么多年过去之后，它却显得如此微不足道，如此无足轻重。她的信成了我的生命时钟。

[伊尔达·加尔萨·贝尔梅亚]

可他害得她在高中时代受了好多苦。我不太记得他们第一次分手是什么时候，也不确定那次是不是第一次。但莉莉流了很多眼泪。我在家后面的公园里碰到了她。当时我正在锻炼身体，看到她大步流星地从街上走来。她看起来很沮丧，正低头望着柏油路面哭泣。我本能地走过去抱住了她。“哭泣”不是我想用的词：也许该说她是在呜咽。她哭得一句话也说不出来。我的心都碎了。她不明白事情为什么会变成这样。她向我寻求建议，而我以为这只是一段很快就会过去的少女恋情，于是告诉她不要再纠结了。世界不会因此而毁灭。过不了多久，她的生命中就会出现另一段爱情，甚至可能是真爱。

[安东尼奥·里韦拉·培尼亚]

我会永远后悔自己在那段时间，在那几个月里离开了她。

[伊尔达·加尔萨·贝尔梅亚]

你爸爸在瑞典的时候，我有一个姐姐来访，我需要送她去机场。莉莉亚娜请安赫尔帮忙，他彬彬有礼地帮助了我们。那是他第一次踏进家门。他看起来有些不太自在，仿佛被吓到了。莉莉亚娜很高兴——通过这件事，这个在我们看来并不起眼的男孩的地位有所提升。也许正因如此，你爸爸不在的时候，莉莉请求我允许她和他一起去看电影，或者骑自行车去兜风，我就让她去了。后来我们才知道，他经常开车到墨西哥城的校园接她回家。我们一直很敬畏墨西哥城，认为那是一座快节奏的、混乱的大都市。而莉莉如此年轻，如此容易轻信别人。知道她不是坐公交车往返的，我就放心了。

[安东尼奥·里韦拉·培尼亚]

我和安赫尔有过几次冲突。我印象最深的一次，是他来见她时穿得破破烂烂。那时，莉莉亚娜已经上大学了，对我们来说，她能回家是一种奢侈。你妈妈会烧几道特别的菜。看到她回来，哪怕只有几个小时，也能让我们很开心。那天我实在忍不住了。透过窗户，我看到他站在草坪旁的人行道上，穿着机车短裤和脏兮兮的 T 恤，整个人都显得很邋遢。我立刻走了出去。我说，这可不是来见女朋友该有的样子。我告诉他，在我年轻的时候，我会穿上最好的衣服去见伊尔达。干净的衬衫。擦得锃亮的鞋子。梳好的头发。我还告诉他，如果他想继续上门来找莉莉亚娜，就必须对她这个女朋友表现出更多的尊重。他对我们也应该更加尊重。那家伙立刻就暴跳如雷。而我也是个急脾气，差点就要冲他大喊大叫了。夹在中间的莉莉亚娜迅速出面安抚了我们。我怒气冲冲地回到屋子里，莉莉跟在我身后。她说自己会和他谈谈，保证这种情况不再发生。她向我保证，一切都在掌控之中。她还让我不要一上来就干涉她的生活。她说自己知道该如何处理这种事情。接着，她说："我非常爱你。"我听到了，但很久之后才意识到，自己当时没有理解她真正想告诉我的内容。后来，我才意识到她被威胁了。莉莉亚娜为那个人所做的一切都带有被威胁的迹象，那个人以伤害我们来胁迫她。我给了莉莉亚娜和你很多自由。我一直相信自由，因为只有在自由中，我们才能更好地认清自己。自由不是问题。男人才是问题所在。

[伊尔达·加尔萨·贝尔梅亚]

"爸爸在哪儿？"她常常一到家就问我，"爸爸还好吗？”她会在各个房间里到处找他，如果找不到，她就会忧心忡忡地看着我。“你爸爸很好，莉莉，别担心。”他去买面包了，或是他今天要在田里多待一会儿，或是他马上就要回来了。

只有看到他进门，她才会松一口气。

[安东尼奥·里韦拉·培尼亚]

等我们旅行回来，我们发现自己失去了她，发现她已经下葬了。不，我没法告诉你那是什么感受。连我自己都说不清楚。别问我这个。

[伊尔达·加尔萨·贝尔梅亚]

因为迟迟没有警方的消息，我感到绝望。有一天，我拜托帮我打理家务的贝妮塔女士去那户人家看看。我们知道凶手已经逃跑了，但我仍心存怀疑。我们很快就制订了一个计划。贝妮塔女士会告诉那户人家，她是给别人熨衣服的，目前急需工作，因为她有个孩子生病了。这一招的确很离谱，但最终还是奏效了。她在那栋房子里待了整整一个上午，一边熨衣服，一边观察自己周围的环境。“您真该看看那个地方，伊尔达夫人，”她一脸懊丧地回来跟我说，“那里简直是个疯人院。人们大呼小叫地进进出出，乱成一团。我都数不清到底有多少人。有的很年轻，有的没那么年轻。有很多男人，也有几个女人。所有人都言语粗鄙，互相辱骂。你个狗娘养的。浑蛋。王八蛋。但您说的那个年轻人，我没在那儿看到他。”

[伊尔达·加尔萨·贝尔梅亚]

我们什么都试过了。有一天，我们听说安赫尔有个前女友，在墨西哥国立自治大学读传播学。我们想都没想，便直奔那里去找她。你陪我一起去的，记得吗？我们风驰电掣般驱车赶往校园，一到那里我们就开始打听，一年前曾接受安赫尔作为学生来旁听课程的教室在哪儿。我不记得那女孩的名字了，但她的形象在我的记忆中挥之不去：一个苗条、漂亮的姑娘，一头鬈发，眼中充满恐惧。“你知道他在哪里吗？”我大声喊道，要求她回答。我重复道：“请你告诉我，那个懦夫在哪儿。”我们当时是不是堵在教室门口？我用尽全身力气呼喊的时候，所有人的目光都聚集在我们身上？也许是这样。“拜托，求你告诉我吧，他去了哪里，他躲在哪里，”在最后放弃之前，我苦苦哀求道，“这是一位母亲发自肺腑的恳求。”

[安东尼奥·里韦拉·培尼亚]

别问我了。求你了。我没法重复那些话。检察院的人用的那些词玷污了我们女儿的生命。

第 十 一 章

氯

CLORO

他们和我们一样，存在于氢中，存在于氧中；

存在于碳中，存在于磷中，存在于铁中；

存在于钠和氯中。

克里斯蒂娜·夏普，《觉醒》（*In the Wake*）[1]

1 引文原文为英语。克里斯蒂娜·夏普（Christina Sharpe，1965— ），美国学者、作家。

在墨西哥生活了五年之后，我于2008年夏天回到圣迭戈，重新开始游泳。我已经差不多二十七年没进过泳池了，最后一次游泳还是在上大学之前。这倒不是我的个人决定，更主要的还是由于缺乏体育设施。游泳和泳池逐渐淡出了我的生活，取而代之的是书籍、政治讨论、田野调查、社会活动，以及写作。

在圣迭戈加入基督教青年会时，我本来是打算利用那里的设施做些有氧运动，或者做些力量训练。但我最感兴趣的是桑拿。直到后来我才注意到泳池。之后，我又花了更长的时间才准备好所有装备：泳衣、泳镜和泳帽。第一次下水，我只游了几百米，但出水时已经筋疲力尽了。水的感觉也很奇怪：又硬又紧，仿佛在以游泳的方式爬坡。很明显，我的身体状况很糟糕。但疲惫感竟会如此强烈——这也很难解释。于是，我转而专注于陆地上的运动。有时，如果有时间，我还会在跑道上跑一会儿。但此后我每次去健身房时，总会避开游泳池。

2012年秋天，我在普瓦捷大学[1]度过了一个学期的带薪休假。我决定把儿子从他就读的高中接出来，带着他一起从法国开始旅行，在春季学期回到瓦哈卡。我们住在一所大学公寓里，离我给马蒂亚斯找的高中很近，但离分配给我的拉丁美洲文学研究学院的办公室很远。于是，我常常上午留在家中写作，并且找了各种借口避免天天去办公室。9月下旬的一个下午，我在大学的接待人塞西尔·金塔纳给我打来电话。她有一阵子没见到我了，所以有些担心。她建议我们在她练习游泳的泳池碰头。她问，你喜欢游泳吗?

塞西尔来公寓接我，给了我一套旧泳衣，又在附近的售货机买了泳镜和泳帽。我们穿过更衣室和淋浴间，然后走过一条狭窄的通道——造型别致的挂钩上挂着各种颜色的毛巾。那个时间段有很多人在游泳。一队初学者在泳池的窄端训练，另一队更有经验的游泳者则在泳池右侧训练。理论上，大家肯定会不断撞到别人，但实际上他们都游得井然有序，互相之间毫无干扰。我们这些游客只能在左侧游泳。

“你一般能游多少米？”塞西尔问我。

“我已经很多年没游过了。”

“我几乎每次都游三千米。”她若无其事地说。

1　普瓦捷大学（Université de Poitiers）位于法国普瓦捷，始建于1431年。

“别担心，如果我先出来，会在看台上等你的。”

如果我一个人游泳，就像在圣迭戈那样，我可能早就放弃了。很快，我的呼吸变得急促，身体在水下抽搐。我的双臂不再有节奏地划水，只能做出一系列笨拙、无力的动作。我甚至大口大口地喝水，当时，我觉得自己就要这么淹死了。如果不是因为塞西尔一直在我身旁有节奏地游着——我看着她一次次地超过我，看着她将自己的身体控制得那么稳——我真想马上跳出水面。

那天下午，我只游了三百米，但在淋浴时，我感到那段距离像是一个真正的壮举。我很累，可心中又有一种奇异的兴奋，甚至有些神魂颠倒。一种前所未有的喜悦不经大脑便在我全身的肌肉中流动。塞西尔建议我买票，在秋季的每个星期都跟她一起来游泳。我决定采纳这个建议。当天晚上，我回家后连手臂都抬不起来，不得不请马蒂亚斯帮我把上衣拉过头顶。他帮我脱衣时，我做出了许多滑稽的动作，我们笑得前仰后合。

我遵守对塞西尔的承诺，从那之后每个星期都去游泳，有时一次，有时三次。她会来接我，我们会在路上聊天。然后，我们一头扎进泳池，在那些混乱的泳道中游着，奇迹般地没有撞到任何人。我的体能进步得很快，当我渐渐地能够把注意力重新放在划水和踢腿上时，我才意识到自己是很擅长游泳的。我还记得，我曾为自己的泳姿感到自豪：双臂飞舞，脖子从左向右转动，呼吸有节奏而均匀。

大约是在11月的时候，当时外面的天气已经很冷了，傍晚时分，泳池里的温水散发出一种幽幻的、阴森森的雾气。我突然从水中出来。我本想去更衣室，却不知不觉停下了脚步。我不由自主地坐在木质看台上，手里拿着泳镜和泳帽。我一动不动地坐着，害怕极了，浑身都在滴水。我的呼吸开始紊乱。我看着来来往往的泳者，毫无征兆地泪流满面。我没有出声，泪水和身上的水轻易地混在了一起。但我还是捂住了嘴。

她的名字划过我的嘴角，没有给我思考的时间。我说：莉莉亚娜。然后才听到自己说了什么。我愣了好一会儿。弥漫在整个泳池中的氯的气味突然钻进了我的鼻孔，填满了我的内心。“这是我以前一直和你一起做的事。”我说。我听到了自己的声音。我茫然四顾，不知所措。我没去更衣室，而是再次跳入水中。我的双脚触到了水底。我用力蹬地，将自己推向水面。“莉莉亚娜，”我浮出水面时说，“莉莉亚娜·里韦拉·加尔萨。”我再次沉入水底，在水下重复着她的名字，嘴里充满了气泡，同时试着再次踩到泳池底部。

我曾经多次说过，游泳是为了独处。但这话只说对了一半。有时候，为了与水共融，必须独自出发，独自前行，无人陪伴。一种物质在海洋中——在水中——停留的时间，被称为滞留时间。举例来说，钠的滞留时间是2.6亿年。

在普瓦捷的泳池里，我最终能连续游一千米。之后，我没有错过任何一次游泳的机会。在瓦哈卡的每一天，我都会游泳。我会步行半小时到达一个小度假村，那里的主要景点是一个近二十五米长的泳池和两块醒目的橙色跳板。泳池里的水来自山上的泉水，冰凉到几乎令人难以忍受。在那里，我每天能游两千米。回到圣迭戈后，我在大学的泳池里游泳。受邀举办讲座或写作讲习班的时候，我会去附近的每一个泳池里游泳。收到邀请时，我首先询问的不是酬金，而是酒店或礼堂附近有没有泳池。

在成为建筑系的学生之前，在一个百无聊赖的午后，莉莉亚娜曾抱怨说，泳池里的氯让她的皮肤变得干燥。而她没有说出的另一个事实是，这么多年来每天至少三小时浸泡在水中的训练，也已经损害了我们的头发，使发质变得粗糙，发梢泛着可疑的黄色光泽。她也没有提到我们身上的气味。这种气味是如此明显、如此持久，久而久之便成了我们的天然香水。那时，我们身上都是氯的气味；氯是我们存在的气味。在元素周期表中的符号是 Cl。时至今日，我们共同的童年记忆中，仍弥漫着这股气味。

她仍在这里，与我们同在。是的，克里斯蒂娜·夏普说得没错：她和许多人一样，仍在我们身边。这不是单纯的比喻，不是一个或几个受害者的遐想。她们依然存在，存在于碳和磷中，存在于钠中，存在于氯中。

我记得她踢水时的力度。在她长成一个修长的少女

之前，在她还是个小女孩的时候，她在泳衣下鼓起的小肚子。泳镜在她脸上留下的印记。当泳池开始散发出温暖的蒸汽时，我们在夜里奔跑的样子。就像两个幽灵。橡胶拖鞋。速比涛。阿瑞娜。耐克。洗澡时，我们在冷水淋浴的猛烈水流下发出的尖叫声。她的空翻动作。有一次，她发现我已经长出了阴毛，便问我："以后我也会有吗？"她弓起背，滑到水下几厘米的地方。她屏住呼吸的样子。她指尖上的褶皱。我们在比赛后比较成绩的样子。哨声。我第一次看到她学会在水下呼气。最重要的是笑声。在我们共同游泳的水面上，阳光照耀，水波粼粼。

我们总是会一起游泳。我们各自闯荡世界，但回到泳池后，我们又成为姐妹。那是我们最亲密的姐妹情谊的空间。

至今依然如此。

大约一年前，我的右肩受了伤，不得不暂停游泳。肩袖肌腱炎。不能游泳之后，我开始写这本书。待伤势痊愈，我将重新开始游泳。

我想在水中再次与她相遇。我想跟以前一样，与我的妹妹并肩游泳。

liliana

liliana
rivera
garza

LILIANA
RIVERA
GARZA

Liliana
Rivera Garza
JUSTICIA
STARBUCKS COFFEE

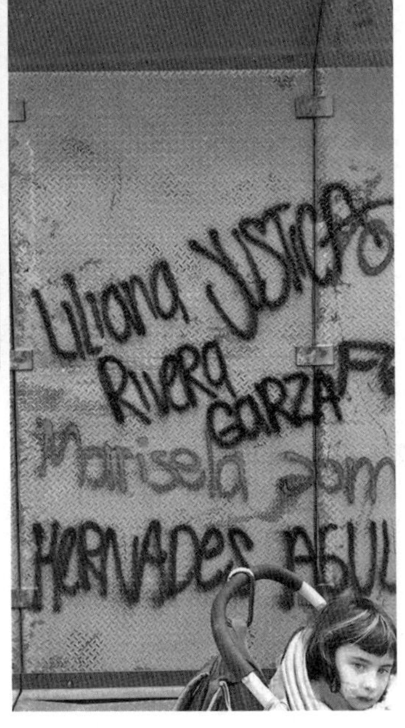
Liliana
Rivera
Garza
HERNADES

后记

NOTAS FINALES

我妹妹莉莉亚娜·里韦拉·加尔萨在世时，为自己建立了一份细致的档案。本书是根据在她的遗物中找到的笔记本、便条、草稿、剪报、蓝图、信件、磁带和日记编写而成的；三十年来，没有人碰过这些物品。[1]这些文件揭示了过去，却没有直接与当下对话。作为一名业余侦探，萨乌尔·埃尔南德斯·巴尔加斯凭借坚定的决心和不懈的努力，才得以在今天重新找到我妹妹最亲密的朋友们：安娜·玛丽亚·德洛斯安赫莱斯·奥卡迪斯·埃吉亚·利斯、马诺洛·卡西利亚斯·埃斯皮纳尔、劳尔·埃斯皮诺·马德里加尔、奥顿·桑托斯·阿尔瓦雷斯、赫拉尔多·纳瓦罗、安赫尔·洛佩斯、费尔南多·佩雷斯·维加、诺玛·哈维尔·金塔纳。几个月后，劳拉·罗萨莱斯读到了推特上的一条讣告，也与我取得了联系。上述这些人的证词构成了第五、第六和第七章的核心内容，在其他章节中也有间接提及。

---

1 所有文件均忠实地复制了莉莉亚娜·里韦拉·加尔萨的个人档案，因此这些片段可能呈现不同的排版风格，并可能存在拼写错误或句法错误。——作者注

在过去两年中，我也和我的父母——安东尼奥·里韦拉·培尼亚和伊尔达·加尔萨·贝尔梅亚，以及家族中其他的一些成员深入交谈过，特别是和我的表亲莱蒂西娅、埃米利奥·埃尔南德斯·加尔萨，他们曾在莉莉亚娜生命的不同时期与她走得很近。

在整个调查过程中，律师埃克托尔·佩雷斯·里韦拉和卡伦·贝莱斯的法律咨询意见发挥了重要作用。我特别感谢墨西哥城检察官办公室杀害女性诉讼案件审查小组的组长萨尤里·埃雷拉律师的支持。我也同样感谢安德烈亚·梅迪纳律师提出的意见和建议。特别感谢记者达妮埃拉·雷亚，2021 年 3 月 8 日，她在墨西哥城举行的国际妇女节游行中提到了我妹妹的名字。

平面设计师劳尔·埃斯皮诺·马德里加尔根据我妹妹的笔迹设计了字体，本书使用这种字体呈现了她的信件、笔记和便条。诗人兼设计师阿马兰塔·卡瓦列罗·普拉多提供了本书封面的初稿。[1]

本书第 3 页的诗句 [在这里，在这树枝下，你能谈论爱] 出自罗萨里奥·卡斯特利亚诺斯的诗歌《界限》（“Límite”）。第 174 页的歌词“巨人间的战争 / 把 / 空气变成了天然气。/ 一场狂野的决斗 / 警告我 / 入口已近在咫尺。/ 在巨大的世界中 / 我感受到自己的脆弱”出自

1　特指本书的西班牙语版，中文版无法沿用该字体和封面。——编者注

纳查波普[1]的歌曲《巨人之战》（“Lucha de gigantes”）。第113 页的歌词“如果我有幻想 / 如果存在陷入狂热激情的理由 / 就没有必要 / 花上几个小时 / 喝下一壶壶 / 灰色的孤独”出自罗德里戈·冈萨雷斯的歌曲《遥远瞬间》（“Distante Instante”）。第 191 页的那句“不亦快哉？”直接摘录自莉莉写给安娜·奥卡迪斯的一封信，这句话也出自中国明代文人金圣叹。

1 纳查波普（Nacha Pop）是 20 世纪 80 年代开始在西班牙走红的一个流行摇滚乐团。

主　　编 | 苏　骏
策划编辑 | 苏　骏
特约编辑 | 苏　骏　赵　晴

营销总监 | 张　延
营销编辑 | 狄洋意　许芸茹　韩彤彤

版权联络 | rights@chihpub.com.cn
品牌合作 | zy@chihpub.com.cn

出品方　春山望野（北京）
文化传媒有限公司

Room 216, 2nd Floor, Building 1, Yard 31,
Guangqu Road, Chaoyang, Beijing, China